Joseph Heiszmann

Joseph Haydn

Sein Leben und seine Werke

Joseph Heiszmann

Joseph Haydn
Sein Leben und seine Werke

ISBN/EAN: 9783741130304

Hergestellt in Europa, USA, Kanada, Australien, Japan

Cover: Foto ©Raphael Reischuk / pixelio.de

Manufactured and distributed by brebook publishing software
(www.brebook.com)

Joseph Heiszmann

Joseph Haydn

Joseph Haydn.

Sein Leben und seine Werke

dargestellt

von

August Reißmann.

Mit Portrait in Stahlstich, Notenbeilagen und Facsimile.

Berlin.

Verlag von J. Guttentag

(D. Collin).

1879.

Joseph Haydn

Inhalt.

Vorwort.

Nachdem Carpani, Griesinger und Dies kurz nach dem Tode Joseph Haydn's und später J. Karajan werthvolle Mittheilungen über sein Leben veröffentlichten, hat in neuerer Zeit F. Pohl eine umfangreiche Zusammenstellung der Nachrichten über den großen Meister begonnen, die bereits in ihrem ersten Bande vorliegt. Die künstlerische Entwickelung Haydn's wird in diesen Werken nur äußerst wenig berücksichtigt; eine ausführlichere, zusammenhängende Darstellung derselben fehlte bisher noch gänzlich. Gern entspreche ich daher dem Wunsche der Verlagshandlung, welche den Plan verfolgt, die Reihe der Biographien unserer großen Tonmeister fortzusetzen, zunächst das Leben und die Wirksamkeit Haydn's in derselben Weise zu behandeln wie in meinen früheren Arbeiten über die größten Romantiker Schubert, Mendelssohn und Schumann. Ich konnte hierbei ein außerordentlich reiches, bisher noch wenig bekanntes Material benützen. Auch aus den frühesten Perioden der Entwickelung des Meisters lagen mir zahlreiche, bisher ungedruckte Kompofitionen vor, so daß ich wol glauben darf, bei meiner Darstellung keinen irgendwie bedeutsamen Zug übergangen zu haben.

Berlin-Friedenau
im August 1879.

Dr. August Reißmann.

Erstes Kapitel.

Das Elternhaus in Rohrau. Das Schulhaus in Hainburg. Das Kapellhaus in Wien.

In einem bescheidenen Marktflecken Nieder-Oesterreichs, in Rohrau an der Leitha, wurde der Meister geboren, welcher der Entwickelung der Instrumentalmusik eine durchaus neue, durch die eigenste Natur der Instrumente bedingte Richtung gab, um ihr damit erst die Bedingungen höchster künstlerischer Entfaltung zuzuführen. Hier hatte Matthias Haydn, Bürger und Wagnermeister im Jahre 1728 sich ein Häuschen gebaut, und lebte mit seiner ihm am 24. November 1728 angetrauten Frau Maria, Tochter des verstorbenen Marktrichters und Bürgers Lorenz Koller, in bescheidenen, aber zufriedenstellenden Verhältnissen. Von zwölf Kindern, die ihm geboren wurden, starb die Hälfte bald nach der Geburt. Das zweite Kind ist unser Joseph, der am 1. April 1732 in der Taufe die Namen Franz Joseph erhielt. Den eigentlichen Tag der Geburt mit Sicherheit festzustellen, ist noch nicht möglich gewesen; nach der Sitte jener Zeit wurde nur die Taufe im Kirchbuche eingezeichnet. In der Regel aber erfolgte der Taufact den Tag nach der Geburt, und so darf man wol den 31. März mit einiger Sicherheit als Geburtstag von Haydn annehmen. Haydns Schüler Neukomm berichtet darüber, daß ihm der Meister gesagt habe: „Ich bin am 1. April geboren und so steht es in meines Vaters Hausbuch eingeschrieben — aber mein Bruder Michael behauptet, ich sei am 31. März geboren, weil er nicht will, daß man sage, ich sei als Aprilnarr in die Welt getreten." In der Vereinigung dieser widersprechenden Angaben gewinnt man wol die richtige, indem man annimmt, der große Meister ist in der Nacht vom 31. März zum 1. April geboren, so daß die gewöhnliche Annahme des 31. März als Geburtstag immerhin als zuverlässig erscheint. In der eignen Selbstbiographie, die Haydn für „Das gelehrte Oesterreich" schrieb, giebt auch er den 31. März als seinen Geburtstag an.

Die Eltern Haydns waren fleißig und strebsam und streng rechtlich; sie erzogen ihre Kinder früh zum Fleiß und zur Sparsamkeit und weckten in ihnen den Sinn für Religiösität, Ordnungsliebe und Reinlichkeit, was Haydn, nach den Mittheilungen des Maler Dies*) noch im späten Alter dankend anerkannte: „Meine Eltern haben mich schon in der zartesten Jugend mit Strenge an Reinlichkeit und Ordnung gewöhnt; diese beiden Dinge sind mir zur zweiten Natur geworden." Waren auch die Verhältnisse im Elternhause sehr bescheiden, so waren sie doch durchaus geordnet und scheinen sich allmälig immer günstiger gestaltet zu haben, gestatteten sie doch dem Vater auf dem Grabe seiner Frau eine Statue errichten zu lassen.

Den Vater bezeichnet Haydn selbst als „einen von Natur aus großen Liebhaber der Musik", der „ohne eine Note zu kennen" die Harfe klimpern gelernt hatte, und auch mit einer leidlichen Tenorstimme begabt war, und da auch die Mutter große Empfänglichkeit für Musik besaß, so fand diese im Elternhause Haydn's eine Stätte, wenn auch nur in bescheidenster Weise. Vielmehr noch als in unserer sonst so musiklustigen Zeit, war im vorigen Jahrhundert namentlich der Gesang im deutschen Bürgerhause heimisch. In der Werkstatt des ehrsamen Handwerksmeister sangen die Gesellen ihre fröhlichen und traurigen Lieder; Küche und Keller hallten wieder von den Gesängen der Dienstboten und die Arbeit in Flur und Feld, in Hof und Scheune

---

*) Biographische Nachrichten. S. 11.

ward niemals so lautlos verrichtet, wie in unserer Zeit. Nach voll-
brachtem Tagewerk aber versammelte wol auch der Hausherr die
Seinen vor der Thür oder auf dem Hofe, Nachbarn und Freunde fanden sich dazu und dann sang man alte und neue, fromme und welt-
liche Lieder zur Erhebung und Ergötzung des Gemüths. So war es
auch im Elternhause unsers H a y d n Brauch. Die Eltern hatten ihm
nicht nur den herrlichen Musiksinn vererbt, sondern sie weckten ihn auch
selbstthätig schon in den ersten Jahren seiner Kindheit. Nach gethaner
Arbeit nahm der Vater die Harfe zur Hand und sang seine Lieder, die
Mutter stimmte mit ein, und bald fanden sich auch die Kleinen dazu,
und Joseph erzählt in der erwähnten Selbstbiographie, daß er bald
„dem Vater alle seine simplen kurzen Stücke ordentlich nachsang", was
natürlich bei Nachbarn und Freunden Aufsehn und Verwunderung
erregte. Als ein noch untrüglicherer Beweis für des Knaben reiche
Musikbegabung galt es diesen dann, daß er bald ein richtiges unbe-
irrtes Gefühl für Tact und Rhythmus zeigte. Er hatte die Geige
spielen sehen und der bei Kindern so rege Nachahmungstrieb veranlaßte ihn, bei dem nächsten Musikabend im Hause die Thätigkeit des
Geigers nachzuahmen; mit einem Stocke strich er zum Gesange auf
dem Arm hin und her und zwar so fest im Tact, daß für den gerade
anwesenden Schulmeister des Orts, einen Verwandten des Schul-
rectors Johann Matthias Frankh aus Hainburg die außergewöhnliche
Begabung des Knaben zweifellos wurde; damit aber war die Wahl
des Berufes für denselben eigentlich schon entschieden. Die Mutter
hatte ihn zwar für den geistlichen Stand bestimmt, allein dem Vater
war die Musik viel zu viel selbst Herzenssache, als daß er nicht lieber
seine Zustimmung dazu gab, den Knaben für diese Kunst zu erziehen,
um so mehr, als ihm dabei, was der Schulmeister auch geltend machte,
der geistliche Stand immer noch offen blieb. Der fünfjährige H a y d n
wurde demnach dem S c h u l r e c t o r zu Hainburg übergeben zur ersten
Vorbildung für den bestimmten Beruf als Musiker.

Nur kurze Zeit brachte demnach J o s e p h H a y d n im Elternhause zu, aber sie war trotzdem entscheidend für sein ganzes Leben,
was er auch wiederholt selber anerkannte. Gern erinnerte er sich der

frühesten Eindrücke seiner Jugend und die treueste aufopferndste Liebe,
mit der er an seinen Eltern und dem Vaterhause hing, trug er auch
auf Rohrau, den Ort seiner Geburt über. In seinem zweiten Testament waren der Pfarrer, Schullehrer und die Schulkinder mit Legaten
bedacht und für die Erziehung der jeweilig zwei ärmsten Waisen des
Orts hatte Haydn eine besondere Stiftung fundirt. Mehrere Abbil-
dungen Rohraus schmückten sein Arbeitszimmer und der Sohn des
späteren Eigenthümers seines Geburtshauses wußte zu erzählen, daß
Haydn, als er hochgefeiert von seiner Londoner Reise zurückkehrte und
Rohrau besuchte, beim Eintritt in die väterliche Wohnstube niederkniete
und die Schwelle küßte; mit Rührung wies er auf die Ofenbank, auf
der er in der Regel während der Hausmusik saß.

Un dem Schulrector Franck fand Haydn einen tüchtigen,
strengen und gewissenhaften Lehrer, bei dem er vollauf Gelegenheit fand,
wie er in seiner erwähnten Selbstbiographie erzählt: „die musikalischen
Anfangsgründe sammt anderen jugendlichen Nothwendigkeiten zu erlernen", „und" bemerkt er weiterhin: „Gott der Allmächtige (welchem
ich allein so unermessene Gnade zu danken habe) gab mir besonders in
der Musik so viele Leichtigkeit, indem ich schon in meinem sechsten Jahre
ganz dreist einige Messen auf dem Chor herabsang und auch etwas
auf dem Klavier und Violine spielte." Nach Griesinger*) erhielt er
Unterricht im Lesen und Schreiben, im Katechismus, im Singen und
fast in allen Blas- und Saiten-Instrumenten, sogar im Paukenschlagen.
„Ich verdanke es diesem Manne noch im Grabe," sagte Haydn öfters,
„daß er mich zu so vielerlei angehalten hat, wenn ich gleich dabei
mehr Prügel als zu essen bekam." Sonst scheint das Schulhaus in
Hainburg durchaus nicht im Stande gewesen zu sein, ihm das Vater-
haus zu ersetzen; weder der Schulrector noch seine junge Frau hul-
digten den Grundsätzen bei denen eine solide Haushaltung nur gedeiht,
in dem Maße wie Haydns Eltern. Von dem Rector erzählt Pohl,**)
daß er wiederholt zu Klagen wegen unregelmäßiger Amtsführung

---

*) Biographische Notizen.
**) Joseph Haydn. I. Bd. S. 22.

Veranlaſſung gab, wegen Spiels mit falſchen Würfeln verurtheilt wurde und im September 1762 ſogar heimlich entwich und daß er es nur ſeiner ſonſtigen Tüchtigkeit zu danken hatte, wiederum in ſein Amt zurückkehren zu dürfen.

Wie aber auch die junge Frau des Rectors, die bereits zwei eigene Kinder zu verſorgen hatte, ihren Verpflichtungen gegen den jungen Haydn wol nicht im ganzen Umfange nachkam, darüber hat er ſich ſelbſt gegen D i e s *) und C. B e r t u ch **) geäußert. „Ich mußte,“ berichtet er, „mit Schmerzen wahrnehmen, daß die Unreinlichkeit den Meiſter ſpielte, und ob ich mir gleich auf meine kleine Perſon viel ein- bildete, ſo konnte ich doch nicht verhindern, daß auf meinem Kleide nicht dann und wann Spuren der Unſauberkeit ſichtbar wurden, die mich auf das empfindlichſte beſchämten — ich war ein kleiner Igel.“

Dennoch bewahrte Haydn auch dieſem Lehrer und den Seinen ein dankbares Andenken; in ſeinem zweiten Teſtament hatte er die jüngſte Tochter Frankh's und ihren Gatten, den Chormeiſter Philipp Schimpel zu Hainburg, mit einem Legat bedacht, das dieſe indeß nicht erheben konnten, da ſie beide vor Haydn (1805) ſtarben. Aus der erſten Zeit dieſes Aufenthalts im Hainburger Schulhauſe hat uns D i e s noch eine Anekdote mitgetheilt, die hier ihren Platz finden möge, da ſie zeigt, wie leicht ſich unſer junger Haydn in ſeine neuen Verhältniſſe fand.

Es war in der Kreuzwoche, in welcher beſonders viele Proceſſionen um die Pfarrkirche am Hauptplatz abgehalten wurden. Namentlich der Feſttag St. Florian, der 4. Juni, wurde wie alljährlich mit Hochamt und Opfergang gefeiert. Von den begleitenden Muſikanten war dies- mal ganz unerwartet der Paukenſchläger geſtorben und der Schulrector ſah keinen anderen Erſatz als in ſeinem neuen Schüler Joſeph Haydn. So klein und unerfahren dieſer war, ſollte er in Eile die Pauken ſchla- gen lernen. Frankh giebt ihm die nöthige Anleitung ſich einzu- üben und überläßt ihn ſeinem Eifer. Der Kleine nimmt nun einen beim Brodbacken benützten Mehlkorb — eine ſogenannte Brodſchüſſel —

---

*) Biographiſche Nachrichten. S. 16.
**) Bemerkungen auf einer Reiſe nach Wien. Bd. II, 183.

spannt ein Tuch über ihn, stellt das neuerfundene Instrument auf einen Sessel und beginnt wacker darauf zu schlagen, die Wolken Mehls nicht beachtend, die sich um ihn zusammen ziehen, noch weniger das immer drohendere Aechzen seines Opfers. Wohl gab es, als der Lehrer dazu kam, in der ersten Hitze einen Verweis, doch der Paukenschläger war fertig und die Procession konnte unbeanstandet vor sich gehen. Der kleinen Statur Josephs halber mußte man aber auch statt des gewöhnlichen Paukenträgers einen Mann von kleinem Wuchse wählen. Ein solcher war allerdings bald gefunden, allein leider war er mit einem Höcker behaftet. So andächtig nun auch die Zuschauer dem ersten Theil der Procession folgten, so heiter stimmte sie der nachfolgende Aufzug. Dies war das Debüt Haydns als Virtuose im Paukenschlagen — einer Kunst, in der er sich gern loben ließ; noch in London bei einer Probe gab er dem überraschten Musiker mit einem gewissen Selbstgefühl hierauf bezügliche Anweisung.

Nachdem der kleine Joseph, der übrigens „der Reinlichkeit halber" bereits eine Perücke trug, zwei Jahr im Schulhause in Hainburg verlebt hatte, führte wiederum eine ganz unerwartete Begegnung eine Wendung in seinem Lebensgange herbei, welche die entscheidendste für ihn werden sollte. Der kaiserliche Hofcompositeur und Domkapellmeister bei St. Stephan, Georg Reutter, war auf seiner, hauptsächlich zu dem Zweck unternommenen Reise, stimm- und musikbegabte Knaben für das, unter seiner Leitung stehende Kapellhaus zu werben, auch nach Hainburg gekommen und bei seinem Freunde, dem Stadtpfarrer und Dechant Anton Johann Palmb abgestiegen. Dieser führte ihm auch den Hainburger Kirchenchor vor und hierbei mag Reutter wie Haydn selbst sagt: „von ungefähr die schwache doch angenehme Stimme" des nunmehr sieben Jahre alten Knaben gehört haben, die ihn so weit interessirte, daß er den Wunsch aussprach, Stimme und Begabung des Knaben näher zu prüfen. Dieser wurde mit dem Schulrector herbeigerufen. „Lüstern," erzählt Griesinger, „schielte der kümmerlich genährte Sepperl nach den Kirschen, die auf dem Tisch des Dechanten standen; Reutter warf ihm einige Hände voll in den Hut, und er schien mit den lateinischen und italienischen Strophen, die Haydn

singen mußte, wol zufrieden. „Kannst Du auch einen Triller
machen?" fragte Reutter. „Nein," sagte Haydn, „denn das kann selbst
mein Herr Vetter nicht." Den Schulrector brachte diese Antwort in
große Verlegenheit, Reutter aber lachte darüber aus vollem Halse.
Er zeigte die mechanischen Vortheile, um einen Triller hervorzubringen,
Haydn machte es ihm nach und der dritte Versuch gelang. „Du bleibst
bei mir," sagte Reutter, griff zugleich in die Tasche, holte einen blanken
Siebzehner heraus und schenkte ihn dem erfreuten Sepperl.

Reutter verpflichtete sich, die Zustimmung der Eltern vorausgesetzt,
für das weitere Fortkommen Haydns zu sorgen, doch müsse er noch bis
zum achten Jahre in Hainburg bleiben und fleißig weiter üben. Die
Eltern gaben natürlich hoch erfreut ihre Zustimmung ohne Weiteres.
Im Elternhause zu Rohrau wie im Schulhause zu Hainburg war man
glücklich über die herrlichen Aussichten, die sich dem kleinen Joseph
eröffneten und derselbe nutzte die Zeit, die ihm noch bis zu seinem Eintritt in das Kapellhaus zu Wien blieb, mit um so größerem Eifer,
als auch sein Drang, etwas Tüchtiges zu lernen, dadurch neue Nahrung
erhalten hatte.

Im Jahre 1740, als achtjähriger Knabe, trat Joseph Haydn
in das sogenannte Kapellhaus, die mit der Stephanskirche verbundene
Cantorei in Wien. An den gelehrten Schulen der Klöster waren früh
schon in den ersten Jahrhunderten der Pflege des christlichen Kirchen-
gesanges auch Kirchenchöre errichtet worden, welche Unterweisung und
Uebung im gregorianischen Gesange erhielten, damit sie beim Gottes-
dienste die Cultusgesänge ausführten. Allmälig gewannen diese Chöre
besondere Beneficien, ihr Wirkungskreis erweiterte sich und so entstanden jene wohlorganisirten Cantoreien, durch die neben den Wissen-
schaften namentlich die Musik ausschließlich gepflegt wurde. Gewann
auch die Cantorei an St. Stephan zu Wien nicht den Ruf wie die
ähnlichen Anstalten an der Thomasschule zu Leipzig oder an der
Kreuzschule in Dresden, so hat doch auch sie große Verdienste um die
Musikpflege sich erworben.

Die Sängerknaben wohnten mit den Lehrern — dem Cantor (später
Kapellmeister) — dem Subcantor und zwei Präceptoren in der Cantorei

und genossen hier vollständigen Unterhalt. Dabei wurden sie in der Musik und den nöthigen Schulgegenständen unterrichtet (in literis et musicis). Wie bereits erwähnt, war Georg Carl Reutter (1740 wurde er geadelt als Georg Edler von Reutter) bei Haydns Eintritt Domkapellmeister (seit 1738). Er gehörte zu jenen Musikern, deren Talent, Carrière zu machen, alle andern überwiegt. Seine außerordentlich zahlreichen Compositionen, darunter namentlich mehrere Messen, waren seiner Zeit in Wien und ganz besonders bei Hofe sehr beliebt. Zur Namens- oder Geburtstagsfeier des regierenden Kaiserpaars wurde in der Regel ein dramatisches Werk von ihm aufgeführt, bei denen nicht selten die Erzherzoginnen mitwirkten. Pohl (in dem erwähnten ersten Bande seines Joseph Haydn) erzählt von Reutters sogenannter Schimmelmesse, daß der Componist das Dona nobis sich im ¹²/₈ Tact bewegen ließ, den bekannten Hexameter aus Virgils Aeneide zu Grunde legend Quadrupedante putrem sonitu quatit ungula campum. Der Kaiserin entging die Anspielung nicht. „Das hat sich ja wie Pferdegetrappel ausgenommen," äußerte sie zu Reutter worauf dieser gestand, er habe damit bei seinem vorgerückten Alter den Wunsch nach einem Wagen ausdrücken wollen. Am nächsten Morgen war sein Wunsch erfüllt — eine stattliche Carosse mit einem prächtigen Schimmelpaar hielt vor dem Hause und wartete die Befehle des Herrn Hofkapellmeisters ab. Diese Messe, darnach die Schimmelmesse genannt, wurde noch vor etwa 20 Jahren am Frohnleichnamsfeste in St. Stephan aufgeführt. Aus dem allen dürfte genügend hervorgehen, daß Haydn durch Reutter nicht sehr gefördert werden konnte. Dagegen bezeugt er selbst, daß er „nebst dem Studiren der Singkunst das Clavier und die Violine von sehr guten Meistern erlernet".

Im Gesange wurde er von Joh. Adam Gegenbauer und von dem Tenoristen Ignaz Finsterbusch unterrichtet; von ersterem erhielt er wahrscheinlich auch Unterricht im Violinspiel. In der Composition wurde kein Unterricht im Kapellhause ertheilt und nach Griesingers Mittheilung erinnerte sich Haydn nur zweier Lectionen, die er von dem braven Reutter in der Theorie erhalten hätte. Doch regte sich in dem Knaben auch bereits der Schaffensdrang, und seine Biographen Dies und Griesinger erzählen, daß der Knabe auf jedem Blatt Papier, dessen er nur habhaft werden konnte, mühsam seine Notensysteme zog, um sie recht voll von Noten zu schreiben, da er meinte „es sei schon recht, wenn nur das Papier hübsch voll sei". Dabei überraschte ihn einst Reutter, als er ein zwölf- und mehrstimmiges „Salve regina" schreiben wollte. Der kleine Componist wurde natürlich tüchtig ausgelacht; aber er erhielt nun den guten Rath: die Vespern und Motetten, die in der Kirche aufgeführt wurden, zu variiren, und einige derartige Arbeiten mag wohl Reutter ab und zu durchgesehen haben.

Wie sehr aber Reutter mit Joseph zufrieden war, wird durch die Worte, die er zum Vater sprach, als dieser sich nach der Aufführung seines Sohnes erkundigte: „daß, wenn er ihm auch zwölf Söhne brächte, er für alle sorgen wolle", bestätigt. In der That fand (1745) Josephs Bruder, Johann Michael, gleichfalls Aufnahme im Kapellhause, und bald wurde dieser dem älteren Bruder Joseph zur besondern Nachhülfe in einzelnen Disciplinen des Unterrichts übergeben.

Neben dem Studium von Matthesons: Vollkommenem Kapellmeister und Fux: Gradus ad parnassum, die ihm beide hier in die Hände gelangten und die er mit unermüdlichem Fleiße durcharbeitete, waren die praktischen Uebungen, an denen er hier Theil nahm, seine bedeutendsten Lehrmeister. Aus der besondern Art der Tonwerke, die in der Kirche hier aufgeführt wurden, läßt sich der Kirchenstil, den Joseph Haydn und auch sein Bruder Michael fast ausschließlich pflegten, leicht erklären. Neben den im strengen a capella-Stil gehaltenen Messen von Fux wurden die der neapolitanischen Schule huldigenden, nach süßen Melodien ausgehenden von Caldara und seinen Nachahmern Ziani, Palotta, Francesco Cuma, Giuseppe Bonno u. A. aufgeführt und daneben die, mit dem ganzen trubulenten Orchesterapparat jener Zeit ausgestatteten Messen von Reutter u. A. Alle diese verschiedenen Elemente finden wir in den kirchlichen Stücken Haydns wieder, wodurch allerdings ihr positiver Werth ziemlich zweifelhaft wird.

Großen Gewinn hatte nach alledem Haydn sein zehnjähriger Aufenthalt im Kapellhaus nicht gebracht; es waren ihm mancherlei Bildungsmittel geboten worden, die er auch gewissenhaft benutzt hatte, doch als er in seinem achtzehnten Lebensjahre das Kapellhaus verlassen mußte, war er ziemlich aussichtslos und ohne Plan in Bezug auf seine fernere Zukunft.

Zum Austritt aus dem Kapellhause wurde er dadurch veranlaßt, daß seine Stimme mutirte. Reutter scheint ihn noch während dieser Zeit der Mutation als Solosänger verwendet zu haben; erst als der Kapellmeister von Maria Theresia hören mußte: „der Gesang des jungen Haydn sei eher ein Krähen zu nennen,“ trat an seine Stelle sein Bruder Michael als Solist; damit aber ging auch die Zeit des Aufenthalts unseres Joseph im Kapellhause zu Ende. Trotz seines früher gegebenen Versprechens hielt sich Reutter nicht verpflichtet für Joseph Haydn zu sorgen; er suchte vielmehr nach einer Gelegenheit diesen zu entfernen und diese wurde, nach einer viel bestätigten und ebenso viel bestrittenen Anekdote von Haydn selbst herbei geführt. Es wird erzählt, daß dieser, sehr zu losen Streichen geneigt, eine neue Papierscheere, durch die das Inventarium der Schule vermehrt worden war, dazu benutzt habe, einem vor ihm sitzenden Mitschüler den Zopf abzuschneiden. Der Betreffende verklagte ihn bei dem strengen Kapellmeister, der den Uebelthäter zu einer Anzahl Stockschläge auf die flache Hand verurtheilte. Vergeblich bat Haydn eine so entehrende Strafe an ihm nicht zu vollziehen und erbot sich lieber gleich das Kapellhaus zu verlassen; allein Reutter war nicht zu besänftigen; erst wurde das Urtheil vollzogen und dann mußte Haydn fort.

Haydn selbst pflegte nach Rochlitz (für Freunde der Tonkunst) den Hauptgewinn, den ihm dieser Aufenthalt im Kapellhause brachte, dahin festzustellen: „Eigentliche Lehrer habe ich nicht gehabt. Mein Anfang war überall gleich mit dem Praktischen — erst im Singen und Instrumentenspiel, hernach auch in der Composition. In dieser habe ich Andere mehr gehört als studirt: ich habe aber das Schönste und Beste in allen Gattungen gehört, was es in meiner Zeit zu

hören gab. Und deſſen war in Wien viel! o wie viel. Da merkte
ich nur auf und ſuchte mir zu Nutze zu machen, was auf mich beſonders gewirkt hatte und was mir als vorzüglich erſchien. Nur daß
ich es nirgends blos nachmachte! So iſt nach und nach, was ich
wußte und konnte, gewachſen!"

Zweites Kapitel.

Harter Kampf um die Existenz.

Als Haydn im November 1749 das Kapellhaus verließ, war er ohne alle Mittel für seinen Unterhalt; mit leeren Taschen, in abgetragenem, fadenscheinigem Anzug irrte er in den Straßen umher; ohne Obdach verbrachte er die Nacht auf einer Bank. Ins Elternhaus, wo er wenigstens vor dem Mangel an den nothwendigsten Bedürfnissen zum Leben geschützt war, zurückzukehren, erschien ihm nicht zweckmäßig, weil er von dort aus gar keine Aussicht hatte, in seinem Berufe vorwärts zu kommen. Und dennoch würde ihn die Noth dazu gezwungen haben, wenn ihm nicht der Zufall ein zwar bescheidenes, aber im gegenwärtigen Moment immerhin willkommenes Unterkommen zugeführt hätte. Der Tenorist Spangler, Erzieher in einem Privathause und Chorist in der Hofpfarrkirche St. Moritz, der ihm in dieser hülflosen Lage begegnete, bot ihm sofort ein Unterkommen an in seiner bescheidenen Dachkammer, die er mit Weib und Kind bewohnte; es war allerdings nur eine Lagerstatt, die Haydn dort fand, aber er nahm sie an; dadurch ward es ihm ja möglich gemacht, in der Kaiserstadt zu bleiben, die ihm die Mittel für sein weiteres Fortkommen bieten sollte. Freilich wurde es ihm sehr schwer, diese zu gewinnen. Als den Eltern seine traurige Lage bekannt wurde, gewann bei ihnen der Lieblingsgedanke der Mutter, den Sohn im geistlichen

Stande zu sehen, die Oberhand und sie richtete in diesem Sinne dringende Mahnungen an ihn. Was diese nicht vermochten, hätte beinahe die Noth erreicht. Joseph entschloß sich wirklich in einem Augenblicke der tiefsten Trostlosigkeit in den Orden der Serviten zu treten, um sich, wie Dies sagt, doch endlich einmal satt essen zu können; allein seine gesunde Natur half ihm auch über diesen Anfall verzweifelnder Rathlosigkeit hinweg; er darbte und arbeitete weiter und dachte nicht wieder an eine Aenderung seines Berufes. Ein Nachtlager für den Winter hatte er bei Freund Spangler und was er zur äußersten Noth brauchte, erwarb er eben so gut als es ging. Er ließ keine Gelegenheit etwas zu verdienen ungenützt vorüber gehen: geigte bei Gelegenheitsmusiken mit, spielte auch zum Tanz auf und besorgte Arrangements für die verschiedensten Instrumente.

Gelegenheit aber zu solchen Verdiensten bot Wien damals in großer Fülle. Die Musikaufführungen in den zahlreichen Kirchen Wiens, wie die Menge von Privat- und die nicht kleine Zahl von Tanzorchestern, welche in Wien allabendlich beschäftigt waren, machten häufig die Mitwirkung der sogenannten „wilden“ zu keinem stehenden Orchester gehörigen Musiker nothwendig. Dazu kamen noch die Nachtmusiken, die in Wien damals sehr beliebt waren. „In den Sommermonaten,“ heißt es nach Pohl in einem Wiener Theater-Almanach vom Jahre 1794 (S. 173) „trifft man fast täglich, wenn schönes Wetter ist, Ständchen auf den Straßen, und ebenfalls zu allen Stunden, manchmal um ein Uhr und noch später. Diese Ständchen bestehen aber nicht, wie in Italien oder Spanien in dem simplen Accompagnement einer Guitarre, Mandora oder eines ähnlichen Instruments zu einer Vocalstimme, denn man giebt die Ständchen hier nicht, um seine Seufzer in die Luft zu schicken oder seine Liebe zu erklären, wozu sich hier tausend bequemere Gelegenheiten finden, sondern diese Nachtmusiken bestehen in Terzetten, Quartetten, meistens aus Opern, aus mehreren Singstimmen, aus blasenden Instrumenten, oft aus einem ganzen Orchester, und man führt die größten Symphonien auf. Besonders wimmelt es von solchen Musiken an den Vorabenden der bekannten Namensfeste, vorzüglich am Annenvorabend. Gerade bei diesen nächtlichen Musiken zeigt sich auch die Allmacht und Größe der Liebe zur Musik sehr deutlich; denn sie mögen noch so spät in der Nacht gegeben werden, zu Stunden, in denen alles gewöhnlich nach Hause eilt, so bemerkt man doch bald Leute in den Fenstern und die Musik in wenigen Minuten von einem Haufen Zuhörer umgeben, die Beifall klatschen, öfters, wie im Theater, die Wiederholung eines Stückes verlangen und sich selten entfernen, bis das Ständchen geendigt ist, das sie öfters noch in andere Gegenden der Stadt schaarenweise begleiten."

Unter diesen Beschäftigungen, die unserem Haydn wenigstens so viel abwarfen, daß er nicht verdarb, verging der Winter. Im Frühjahr schloß er sich einer nach dem bekannten Wallfahrtsort Mariazell pilgernden Procession an und diese Wallfahrt blieb nicht ganz ohne Erfolg für ihn. Er stellte sich in Mariazell dem Chormeister P. Florian Wrastil als früheren Kapellsänger von St. Stephan vor und bat um die Erlaubniß, in der Kirche ein Solo singen zu dürfen; allein der Chormeister wies ihn sehr unfreundlich ab. Haydn indeß ließ sich dadurch nicht abschrecken; was er durch Bitten nicht zu erreichen vermochte, setzte er durch List in's Werk. Er ging am andern Morgen auf den Chor, mischte sich dort unter die Sänger und suchte hier den Solisten zu überreden, ihm die Ausführung des Solos zu überlassen, wogegen er sich zur Zahlung eines Siebenzehners erbot. Während der Sänger noch unschlüssig schwankte, ergriff Haydn ohne Weiteres das Notenblatt und sang das Solo so schön, daß alle Anwesenden verwundert aufhorchten und der Chormeister nach Beendigung des Hochamts wegen seines Benehmens Tags vorher um Entschuldigung bat. Haydn wurde nunmehr auch von der Geistlichkeit eingeladen; auf's gastfreundlichste von ihr aufgenommen, verlebte er hier acht der glücklichsten Tage und ging dann auch noch mit einer kleinen Summe Geld beschenkt wieder zurück nach Wien. Hier mußte er sich eine eigne Wohnung suchen, Spanglers Familie hatte sich vermehrt und er war auch in ein neues Stadtviertel gezogen. Diese fand Haydn in dem sogenannten alten Michaelerhaus am Kohlmarkt; es war wieder nur eine Dachkammer, aber er verlebte die erste Zeit hier in etwas

beſſern Verhältniſſen, er hatte einen mildthätigen Mann Namens Buch-
holz gefunden, der ihm 150 Gulden zinslos lieh und ihn dadurch
wenigſtens die nächſte Zeit vor Mangel ſchützte. Haydn ſetzte in ſeinem
Teſtament der Tochter dieſes Wohlthäters ein Legat von 150 Gulden
aus. Trotz der geringen Bequemlichkeiten, welche ihm ſeine neue
Wohnung bot, ſie ſchützte ihn natürlich nur nothdürftig vor Kälte,
fühlte er ſich glücklich; er hatte ein altes wurmſtichiges Clavier erworben und im Beſitz deſſelben „beneidete er", wie er ſelbſt ſagte,
„keinen König um ſein Glück". Er übte fleißig Clavier und Violine
und ſtudirte vor allem Compoſition, wobei ihm ſein alter Gradus
ad parnassum von Fur wie bisher den beſten Dienſt leiſtete. Daneben mußte er natürlich aber auch auf Erwerb bedacht ſein und
dieſen fand er immer noch wie früher durch ſeine Betheiligung bei den
verſchiedenſten Muſikaufführungen, beſonders aber durch Muſikunter-
richt, den er ertheilte. Er ſelbſt ſagt in ſeiner Selbſtbiographie hier-
über: „Da ich endlich meine Stimme verlohr, mußte ich mich mit
unterrichten der Jugend ganzer acht Jahre kummerhaft herumſchleppen
(durch dieſes Elende Brod gehen viele Genie zu Grunde, da ihnen die
Zeit zum Studium mangelt). Die Erfahrung trifft mich leider ſelbſt,
ich würde das wenige nie erworben haben, wenn ich meinen Com-
poſitionseifer nicht in der Nacht fortgeſetzt hätte."

Von den Compoſitionen Haydns aus dieſer Zeit iſt außer einer
Meſſe, der wir noch gedenken und die wahrſcheinlich in dieſe Zeit
fällt, nichts bekannt geworden; ſie fanden nur abſchriftlich Verbreitung
und gingen meiſt ſelbſt auch für Haydns Gedächtniß vollſtändig verloren. Eine bedeutſame Wendung in Betreff ſeiner innern Entwick-
lung trat für ihn ein mit der Bekanntſchaft der Sonaten von Ph. Em.
Bach, die zunächſt in den Jahren 1742—45 erſchienen. Haydn hat
ſelbſt unumwunden zugeſtanden, was er ihnen verdankt: „Da kam ich,"
äußerte er zu Grieſinger, „nicht mehr von meinem Clavier hinweg
bis die Sonaten durchgeſpielt waren. Und wer mich gründlich kennt,
der muß finden, daß ich dem Emanuel Bach ſehr vieles verdanke, daß
ich ihn verſtanden und fleißig ſtudirt habe; er ließ mir auch ſelbſt einmal ein Compliment darüber machen."

Seine fernere Betheiligung an den Nachtmusiken führte ihm den ersten Operntext in die Hände. Für eine solche, welche der Frau des damals beliebten Komikers Joseph Kurz, Franziska, gebracht wurde, hatte Haydn — wie wol häufig in solchen Fällen — auch die Musik geschrieben (1751), die den Komiker so interessirte, daß er an die Musiker herantrat und nach dem Componisten sich erkundigte, und als sich ihm Haydn als solcher vorstellte, nöthigte ihn Kurz, ihm in seine Wohnung zu folgen; hier machte er ihm den Antrag, die Musik zu einer von ihm gedichteten komischen Oper: „Der neue krumme Teufel" zu schreiben. Haydn ging darauf ein und er soll 24 oder 25 Ducaten für seine Musik zu dieser Oper und der anschließenden Kinder-Pantomime: „Arlequin der neue Abgott Ram in Amerika" erhalten haben. Obwol dies Werk außer in Wien, auch in Prag. Berlin und einigen kleinern Städten aufgeführt wurde, ist die Musik doch bis jetzt noch nicht wieder aufgefunden worden.

Im Michaeler Hause wohnte mit Haydn zugleich auch der Dichter Metastasio und dieser hatte den jungen Musiker zum Clavierlehrer der Tochter seines Freundes Martines, dessen Familie der Dichter einen Theil seiner Wohnung eingeräumt hatte, engagirt. Marianne Martines, der Liebling des Dichters, erhielt außerdem von Hasse Unterricht in der Composition und von dem einst berühmten Nicolo Porpora im Gesang und hierbei accompagnirte unser Haydn. Dieser erhielt für seinen Clavierunterricht, der ungefähr drei Jahre währte, freie Kost im Hause des Dichters. Porpora aber ertheilte ihm einige weitere Anleitung in der Composition, die Haydn selbst ziemlich hoch schätzte; er sagt in der erwähnten Selbstbiographie: „Ich schriebe fleißig, doch nicht ganz gegründet, bis ich endlich die Gnade hatte von dem berühmten Herrn Porpora (so dazumal in Wien war) die ächten Fundamente der Setzkunst zu erlernen." Gern ertrug er die oft rohe Behandlung des meist sehr gereizten Italieners, weil er, wie er wiederholt anerkannte, viel bei ihm im Gesange, in der Composition und in der italienischen Sprache profitirte.

Auch bei den Gesangstunden, welche Porpora der Geliebten des venezianischen Gesandten, Pietro Correr ertheilte, accompagnirte

Haydn und da der Gesandte den Sommer im Bade Mannersdorf verbrachte und dorthin auch seine Geliebte, die schöne Wilhelmine und deren Gesanglehrer Porpora mit nahm, folgte auch Joseph Haydn. Hier kam er zugleich in angenehmen Verkehr mit Bonno, Wagenseil und Gluck, der ihm rieth, um seine Ausbildung zu vollenden, nach Italien zu gehen.

Bei der Rückkehr nach Wien nahm Haydn seine alte Thätigkeit wieder auf, doch besserte sich seine Lage allmälig, indem ihm seine Stunden höher honorirt wurden.

Von folgenschwerer Bedeutung wurde für ihn die Bekanntschaft mit einem begüterten Musikfreund, dem k. k. Truchseß und niederösterreichischen Regierungsrath Carl Joseph Edler von Fürnberg, der ihn häufig zu sich nach seiner Besitzung Weinzirl einlud, um mit dem Pfarrer des Orts, dem Verwalter des Hausherrn und dem Violoncellisten Albrechtsberger Quartett zu spielen. Für diese Quartett-übungen schrieb auch Haydn, veranlaßt durch Fürnberg, sein erstes Streichquartett in B-dur *). Es fand solchen Beifall, daß er dadurch aufgemuntert wurde, diese Gattung weiter zu cultiviren, und es folgten diesem ersten in kurzer Zeit noch siebenzehn andere, die rasch in den betreffenden Kreisen weiteste Anerkennung fanden. Natürlich hoben solche Erfolge seinen Eifer für die Composition. Er schrieb in dieser Zeit auch sechs Scherzandi für Flöte, Oboe und Waldhorn, Streich-Trios für zwei Violinen und Violoncello; oder Violine, Viola und Violoncello und manches jener Divertimenti, die erst später in Druck erschienen, mag in jener Zeit entstanden sein. Nach Griesingers Angaben war Haydn übrigens auch für 60 fl. Vorspieler in der Kirche der barmherzigen Brüder in der Leopoldstadt, spielte dann auch die Orgel in der gräfl. Haugwitzschen Kapelle und sang zuletzt im Stephansdom.

Seine äußeren Umstände hatten sich mittlerweile so weit gebessert daß er eine bequemere Wohnung beziehen konnte; hier wurden ihm indeß schon nach kurzer Zeit seine sämmtlichen Habseligkeiten gestohlen. Der Vater, dem er sein Unglück klagte, indem er ihn zugleich um Uebersendung von Leinwand für Hemden bat, kam selbst nach Wien, schenkte ihm einen Siebzehner mit der Mahnung: Fürchte Gott und liebe deinen Nächsten. Seine Freunde waren aber dafür redlich bemüht ihm seinen Verlust zu ersetzen.

Besonders werthvoll wurde für ihn, daß er im gräflichen Hause Thun Eingang fand. Es wird erzählt, daß der, für Musik sehr empfänglichen Gräfin Thun eine der handschriftlich verbreiteten Sonaten Haydns bekannt, und dadurch der Wunsch in ihr rege gemacht worden war, auch den Componisten kennen zu lernen. Haydn wurde zum Besuch eingeladen, und da die Gräfin sich nach dem Eindruck, den die Sonate auf sie gemacht, ein ganz anderes Bild von dem Componisten in der Phantasie entworfen hatte, glaubte sie, bescheidene Zweifel an seiner Autorschaft laut werden lassen zu müssen, die indeß Haydn leicht beseitigte. Er erzählte der Gräfin dann von den trüben Tagen, die er hatte durchmachen müssen; sie beschenkte ihn reichlich und nahm ihn zum Lehrer im Gesang und im Clavierspiel an.

So war es ihm auch unter den erschwerten Umständen gelungen, sich eine einigermaßen leidliche Existenz zu gründen.

Das Jahr 1759 brachte ihm dann auch eine Anstellung, die, wenn sie auch nur von kurzer Dauer war, doch die Brücke zu jener wurde, welche er dann Jahrzehnte inne behalten sollte. Durch Vermittelung Fürnbergs, wie Haydn selbst bestätigt, wurde dieser 1759 beim Grafen Morzin, der im Winter in Wien, im Sommer auf seinen Gütern bei Pilsen in Böhmen lebte, als Musikdirector und Kammercompositeur mit 200 fl. Gehalt, freier Wohnung und Kost an der Officiantentafel angestellt. In dieser Stellung schrieb Haydn neben einer Reihe von Divertimentis auch seine erste Sinfonie (1759).

Bei seinem Aufenthalt in Wien im Herbst 1760 gab Haydn wieder Unterricht und zählte zu seinen Schülerinnen auch die beiden Töchter des Friseur Keller, der Haydn öfters unterstützt hatte. Dieser faßte zur jüngeren der beiden Schwestern eine so heftige Neigung, daß er Willens war, sich mit ihr zu verheiraten; allein er fand kein Gehör; die Geliebte nahm vielmehr den Schleier als Nonne. Der Vater, dem Haydn als Schwiegersohn durchaus wünschenswerth erschien, überredete ihn, die ältere als Ersatz zur Frau zu nehmen, und daß Haydn dem Willen des

Vaters folgte und sich — am 26. Nov. 1760 — mit ihr trauen ließ, mußte er schwer erbüßen. „Nach den glaubwürdigsten Zeugnissen," sagt Dies, „war sie eine gebieterische und eifersüchtige Frau, die keiner Ueberlegung fähig war und den Namen einer Verschwenderin verdiente." Griesinger erzählt: Haydn mußte ihr seine Einkünfte sorgfältig verbergen, weil sie den Aufwand liebte, dabei bigott war, die Geistlichen fleißig zu Tische lud, viele Messen lesen ließ und zu milden Beiträgen bereitwilliger war, als es ihre Lage gestattete. Haydn antwortete mir einst, als ich den Auftrag hatte, mich zu erkundigen, wie eine erwiesene Gefälligkeit, für die er nichts annehmen wollte, seiner Frau erstattet werden könnte: „die versteht nichts und ihr ist es gleichgültig, ob ihr Mann ein Schuster oder ein Künstler ist".

Haydn lebte auch die letzten Jahre getrennt von ihr. Sie starb im Sommer 1800.

Zerrüttete Vermögensverhältnisse zwangen den Grafen Morzin bald darauf seine Kapelle aufzulösen und Haydn war wieder ohne Stellung; allein der regierende Fürst Paul Anton Esterhazy hatte bei einem Besuch bei Morzin Haydns Compositionen gehört und diese hatten ihm so zugesagt, daß er sofort den Entschluß faßte, ihn für seine eigene Kapelle zu gewinnen. So wurde Haydn 1761 zunächst als zweiter Kapellmeister des fürstlichen Hauses Esterhazy angestellt.

Eine artige Anekdote aus dieser Zeit, die nach Griesinger[*] Haydn selbst gern erzählte, möge noch zum Schluß dieses Kapitels hier ihren Platz finden: „Der schönen Gräfin Wilhelmine fiel, als sie sich, während er am Clavier saß, über ihn beugte, das Halstuch aus einander. „Es war zum erstenmal," erzählte Haydn, „daß mir ein solcher Anblick ward, er verwirrte mich, mein Spiel stockte, die Finger blieben auf den Tasten ruhn." — Was ist das, Haydn, was treiben Sie? rief die Gräfin; voll Ehrerbietung antwortete ich: aber Ihr, gräfliche Gnaden, wer sollte auch hier nicht aus der Fassung kommen?"

[*] Seite 30.

2*

Drittes Kapitel.

Joseph Haydns erste Compositionen.

———

Diese frühesten Compositionen Haydns, so weit sie uns bekannt geworden sind, zeigen bereits die Hauptziele seiner künstlerischen Mission so vollständig, daß es, um seinen Entwickelungsgang vollständig und leicht zu übersehen, durchaus zweckmäßig erscheint, jetzt schon sich so eingehend wie möglich mit ihnen zu beschäftigen. Die Vocalcompositionen kommen hierbei wenig in Betracht, sie lagen zu sehr außerhalb der Aufgabe, die ihm zugetheilt worden war, so daß er hier eher hemmend als fördernd wirkte. Das eigenste Gebiet seiner kunsthistorischen Thätigkeit war die Instrumentalmusik und hier interessirt uns alles was er schrieb, weil jedes einzelne Werk dieser Gattung den Weg bezeichnet, den sein Genie nahm, um zu der Höhe zu gelangen, die er erklomm.

Bei Haydns Eintritt in die künstlerische Laufbahn war die Instrumentalmusik verhältnißmäßig noch sehr jung, aber sie hatte dennoch bereits eine außerordentliche Ausbreitung gewonnen. Zahlreiche Orchester in den mannichfachsten Zusammensetzungen bestanden aller Orten; neben der allmälig außer Gebrauch kommenden Laute hatte das Clavier bereits im Hause sich allenthalben eingebürgert und die Streichinstrumente fanden gleichfalls dort ihren Platz. Die ganze Musikpraxis drängte sonach auf die Ausbildung eines selbständigen

Instrumentalstils, den das 18. Jahrhundert noch nicht hatte gewinnen
können.

Die Instrumente haben selbstverständlich ein viel höheres Alter,
aber ihre Verwendung zu selbständigen Formen ist bedeutend jünger.
Bis tief ins Mittelalter hinein wurden sie vorwiegend nur beim Tanz und
Marsch und in primitivster Gestalt verwendet. Die vorchristlichen Völker
waren in der Ausbildung der praktischen Musik überhaupt nicht zu
bedeutenden Resultaten gelangt. Das erste Jahrtausend und beinahe
die ganze erste Hälfte des zweiten, christlicher Zeitrechnung war so
einseitig auf die Ausbildung der Vocalmusik gerichtet gewesen, daß die
Instrumente nur sehr beiläufig beachtet wurden. Erst mit dem 15. Jahrhundert gewannen sie einige Bedeutung. Es ist das Hausinstrument
die Laute, die zuerst sich einige größere Beachtung erzwingt. Der
Kunstgesang wurde in jener Zeit meist mehrstimmig geübt, und die
Laute gewann in sofern größere Bedeutung für das Haus, als sie zur
Ergänzung der anderen Stimmen nothwendig war, wenn nur die eine
gesungen wurde. Die Lautenisten begannen dann einzelne Vocal-
stücke für ihr Instrument einzurichten und das Verfahren wurde auch
von den anderen Instrumentisten nachgeahmt.

Bis ins 15. Jahrhundert hielten nur die Fürsten Instrumentalisten
in den Trompetern und Paukern; die Städte mußten sich bei den
öffentlichen Gelegenheiten, die sie mit Musik festlicher machen wollten,
oder bei ihren Tänzen mit den herumziehenden Musikanten begnügen.
Diese führten ein zu unstetes Leben, um die Instrumentalmusik wirklich
dauernd fördern zu können. Wol mögen einzelne bedeutende Fertig-
keiten in ihrer Weise auf ihren Instrumenten erreicht haben; ganz
besonders waren sie auch bemüht, diese möglichst zu verbessern; allein im
allgemeinen war der Gewinn, den diese fahrenden Musiker der Kunst-
entwickelung zuführten, nicht groß, während jene fürstlichen Trompeter
und Pauker für die späteren Jahrhunderte noch bedeutsam wurden. Das
änderte sich erst, als auch den Städten erlaubt wurde, Stadtpfeifer
anzustellen und Stadtpfeifereien einzurichten, welchen die Ausführung
der Instrumentalmusik übertragen wurde. Mit dieser Zeit erst beginnt
die eigentliche selbständige Ausbildung der Instrumentalmusik;

die erften Anfänge derfelben fallen freilich noch bedeutend fpäter. Wie die fahrenden Mufikanten begnügten fich auch die Stadtmufikanten noch lange damit, neben den Cänzen Vocalftücke mit Inftrumenten auszuführen; in Ermangelung felbftändiger Inftrumentalwerke waren fie gezwungen, Vocalfätze dazu zu machen, indem fie die Stimmen anftatt mit Singftimmen mit entfprechenden Inftrumenten befetzten. Mit der technifchen Ausbildung, welche diefe durch die größere fyftematifche Pflege jetzt gewannen, kam den Inftrumentaliften erft allmälig das Bewußtfein von der größeren Spielfülle, welche die meiften Inftrumente den Singftimmen gegenüber zu entwickeln im Stande find. Sie lernten erkennen, daß es vielen Inftrumenten bequemer und zugleich ihrem Charakter entfprechender ift, die langen gefungenen Cöne in geringerwerthige aufzulöfen und fo wurden fie auf das fogenannte Diminuiren und Coloriren geführt, ein aus dem Stegreif geübtes Verfahren, nach welchem die vom Gefange länger auszuhaltenden Cöne von den Inftrumenten in melodifche Figuren aufgelöft wurden. Die Organiften, Claviciniften und Lauteniften griffen dies Verfahren dann auf, um es zuerft fyftematifcher dem harmonifchen Grundriß einzufügen. Die Lautenftücke, die Präambulums der Lauteniften des 16. Jahrhunderts und ihre bearbeiteten Cänze, wie die Choralfigurationen und die Variationen über Volkslieder und Cänze der Organiften und Claviciniften find die erften felbftändigeren Inftrumentalwerke. In den Stadtpfeifereien wurde dies Verfahren gleichfalls geübt, und fo gelangten allmälig auch die übrigen Inftrumente zu den erften Anfängen ihrer Selbftändigkeit, die fie zugleich dann auch in den Inftrumentalchören verwenden lernten. Diefen fehlte natürlich noch die eigenthümliche Organifation, die, auf die eigenfte Natur und Leiftungsfähigkeit der einzelnen Inftrumente begründet, jedes einzelne nach der befonderen Weife feines Klanges und feiner Technik herbeizieht, um alle zu einem einheitlichen Organismus, zum in fich abgefchloffenen Orchefter zu verbinden. Das ganze fiebenzehnte und noch die erfte Hälfte des achtzehnten Jahrhunderts hindurch behielt auch hier die Vocalmufik ihren Einfluß, wurde das Orchefter nach Anleitung und dem fpeciellen Bedürfniß des Gefanges

organifirt und behandelt; fo daß Jofeph Haydn auch nach diefer
Seite felbſt in der letzten Hälfte des vorigen Jahrhunderts noch bahnbrechend werden konnte.

Zwei Inſtrumentalformen find es, die uns jetzt hier ſchon begegnen,
wenn auch nur dem Namen nach. Die Sonate und Sinfonie neben
der Suite, die im Grunde nicht als Form zu betrachten ift. Sonata
hieß im Anfange des 16. Jahrhunderts überhaupt jeder Inſtrumental-
fat: von „sonare — klingen“ abgeleitet, bezeichnet man damit ein
„Klingſtück“ zum Unterfchiede vom „Singſtück“ — Cantate. Diele Ge-
fangſtücke aus jener Zeit tragen die Bezeichnung „auf Inſtrument zu
brauchen“ oder „da cantare et sonare“ wie beifpielsweife „Inta-
volatura de 11 Madrigall di Verdelotto da cantare et sonare“ 1536 oder: Fantasle e ricerarla a 3 vocl, accomodata
da cantare e sonare per ognl lstromento (Venetla 1549).
In diefem Sinne wurde auch jedes Inſtrumentalſtück, ganz abgefehen
von feiner Form „Sonata“ genannt. Joh. Gabrieli, der genialſte
Förderer des Inſtrumentalſtils Ausgang des fechzehnten und Anfang
des fiebenzehnten Jahrhunderts, fcheidet fchon Canzone und Sonata
(in feinen Sammlungen von 1597 und 1615), und wenn die Unterfchiede
auch nicht ſtark ausgeprägt find, fo kann man doch unfchwer erkennen,
daß der Canzone der Liedftil zu Grunde liegt, der Sonata aber
der Motettenſtil. Die Canzone ift urfprünglich eine volksthümliche
Liedform und kommt als „villanesche italiane“ „neapoli-
tane“ häufig in den Lieberfammlungen des Jahrhunderts vor. Aber
wie die Meifter des künſtlichen Contrapunkts die Liedmelodie auch
bei den vocalen Verarbeitungen in den künſtlichen Formen behandelten,
fo auch Gabrieli feine Inſtrumentalcanzonen, fo daß fie fich
nur wenig von den Sonaten unterfcheiden, eigentlich nur darin, daß
in jener die Melodie immer noch mehr vorherrfchend bleibt, wie in der
Sonata, die durchaus motivifch entwickelt ift. Es ift klar, daß fchließ-
lich eine von beiden Formen das Feld räumen mußte, und eben fo
natürlich, daß dies die Canzone ift, während die Sonate ununterbrochen weiter gebildet wurde, bis fie die Form erhielt, in welcher die
größten Meifter die wunderbarſten Geheimniffe offenbaren follten.

Schon wurde aber auch der Name Sinfonie an Stelle der Sonate angewendet. Bragio Marini veröffentlichte: Madrigali et Sinfonie a una 2. 3. 4. 5. (Stampa de Gardano in Venezia 1618).

Das Wort Symphonia ist griechischen Ursprungs: die griechischen Theoretiker faßten unter den Begriff: Symphonoi die Consonanzen zum Unterschiede von den Diaphonoi, den Dissonanzen. In diesem Sinne wurde das Wort noch im Mittelalter gebraucht, später aber auch zugleich auf mehrstimmige Tonstücke angewendet, bis es auf die kurzen Instrumentaleinleitungen überging, die seit Ende des 16. Jahrhunderts den mehrstimmigen Gesängen vorausgingen. Ueberall lag die ursprüngliche Bedeutung des Wortes als: Wolflang zu Grunde, und es war ganz natürlich, daß es in einer Zeit, welche dem „Sang" der Stimme den „Klang" des Instruments gern gegenüberstellte, auf dies letztere überging. „Un- oder Gleichstimmung" nennt Staden die 11 Tacte lange, von Geigen „hinter dem Fürhange" ausgeführte „Symphonia", mit der er sein Singspiel Seelewig (1640) eröffnet, und in diesem Sinne wurde sie länger als ein ganzes Jahrhundert allein gebraucht. Sie nahm alle nur möglichen Formen an: der Intrade, oder der Fanfare, Ricercare, des Präludiums u. dergl. Dabei waren die Begriffe noch so wenig festbestimmt, daß nicht selten auch für Sinfonie die Bezeichnung Sonata stand. Erst als die Einleitung zur Ouvertüre (namentlich durch Lully) sich erweiterte und diese bis zur dreitheiligen Form (zum Theil wiederum unter dem Namen Sinfonie) sich entwickelte, begann eine festere Scheidung der Begriffe; die Einleitung wurde zur Ouvertüre, und Sinfonie und Sonate schieden sich als selbständige Instrumentalformen von dieser. Dazu wirkte wieder eine neue Form, die der Suite, mit, die im Beginn der zweiten Hälfte des 17. Jahrhunderts als Sammlung von Tänzen beliebt wurde.

Als seit dem Beginn des 16. Jahrhunderts die Künstler auch der Pflege der weltlichen Musik eifrig sich unterzogen, Volkslieder bearbeiteten und Tänze componirten und herausgaben, suchte man auch bald nach entsprechenden gemeinsamen Titeln für Sammlungen von Volks-

liedern oder Tänzen. Für jene wurden die Namen Frottole,
Falala, Vilanellen u. s. w. allgemeiner. Die Sammlungen von
Tänzen führten dagegen das ganze 17. Jahrhundert noch hindurch die
verschiedensten Titel. Auch der Name Scherzi für solche Bearbeitungen
von weltlichen und geistlichen Liedern begegnet uns wie: Cozzolani:
Scherzi di sacra melodia (1652) oder Petrobelli: Scherzo
musicale (Venedig 1653). Die Bezeichnung Suite dürfte Aux
cousteaux zuerst angewendet haben in: Suite de la première
partie des quatrains de Matthieu à trois voix selon l'ordre
de doux modes (Paris, Robert Ballard 1652) und dann erst
wieder Porte G. de la in: Suites de pièces nouvelles choisies
et disposées pour le Concert pour deux dessus de Violon
avec la Basse continue pour le clavecin, auxquels on peut
joindre la Basse de Viole et le Téorbe (Amsterdam 1689) dann:
Schenk: Scherzi musicale ou Suittes pour une Basse de
Viole et une Basse continue composés de Préludes, Alle-
mandes, Courantes, Chaconnes (Amsterdam 1692). Häufiger
wird dann noch die Bezeichnung Partie angewendet, und das Zu-
sammenstellen der verschiedenen Tänze zu Partien hat entschieden dazu
mitgewirkt, der Suite eine bestimmte Ordnung zu geben. Erst als
die Componisten anfingen, die Tänze zu Partien zusammenzustellen, kamen sie darauf, diese in eine gewisse Reihenfolge zu bringen,
während sie in den früheren Sammlungen willkürlich auf einander
folgten, wie sie eben den Sammlern und Bearbeitern in die Hände
kamen. Jetzt zeigt sich bereits die beginnende Erkenntniß von der
Nothwendigkeit des Gegensatzes, des Contrasts, wenn die entsprechende Wirkung erzielt werden sollte. Man erkannte, daß die Art
der Zusammenstellung auch auf die Wirkung des einzelnen Tanzes von
entscheidendem Einfluß wird; daß es daher zweckmäßiger ist, neben die
sinnig gravitätische Allemande nicht die verwandte Sarabande zu
stellen, sondern zwischen beide die etwas belebtere Courante, und daß
man diese wiederum nicht nach der feurigen Gigue bringen dürfe,
sondern daß diese am zweckmäßigsten als die belebteste Tanzform möglichst den Schluß bilden müsse.

Die damit gewonnene Erkenntniß von der Nothwendigkeit der Wirkung durch Gegensätze gab dann zunächst der Ouvertüre eine bestimmtere Form. Diese ist bekanntlich nichts weiter, als was ihr Name
sagt: Eröffnungsstück. Sie wurde durch die Nothwendigkeit geboten,
den Sängern die bestimmte Tonart anzugeben, in der sie das betreffende
Tonstück ausführen sollen. Dazu ist natürlich der Grundton oder Grund-
accord genügend und er wurde auch zunächst einzig und allein in diesen
Vorspielen festgehalten, die dann mit „Intrata“ bezeichnet sind. Mit
ihnen werden gewöhnlich auch große feierliche Aufzüge, ausgeführt durch
voranschreitende Trompeter und Pauker, eröffnet und sie dienen häufig
auch als Einleitung für die ersten Musikdramen des 17. Jahrhunderts,
theils unter diesem Namen, theils auch mit Toccata bezeichnet. Bei
kirchlichen Tonwerken war für die Einleitung die Bezeichnung Sinfonie
gebräuchlicher; wie noch bei Bach, der die ausgeführten Cantaten mit
einer Sinfonie einleitet; seinen Orchester-Suiten aber stellt er eine
Ouvertüre voran.

Der Name zeigt schon, daß er zuerst in Frankreich der In-
strumentaleinleitung beigelegt wurde. Lully, der Gründer der französischen Oper, setzte seinen ersten Opern schon eine zum „Prologue“
gehörige Ouvertüre vor. Für die Ausbildung der Form als solche hat
er aber wenig gethan; diese ist meist nach Anleitung des Tanzes einfach gegliedert. In seinen Balletten begnügt er sich noch mit einem
bloßen Prälude, wie in Achille e Polizene, das nur mit
einem Präludium von 15 Tacten eingeleitet wird. Das Ballet:
Du Temple de la Paix dagegen hat schon eine Ouvertüre in der
Form, wie sie dann feststehend wurde. Einem kurzen langsamen
Satze im Viervierteltact (12 Tacte) folgt ein Satz von raschem Tempo
im Sechsachteltact (der Reprise), der weiter ausgeführt ist, diesem dann
wieder ein kürzerer langsamerer, worauf der rasche Satz (daher Reprise) wiederholt wird. In derselben Weise sind die Ouvertüren zu
„Iris“, Atys oder Armida construirt. In den Ouvertüren zu
Phaeton, zu Amadis, Belerophon geht Lully noch einen
Schritt weiter; in diesen Ouvertüren findet kein Tact- oder Tempowechsel statt; der Gegensatz ist dadurch hergestellt, daß im zweiten

Theil Notengattungen von geringerem Werth zur Anwendung kommen. Während der mit Grave oder Lentement bezeichnete Satz nur Halbe und Viertel und höchstens Achtel verwendet, ist das Thema des fugirten zweiten Satzes in demselben Tempo gehalten, aber es besteht nur aus Achteln und Sechzehnteln. Die Anordnung dieser Sätze wird demnach bereits entschieden durch das Bestreben, in Gegensätzen zu wirken, das den breitern, zusammengesetzten Instrumentalsätzen Form giebt, beherrscht. Die Ausführung der einzelnen Sätze aber zeigt, daß die Instrumentalmusik in Frankreich direct aus der Tanzmusik hervorging; auch die fugirten Sätze sind vorwiegend im Charakter der Gigue gehalten. Wunderbarer Weise adoptirten auch unsere deutschen Meister, Bach und Händel, jene Ouvertüre mit Tact- und Tempowechsel, und auch Haydn construirt sie noch in derselben Weise. Die Ouvertüre zu „L'Isolata disabitata" beginnt mit einem kurzen Largo (G-moll), dann folgt ein feuriges Allegro, dann ein Allegretto im Dreivierteltact in G-dur im Charakter des Menuett und eine kurze Recapitulation des ersten Allegro schließt als Coda die Ouvertüre. Die Ouvertüre zur Armida beginnt dagegen mit dem Vivace, dem ein Allegretto im Dreivierteltact, mehr gesangmäßig gehalten, folgt und dann wieder als Coda das erste Allegro bruchstückweis.

An dieser ganzen Entwickelung nimmt der Tanz und vor allem die Suite den wesentlichsten Antheil und sie darf in sofern allerdings als eine Vorstufe für Sonate und Sinfonie betrachtet werden, obwol beide im Grunde genommen auch neben der Suite ihre eingehende Pflege fanden. An der Suitenform entwickelte sich der Instrumentalstil zu greifbaren Resultaten, und als dann die Componisten dieselbe Sorgfalt, welche sie auf die Zusammenstellung der einzelnen Sätze der Suite verwandten, auch auf die Sonate übertrugen, gelangte diese rasch zu bedeutender Entwickelung und ließ jene bald hinter sich zurück, denn die Suite war einer Weiterbildung in diesem Sinne nicht fähig. Auch die Tänze sind als Kunstformen zu behandeln, allein sie werden auch als solche nie zu der Höhe der übrigen Formen gelangen können. Daher war es natürlich, daß, als die höhere Form der Sonate zu so wunderbarer Entfaltung gelangte und zur Sinfonie wurde, die Suite allmälig zurück trat, sie wurde zum Divertimento, das der mehr oder weniger geistvollen Unterhaltung dient, und zur Cassatio, die als Gelegenheitsmusik nur bescheidenere Ansprüche erhebt.

Ein eigenthümlicherer Sonatenstil sollte erst an dem Instrument entwickelt werden, das überhaupt neben der Orgel zuerst zu einem einheitlicheren eigenen Stil gelangte, am Clavier. Das sogenannte Diminuiren und Coloriren konnte bei der Orgel und dem Clavier viel planmäßiger erfolgen als bei den anderen Instrumenten; hier waren ursprünglich festgefügte, nach den strengen Gesetzen des Vocalstils ausgeführte Consätze durch Einführung des organisch entwickelten Figurenwerks zu selbständigen Orgel- und Claviersätzen umgestaltet und durch Variirung solcher Sätze waren ganz neue Formen gewonnen worden. Anknüpfend an die ursprüngliche Form der Sonate von Joh. Gabrieli hatte Dominico Scarlatti einen neuen Sonatensatz gewonnen; durch die künstliche Verknüpfung der Liedstrophen — nach Anleitung der dichterischen Form des Rondeau — war in Frankreich namentlich durch Couperin (1713) das sogenannte Rondo (Rondeau) ausgebildet worden, und beide Formen wurden die Grundlage für Sinfonie und Sonate nach unserem Begriff. Die Sonate der venezianischen Schule ging aus dem Bestreben hervor, den Mottettenstyl instrumental umzubilden; sie stellte die alten Tonarten ganz in derselben Weise instrumental dar, wie die Motette vocal. Dieselbe Richtung verfolgt die neue Sonate, aber jetzt sollen nicht mehr die Tonarten des alten Kirchensystems dargestellt werden, sondern Dur und Moll des neuen mit den reicheren Mittel, welche das Instrumentale in größerem Maaße schon darbot und die sich in dem neuen, unserem modernen System in ihrer ganzen Fülle auszubreiten vermochten. Zugleich bot das neue System in dem eigenthümlichen Verhältniß von Tonica und Dominant die entsprechenden Mittel, den Contrast, durch welchen das Instrumentale wirken soll, auch harmonisch darzustellen, und in dieser Weise erfaßte die neue Form Scarlatti; indem er alle diese verschiedenen Momente in einem einzigen Satze darstellte, begründete er damit die Entwickelung dieser Form so, daß sie dann ideell von den späteren Meistern weiter geführt werden konnte. Sein Allegrosatz ist meist dreitheilig construirt, der Vordersatz des ersten Theils, motivisch entwickelt, prägt die Haupttonart bestimmt aus; der Nachsatz ist dann mehr melodisch gehalten und steht in der Tonart der Dominant (in Mollsätzen der Mediant). Diesem folgt dann eine Art Durchführungssatz und diesem endlich die mehr oder weniger freie Wiederholung des ersten Theils. Damit ist der eigentliche Sonaten-(der Allegro-)satz in seinen Grundzügen gewonnen und er wurde von den deutschen Meistern bis zur höchsten Vollendung ausgebildet. Joh. Seb. Bach, der eigentliche Schöpfer des ganzen modernen Clavierstils, wurde weniger Förderer für den Sonatenstil, weil er die Wirkung durch Contraste scheute; er war und blieb auch hier der große Vertreter der dialectischen Entwickelung. Seine Sonaten sind kostbare Perlen der Instrumentalmusik, aber mehr als Schlußsteine des alten, denn als Anfänge des neuen Stils. Dagegen gewannen seine Söhne Phil. Emanuel und Wilh. Friedemann direct Einfluß für die Weiterbildung der modernen Form der Sonate und des Rondostil, und wie viel Haydn namentlich von Phil. Emanuel lernte, das hat er selbst wiederholt dankend anerkannt, und kommt noch bei der specielleren Betrachtung der Werke unseres Meisters in Erwägung.

Die Rondoform war namentlich durch Couperin (in seinen Pièces de clavicen 1715) fest bestimmt worden; indem er einem liedmäßigen Hauptsatze einen oder mehrere, ihn näher erörternde oder anders beleuchtende Nebensätze (Couplets) gegenüber stellt und immer wieder auf den Hauptsatz zurückgeht, wurde die Form gewonnen, welche sich als die geeignetste zum Schlußsatz für die neue, aus mehreren Theilen zusammengesetzte Sonate und Sinfonie erwies.

Dies waren die Hauptresultate der ganzen Entwickelung der Instrumentalmusik bis zu der Zeit, als Joseph Haydn beim Beginn der zweiten Hälfte des 18. Jahrhunderts selbstthätig mit eingriff. Daß sie ihm nur zum kleinsten Theil bekannt geworden waren, das zeigen die ersten Instrumentalsätze, die aus jener Zeit uns erhalten blieben. Aber auch selbst der Vocalsatz war ihm nur nach den untersten Handgriffen geläufig geworden, wie aus der ersten seiner bekannten Messen, die er wahrscheinlich kurz nach seinem Abgange aus dem Kapellhaufe schrieb, hervorgeht. Sie steht im directen Gegensatz zu der sonst üblichen Art der Erstlingsarbeiten solcher Kunstjünger, welche mit dem Handwerkszeug vollständig zu operiren wissen. Während diese in der Regel nicht Raum genug finden für alles, was ihnen in Kopf und Händen sitzt, und daher meist erschreckend weitschweifig werden, ist diese Haydn'sche Messe von einer beängstigenden Kurzathmigkeit, die kaum Talent, ganz gewiß aber nicht einen Funken Genie verräth.

Zum „Dona nobis" wiederholt Haydn einfach die Musik des „Kyrie", und man hat wol wenig Grund anzunehmen, daß er damit eine feine Idee verband. Wir setzen zur Vergleichung den Anfang beider gegen einander (ohne die Instrumentalbegleitung, die sich der Stimme eng anschmiegt):

Dürftiger noch ist das Gloria (F-dur), und selbst das „Amen", auf dem die Componisten seiner Zeit die Stimmen gern aussingen ließen, wird ganz kurz abgehandelt:

Das „Benedictus" bezeichnet Haydn als Duett, aber es ist nur ein zweistimmiger Gesang, der zudem vollständig aus dem Charakter der übrigen Sätze heraustritt:

Diesem Satze schließt sich das „Osanna" von vier Tacten an; diesem das 12 tactige „Sanctus" und dann folgt das „Dona nobis"
wie angegeben nach der Musik des „Kyrie".

Die Messe schon zeigt, daß Haydn auf dem Gebiete der Kirchenmusik nicht seine weitergreifenden Erfolge finden würde, zugleich aber
auch, wie wenig das Studium des Gradus ad parnassum und der
anderen Lehrbücher ihm seinen eigensten Beruf erschließen konnte; das
sollte erst das Leben thun, mit seinen mannichfachen Anforderungen.
Daher gewann er auch zur Instrumentalmusik von vorn herein eine
ganz andere Stellung als zur Vocalmusik. Diese war bis zu hoher
Blüte in den höchsten Formen entwickelt, und es gehörte schon eine ganz
bedeutende technische Fertigkeit, ein außergewöhnliches contrapunktisches
Geschick dazu, auf diesem Gebiet noch etwas zu leisten. Für die Instrumentalmusik dagegen waren erst die Formen in ihren Grundzügen
festgestellt, wie wir sahen theils nach Anleitung der vocalen Technik,
theils hervorgerufen durch jene Formen, die so recht durch das Leben
erzeugt sind, Marsch und Tanz. Hiermit ist aber auch zugleich
der veränderte Inhalt bezeichnet, den die Instrumentalmusik jetzt gewinnt. Während die Vocalmusik hauptsächlich zum Träger und Ver-
künder der, durch die heiligsten und höchsten Ideen erregten und bewegten
Innerlichkeit wird, erweist sich die Instrumentalmusik geeigneter für
jenen Inhalt, der am fort und fort sich neugestaltenden Leben in Wald
und Flur, in Haus und Gesellschaft sich vornehmlich erzeugt. Diesem
die neuen Formen zu vermitteln, das war Haydns besondere Aufgabe,
und Ziel und Plan derselben konnte ihm wiederum nur der intimste
Wechselverkehr mit dem Leben selber offenbaren, in den er nach seinem
Austritt aus dem Kapellhaus kam. Durch die höhere künstlerische Pflege,
welche die Meister des Vocalen seit dem 17. Jahrhundert auch der
Instrumentalmusik hatten zu Theil werden lassen, war diese durchaus
nicht dem Volk entfremdet oder entzogen worden; sie hatte im Gegentheil hier nur noch weitere Verbreitung gefunden, und die Volksmusiker
waren nicht hinter der allgemeinen Entwickelung zurück geblieben.
Namentlich Wien war in jener Zeit überreich an derartiger Musik.
Die hohe Aristokratie unterhielt nicht nur Privatkapellen für ihre eigenen

Zwecke, sondern sie ließ sie auch auf Straßen und öffentlichen Plätzen, zur Freude und Ergötzung der Wiener spielen, namentlich des Nachts, und bald wurde die Sitte der öffentlichen Nachtmusiken allgemein. An Stelle des gesungenen Ständchens trat die von Instrumenten ausgeführte Serenade, auch Nocturno genannt; im Hause aber, zur Tafel oder zur Abendunterhaltung waren die Caffatio, das Divertimento und Scherzando bestimmt, an denen Haydn zunächst die Technik sich aneignet, mit welcher er dann für den neuen Inhalt auch die entsprechenderen Formen fand.

Es ist schwer, die unterscheidenden Merkmale der oben erwähnten Formen anzugeben, weil die Componisten selbst sich ihrer nicht recht bewußt waren; bei Haydn ist ein und dasselbe Musikstück bald als Nocturno, bald als Caffatio augeführt, und manche dieser Werke tragen die Bezeichnung Caffatio oder Sinfonie.

Die Serenade wurde in der Regel für Blasinstrumente geschrieben; es genügten zwei Oboen (oder auch Clarinetten und Flöten) und zwei Fagotte. Häufig treten dann auch Hörner hinzu, so daß das Orchester aus 2 Clarinetten, 2 Hörnern, einem oder zwei Fagotten bestand — in dieser Zusammenstellung wendet es auch noch Mozart in seiner Serenade op. 27 an. Weiterhin wurden Oboen und Clarinetten verwandt, so daß das Orchester aus Oboen, Clarinetten, Hörnern und Fagotten zusammengestellt war u. s. w. Die Rohrblasinstrumente wurden indeß auch durch Streichinstrumente erseßt; so schrieb Joh. Haydn mehrere Serenaden für zwei Violinen, Contrabaß und zwei Hörner; er zog auch in andern Fällen eine Flöte und noch andere Instrumente hinzu. Namentlich wuchs die Zahl der Instrumente, als die Serenade nicht mehr ihrem eigentlichen, ihrem ursprünglichen Zweck diente, sondern zur Unterhaltungsmusik wurde im Divertimento, Caffatio oder Scherzando. Die Serenade wurde die erste cyclische Form, in der sich eine Art innerer Zusammenhang geltend macht, bei dem die einzelnen Nummern in Beziehung mit einander treten. Während es bei der Zusammenstellung der Tänze zur Suite höchstens nur darauf ankam, durch die specielle Anordnung die unterscheidenden charakteristischen Merkmale der einzelnen

Tanzweisen hervor zu heben, wurde bei der Serenade diese Anordnung durch den Zweck bestimmt, dem sie diente. Der ursprünglichen
Idee entsprechend, traten die Musikanten mit einem festlichen Marsch
an; hatte dieser noch nicht die Aufmerksamkeit derjenigen Person,
welcher die Huldigung galt, hinreichend erregt, so folgte eine Mennett,
oder ein Allegrosatz und dann erst das Andante oder Adagio,
das als eigentlicher Huldigungssatz das bewegte und erregte Gefühl
austönen sollte. Es ist dann jedenfalls wieder ein sinniger Zug, diesem
Satze noch eine Mennett anzufügen, als zarte Andeutung des Wunsches
nach baldiger Vereinigung. Diesem folgte wol noch ein Adagio oder
gleich der belebtere Schlußsatz (ein Allegro) und mit einem Marsch
zogen die Musikanten wieder ab. Beethovens Serenade (Op. 8) hält
diese Anordnung fest. Daraus, daß den uns erhaltenen Serenaden
von Haydn und Mozart der Marsch fehlt, ersieht man, daß diese
nicht mehr dem ursprünglichen Zweck dienen, sondern eben nur als
Musikformen gelten wollen. Ein Allegrosatz eröffnet das Werk,
diesem folgt eine Mennett; ihm das Adagio, diesem dann in der Regel
noch die zweite Mennett und ihm als Schlußsatz das Allegro. Damit
war im Grunde die Sinfonieform festgestellt und die Mozartsche Serenade in D wurde auch als Sinfonie (Nr. 5) gedruckt.

Eine Cassatio Haydns in Es hat sogar drei Mennetten; da-
zwischen stehen zwei Adagios, und ein Ballo macht den Schluß; wir
geben nachstehend die Anfänge:

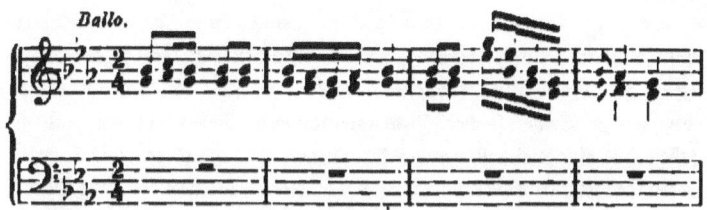

Sonft ift in der Regel der erfte Satz ein Allegro oder auch ein Prefto, dann folgt die Menuett, diefem das Adagio, dann die zweite Menuett und diefer das finale. Die auch Sinfonie bezeichnete Caffatio (Symphonie o Cassatio) in B für zwei Geigen, Viola und Baß*) beginnt mit einem Allegro mit Variationen:

Aehnlich ift beim Divertimento die Zahl und Ordnung der Sätze, wenn auch eben fo wenig feft beftimmt wie dort. Das eine (in G) beginnt mit dem Prefto, dann folgt die Menuett, dann das Adagio, darauf eine neue Menuett und dann das finale; andere haben nur 3 Sätze Allegro, Adagio, Prefto; oder Adagio, Allegro, Menuett.

Weit beftimmter in der Zahl wie in der Anordnung der Sätze wurde von Haydn das fogenannte Scherzando behandelt.

Scherzi musicali werden noch im vorigen Jahrhundert die leichten italienifchen Lieder, die feit dem 17. Jahrhundert in Deutfchland verbreitet waren, genannt und noch Walther giebt in feinem Lexikon (1713) keine andere Erklärung. Johann Scheuk veröffentlichte 1688

---

*) Als No. 12 unter die Quartette aufgenommen.

Scherzi musicali per la viola di gamba und später bezeichnete man nicht nur einen besonders charakteristischen Satz der zusammenge= setzten Formen damit, sondern auch diese selbst. Bei Haydn tragen eine ganze Reihe solcher Instrumentalwerke diesen Namen und sie haben alle eine viel bestimmtere Anordnung als die anderen, mit Cassatio, Serenade, Notturno oder Sinfonie bezeichneten. Sie sind für zwei Oboen, zwei Hörner, zwei Geigen und Baß geschrieben und bestehen aus vier Sätzen: der erste ist ein Scherzo Allegro und für die erwähnten Instrumente geschrieben; der zweite eine Menuett, dessen Trio regelmäßig für Flauto=Solo, zwei Geigen und Baß gesetzt ist; der dritte, das Adagio, wird dann nur von den zwei Geigen und dem Baß ausgeführt und erst im letzten (vierten) Satz wirken alle die genannten Instrumente Oboen, Hörner, Geigen und Baß wieder mit. Von dieser Ordnung weicht keins der uns bekannt gewordenen Scherzandi ab, selbst das Trio wird regelmäßig als Flöten=Solo behandelt. In ihnen dürfen wir demnach die eigentlichen Vorläufer der Sinfonie und der verwandten Formen finden; diese sind bereits in diesem Scher= zando gewonnen, und es ist nur zu verwundern, daß Haydn nicht noch früher, als er es that, daran festhielt, sondern noch lange andere Zusammenstellungen unternahm. Er folgte hier aber nur der Praxis seiner Zeit so lange, bis er selber diese durch seine monumentalen Schöpfungen bestimmte.

In Bezug auf die Ausführung der einzelnen Sätze nun wurde für Haydn, wie er selbst wiederholt bekennt, Phil. Em. Bach von ent= scheidendem Einfluß.

Der zweite Sohn des großen Joh. Seb. Bach hatte eine ganz andere Ausbildung gewonnen als unser Haydn; er war nicht nur zu einem gründlich durchbildeten Musiker erzogen, sondern er hatte auch eine ausgezeichnete wissenschaftliche Bildung erhalten, da er für die Rechts= wissenschaft bestimmt war. Im Hause seines Vaters und in seinen Stellungen in Berlin am Hofe des kunstsinnigsten Königs von Preußen, des großen Friedrich, wie später in Hamburg, war er mit allen hervorragenden Erscheinungen und allen bedeutenden Persönlichkeiten seiner Zeit früh bekannt geworden; er hatte sich so alle die vorhandenen verstreuten Elemente, die auf verschiedenen Gebieten und von verschiedenen Meistern herbeigeschafft waren, leicht anzueignen vermocht, die der Geigenvirtuosen Corelli und Corelli nicht minder wie die der Clavier- und Orgelvirtuosen, und er verwendete sie nicht mit der imponirenden Macht des Genius, sondern mit der kühleren combinirenden Reflexion des Talents; aber doch so, daß er recht wol nach dieser Seite der Lehrmeister Joseph Haydns werden konnte, dessen Instinct ihn die Formen in ihren Grundzügen von vornherein sicherer erfassen ließ, als dies der ältere Meister Phil. Em. Bach vermochte, der mit seiner ganzen Bildung doch zumeist in der alten Richtung wurzelte.

Mit der Naivetät des Genies hatte Haydn den ganzen Organismus der neuen Form erfaßt, den Bach mit seiner reichen Bildung nicht so knapp und energisch zu gestalten vermochte, und Haydn stellte ihn in seinen ersten Notturnos hin, vollständig nackt, aber auch gleich im ersten Wurf so, daß er keiner durchgreifenden Correctur benöthigt war; bei Phil. Em. Bach aber lernte er ihn beseelen und vergeistigen, so weit dies überhaupt die Aufgabe, die ihm geworden war, nöthig erscheinen ließ. An der durchdachteren Technik dieses Meisters übte er seine eigene, die aber doch auch eine wesentlich andere werden mußte, weil sie sich andere Ziele gesetzt hatte. In dieser Beziehung wandelt Phil. Em. Bach noch die Wege seines Vaters, sind seine Werke noch der Nachklang der großen Epoche, welche in ihm zum Abschluß kam. Auch des Sohnes Individualität ist noch erfüllt von jenen großen, heiligen Ideen, die das Kunstwerk des großen Vaters erstehen ließen. In Joseph Haydn gewann das Leben mit all seinen endlichen Beziehungen, mit seinem bunten Wechselspiel Einfluß auf die Gestaltung des Kunstwerks; dies knüpft direct hier an, indem es, wie wir sahen, den Zwecken desselben dienstbar wird. So stellen sich uns schon die ersten bemerkenswerthen Notturnos, die Cassatio und Divertimentos, dieser ersten Schaffensperiode des jüngeren Meisters dar. Sie treiben damit allerdings aus dem Boden hervor, auf welchem auch die entsprechenden Werke jener Italiener Boccherini und Giambattista Sammartini stehen; aber man thut Unrecht, wenn man diesen beiden irgend welchen Einfluß auf unseren Meister zuerkennen will, wie das geschehen ist. Beide folgen durchaus der Entwickelung, welche der Sonatenstil in Italien seit Joh. Gabrieli nahm, in der Umgestaltung, die derselbe durch Domenico Scarlatti erfahren hatte, aber sie verflachen den Stil und zersetzen ihn durch die volksthümlichen Elemente, die sie aufnehmen, ohne daß sie auch nur annähernd einen neuen gewinnen. Joseph Haydn schlägt den direct entgegengesetzten Weg ein; vermöge der echt künstlerischen Technik, die er sich in unablässiger Arbeit aneignet, verarbeitete er jene volksthümlichen Elemente zum ewig mustergültigen Kunstwerk und schuf damit den neuen Instrumentalstil, der seitdem zu herrlicher Selbständigkeit und Vollendung gelangte. Während bei jenen Italienern die volksthümlichen Elemente das Kunstwerk herabdrücken und auflösen, werden durch Joseph Haydn diese volksthümlichen Elemente in die höhere Sphäre gehoben, in der sie selbst den Stoff für das Kunstwerk bilden. Nach dieser Seite betrachtet gewinnen auch seine früheren Orchesterwerke, so gering positiven Werth sie beanspruchen, doch Bedeutung und Interesse. Das bekannte G-dur-Notturno*), eins der ersten der Gattung — es ist wahrscheinlich 1754 componirt — ist schon ein Beweis, wie früh er diese seine Aufgabe erfaßte. Der erste Satz ist außerordentlich knapp in der Form, so daß diese nur in ihren Grundlinien vorgezeichnet erscheint, aber dennoch offenbart sie in der Lebendigkeit der Motive und der pikanten Ausführung derselben beide Seiten, volksthümliches Empfinden und das Bestreben, dies in faßlichen und übersichtlichen und doch pikanten Formen darzustellen.

---

*) Als: Quintetto, Cassatio in G per due Violini, due Viole obligate e Basso, composto per Elettore Palatino da Giuseppe Haydn. Stampato dopo il manoscritto originale. Bonna presso N. Simrock.

Da capo.

Das Gegenſätzliche iſt hier in der ſchüchternſten Weiſe, wie bei Menuett und Trio, durch die Gegenüberſtellung von Dur und Moll ausgedrückt, daneben doch auch ſchon in der Behandlung der Inſtrumente; die erſte Geige verſucht wenigſtens einen mehr getragenen Geſang der lebendigen Triolenbewegung entgegen zu ſetzen. Im zweiten Satz (Allegro moderato) wird ein ſolcher durch die eigenthümliche Behandlung des Hauptmotivs erreicht:

Das Motiv trägt den Charakter jener Spielseligkeit, die so recht ein Hauptzug der Individualität Haydns geworden ist und der er in unerschöpfter Arbeit anziehendsten und zugleich überzeugendsten Ausdruck giebt. Hier schon begegnen uns neckische Spielereien, die eine Hauptzierde seines ganzen Stils werden sollten:

Die Construction dieses Allegro zeigt auch schon die Form des eigentlichen Sonatensatzes in ihrem Grundriß. Dem ersten Theil folgt eine Art Durchführungssatz, der sich allerdings noch wenig vom ersten Theil unterscheidet, weil dieser auch vorwiegend motivisch entwickelt ist. Darauf wird der zweite wiederholt und zwar in der entgegengesetzten harmonischen Ordnung: während der erste von der Tonika zur Dominant sich wendet, nimmt die Wiederholung als dritter Theil den entgegengesetzten Weg von der Dominant nach der Tonika zurück.

Die anschließende Menuett erhält dadurch einen besonderen Reiz, daß die Geigen und Violen sich in belebter Wechselrede einander gegenüber stellen:

Menuetto.

und das Frage- und Antwortspiel setzen sie auch im weiteren Verlauf und noch im G-moll-Trio fort. Dabei ist auch dieser Satz in derselben Weise gegliedert, wie der Allegrosatz. Diesen drei Sätzen gegenüber erscheint das Allegro etwas sehr dürftig. Es enthält eigentlich nicht einen prägnant ausgesprochenen Gedanken. Die zweite Geige, erste Viola und der Baß geben die einfach accordische, nur nach harmonischem Princip entwickelte Grundlage, die zweite Viola löst diese durch die festgehaltene Figur

auf, und darüber ergeht sich die erste Geige ziemlich planlos in seltsam verkräuselten melodischen Phrasen, die an die Weise der schrankenlos phantasirenden Zigeuner seines Heimathlandes erinnern. Die zweite Menuett, die nun folgt, ist nicht so reizvoll wie jene erste, aber dafür energischer gehalten:

Mit dem Schlußsatz hält sich Haydn in dieser Periode noch viel weniger auf als in der späteren. Noch ist ihm die Bedeutung des Rondo als Finale für diese zusammengesetzten Formen nicht zum Bewußtsein gekommen, seine Schluß-Allegro sind wie das in Rede stehende meistentheils in der Entwickelung zurückgebliebene Sonatensätze. Er verarbeitet hier in der leichtesten, nur lose verknüpfenden Weise die beiden Themen:

und hier ist ihm auch schon jener Schluß geläufig, der in den verschiedensten Variationen häufig bei ihm wiederkehrt:

So erscheint in diesem Werke namentlich die harmonische Construction der einzelnen Sätze ganz entschieden fest bestimmt; es ist die
Dominant-Wirkung und Bewegung, aus der sie sich aufbauen,
die entscheidend überhaupt für alle Formgestaltung wird. Dies ist in
den Werken dieser Periode, bei denen noch andere Instrumente hinzutreten, nicht immer so entschieden der Fall wie hier. Dem ersten
Allegro des in der Beilage veröffentlichten Scherzando fehlt die
Wendung nach der Dominant ganz und gar, erst die Mennett
bringt sie, weil sie hier unter keinen Umständen fehlen konnte. Das
Adagio erscheint ganz unter dem Einfluß von Ph. Em. Bach entstanden; es ist gesangreich und natürlich geführt und hat einfachen
aber tieferen Gehalt, wie die meisten Adagios dieser Periode. Das

Presto, mit dem das Werk schließt, ist noch knapper wie das des vorerwähnten, und deshalb noch fester in der angegebenen Weise geformt. Interessant ist weiterhin selbst an diesem Werke schon zu beobachten, wie Haydn in der Zeit seiner Anfängerschaft bereits bemüht ist, die Blasinstrumente abweichend zu führen, um größere Mannichfaltigkeit im Klange zu erreichen. Obgleich Meister wie Händel und Bach hierin schon erfolgreich neue Bahnen betreten hatten, so darf man doch es noch als bei ihnen üblich betrachten, daß die Blasinstrumente im Großen und Ganzen sich den Streichinstrumenten anschließen. Stamitz veröffentlichte noch in der letzten Hälfte des vorigen Jahrhunderts: Six Quartetto pour deux Violons, Alto Viole et Violoncello obligés. Dont deux a grand Orchestre, deux concertants et deux les Premiers Parties pouvant sejouer par une Flûte, Hautbois au Clarinette. Oeuvre XI.

Nur das zweite und vierte dieser „Quartetten“ sind mit concertante bezeichnet, sollen also nur von den Streichinstrumenten ausgeführt werden; das erste und letzte, wie die Bezeichnung „d'Orchestra“ bestimmt, dagegen vom ganzen Orchester; beim dritten und fünften treten Flöten, Oboen und Clarinetten zu den Geigen.

Es ist jedenfalls bezeichnend für Haydn, daß er diese Praxis nicht übte, sondern von vorn herein seine Blasinstrumente bescheidener aber doch selbständiger führte. Die Oboen bringen in dem Scherzando nicht eigentlich etwas anderes als die Geigen, allein indem sie sich häufig von ihnen trennen und mit den Hörnern Füllstimmen bilden, wie schon im siebenten und achten Tact, gewinnt der Satz ein wesentlich erhöhtes Colorit und dies war eine Hauptbedingung für den neuen Orchesterstil, daß eben neue reine Instrumentalklänge gewonnen wurden, die das Orchester hauptsächlich dem Vocalen gegenüber als selbständig erscheinen lassen. Im Trio der Menuett übernimmt dann ein Instrument, die Flöte, die Melodie und die Streichinstrumente begleiten nur. Einen Schritt weiter geht Haydn dann in dem Divertimento (No. 2 der Notenbeilage) „In Nomine domini“, das er 1760 componirte. An Stelle der Oboen sind englische Hörner getreten und diese alterniren schon mit den Violinen in Führung der Oberstimme. Im

Nachsatz des ersten Theils des Allegro, dem Dominantsatz, vom 17. Tact an, haben die beiden Blasinstrumente vorwiegend den Hauptinhalt und bei der Wiederkehr gegen das Ende des Satzes schließen sich sogar die Hörner mit größerer Selbständigkeit an. Diese gewinnen in der anschließenden Menuett noch größere Selbständigkeit und das Adagio beginnt gleich mit belebten Wechselreden zwischen den Instrumenten, die auch in der zweiten Menuett noch fortgesetzt werden.

Wir begegnen ähnlichen Versuchen auch bei seinen lebenden Zeitgenossen, aber sie sind doch nur mehr zufällig, während sie sich überall bei Haydn, wenn auch noch unbewußt, doch entschieden als empfundene Nothwendigkeit herausstellen. Sein Genius hatte, wie es schon angedeutet wurde, instinctiv erkannt, daß nur aus der energischen Behandlung und Beherrschung des Dominantverhältnisses alle Formen und vor allem die Instrumentalformen erstehen und so machte er es zur gesammten Grundlage seines künstlerischen Schaffens. Die Praxis hatte ihm ferner die rhythmische Construction des neuen Kunstwerks am Tanze eröffnet und er verwandte sie in diesem Sinne in seinen frühesten Werken. Diese Praxis hatte ihn ferner die Instrumente als Individuen erkennen lassen, und in dieser Erkenntniß gewinnt auch sein Orchesterstil von vorn herein die rechte Basis, von welcher aus jedes einzelne Instrument nach seinem eigensten Vermögen herangezogen wird, und das ganze Orchester dann als ein reichgegliederter Organismus erwächst. Wie Haydns Melodik, die auf dieser Stufe noch am wenigsten selbständig erscheint, dadurch wesentlich beeinflußt wird, kann erst später gezeigt werden.

Unter dieser Voraussetzung entstand auch jene Sinfonie Haydns, die allgemein als seine erste gilt, und die er 1759 als Kapellmeister des Grafen Morzin schrieb. Sie unterscheidet sich von den bisher besprochenen Instrumentalformen im Grunde nur dadurch, daß sie keine Menuett enthält, sondern nur aus drei Sätzen besteht, einem Presto:

einem **Andante**:

und dem **Finale**, wieder ein **Presto**:

Augenſcheinlich folgte Haydn hier der älteren Praxis der Einleitungs-
Sinfonie, die häufig in dieſer Weiſe conſtruirt war, daß zwiſchen zwei
raſchen Sätzen ein langſamer Satz ſteht. Weiter aber erſtreckt ſich die
Aehnlichkeit mit der älteren Sinfonie nicht. Die einzelnen Sätze ſind in
der bisher von uns betrachteten Weiſe ausgeführt, aber ſehr knapp gehalten und zeigen die ganze bisher erwähnte Technik. Die zwei Oboen
und zwei Hörner treten zu den Streichinſtrumenten als füllender und
nicht ſelten mehr ſelbſtändig gefaßter Chor hinzu, wie wir das bereits
an den vorherbeſprochenen Werken nachwieſen. Man kann dieſe Sinfonie
gewiſſermaßen als einen Abſchluß der Vorſtudien für dieſe Form bezeichnen; ſchon ſeine nächſte, die er in Eiſenſtadt ſchrieb, hatte
wieder eine Menuett und ſie zeigt, daß der Stil der Caſſatio, des
Scherzando und Divertimento bereits als Sinfonieſtil entwickelt in die
Erſcheinung zu treten beginnt.

Hierbei wirkten aber auch ganz weſentlich die 18 Streichquartette,
die Haydn in dieſer Zeit ſchrieb*), und die deshalb eine ganz beſondere Beachtung verdienen.

Die Streichinſtrumente hatten ſich namentlich ſeit dem Ende des
17. Jahrhunderts einer eingehendern und ſorgſamen Pflege zu erfreuen;
die außergewöhnlichen Erfolge, welche Corelli und Corelli und in

---

* Es ſind die erſten 18 in der Breitkopf und Härtelſchen, die letzten No. 58—75
in der Trautweinſchen Ausgabe.

Deutschland Biber, Stamitz u. A. erreichten, halfen diesen Instrumenten bald zu großer Beliebtheit; an den Höfen bildeten sie bald die Hauptstütze der sogenannten Kammermusik und auch im bürgerlichen Hause gewannen sie allgemein Eingang. Leicht fanden sich schon im Anfange des 18. Jahrhunderts zwei Geigen zusammen zur Ausführung von Duos, ihnen gesellte sich dann wol auch ein Cellist zum Trio bei und noch ein Violaspieler zum Streichquartett, und namentlich diese Form der Ausführung wurde bald allgemein beliebt; neben den Sonaten für zwei Geigen, oder für Geige, Clavier und Baß gehörten die für zwei Geigen, Viola und Cello zu den beliebtesten und gangbarsten Artikeln, und die Componisten jener Zeit Camerloher, Stamitz, Harrer, Scheibe und eine Reihe anderer waren eifrig bemüht, diesem Bedürfniß zu genügen. Wie erwähnt, wurde auch Haydn durch einen solchen Quartettverein, dem er selbst angehörte, veranlaßt, diese Form zu pflegen, und daß er es wieder sogleich mit größerem Erfolge that wie jeder der genannten Vorgänger und Zeitgenossen, ist wiederum in der besonderen Weise begründet, in der er, vom genialen Instinct geleitet, auch diesen Instrumentenverein auffaßte und organisirte. Die Formen lieferten ihm wieder die Serenade, Cassatio, das Divertimento; für die besondere Darstellung derselben aber wurde die Weise, in der er das Streichquartett anschaut und behandelt, entscheidend; ihm erscheint dies von vorn herein nicht wie ein Verein von vier, sondern wie ein Verein von zweimal zwei Stimmen, und damit hatte er gleich im ersten Quartett den einzig richtigen Standpunkt für die Organisation desselben und seine Formen gewonnen. Er faßt die beiden Geigen zusammen zu einem zweistimmigen Chor und Viola und Cello zu einem zweiten und gewinnt so den lebendigen Organismus, aus dem heraus die Form sich von selbst in großer Mannichfaltigkeit entwickeln mußte. Am augenscheinlichsten wird dies im Trio der ersten Menuett dieses ersten (B-dur-)Quartetts klar:

Im Uebrigen behält Haydn noch die älteren Formen bei, das Notturno und die Cassatio, als welche er diese Quartette Anfangs auch noch bezeichnet. Er schreibt in der Regel fünf Sätze: dem ersten raschen Satz folgt eine Menuett, als zweiter, diesem ein Adagio, diesem eine zweite Menuett und als letzter Satz dann ein Allegro vivace oder Presto. Im dritten (in D-dur) ist diese Ordnung insofern verändert, als das Adagio zuerst steht; ihm folgt die Menuett, diesem das Presto; dann die zweite Menuett und nach ihr das Schluß-Presto.

Besonders fest gefügt und dabei reich ausgeführt ist Nr. 4 (in G-dur). Den ersten Satz (Presto) hat die übermüthigste Laune dictirt, er ist übersprudelnd und von hinreißender Wirkung; zum ersten Male begegnet man einer gewissen Weitschweifigkeit bei dem jugendlichen Componisten, die aber hier, wo sie erfüllt ist von Lust und Leben, nur um so angenehmer berührt. Er kommt dabei nicht viel über Tonika und Dominant hinaus, aber er ist unerschöpflich in der Umgestaltung dieser einfachen Mittel. Dazu bildet dann die kräftigere Menuett mit dem derb humoristischen Trio einen prächtigen Gegensatz, während das wieder mehr ungrisch verschnörkelte Adagio etwas gegen die beiden vorangehenden Sätze abfällt. Die zweite Menuett und der Schlußsatz dagegen entsprechen den ersten beiden Sätzen wieder vollkommen. Dem fünften Quartett (B-dur) fehlen beide Menuette, es besteht nur aus Allegro, Andante und Allegro molto, von denen das Andante als eben so fein empfunden, wie sorgfältig ausgeführt bemerkenswerth erscheint. Auch in Nr. 6 (G-dur) ist der langsame Satz hervorzuheben, ein Adagio, mit einer Geigenmelodie, wie sie seliger oder inniger nur selten gesungen wurde; um des Effects ganz sicher zu sein, ist sie mit Sordinen auszuführen, die anderen Instrumente begleiten pizzicato. Auch dies Quartett ist fünfsätzig wie die nachfolgenden. Das Adagio des 8. (in E-dur) zeigt, wie sich Haydn allmälig der Geigentechnik bemächtigt; es bietet der ersten Geige namentlich in den Doppelgriffen schon einige nicht unbedeutende Schwierigkeiten.

Das 9. war ursprünglich, wie auch die Factur des ersten Satzes besonders zeigt, als Divertimento für Streichmusik mit zwei Hörnern gedacht; als solches (Div. ex E-moll a 5el) ist es auch in Haydns Entwurfskataloge verzeichnet. Die zweite Menuett ist eine der schönsten, die der Meister schrieb; er hat sie auch mit besonderem Fleiß behandelt. Die pizzicato auszuführenden Eingangsaccorde sind von entzückender Wirkung, und um dem Hörer den Genuß derselben recht oft zu gewähren, behandelt er die Menuett als Alternativo, er giebt dem Trio drei Varianten bei, deren je eine nach jeder Wiederholung der Menuett gespielt werden soll, und nachdem die letzte ausgeführt ist, bildet die Menuett den Schluß. In der ersten Variante macht er die Viola zum melodieführenden Instrument; in der zweiten wird die erste Geige brillant geführt und in der dritten nehmen an dieser mehr virtuosen Leistung alle vier Instrumente Theil. Mit diesem Quartett hatte Haydn vollständig von den neuen Mitteln, die ihm der Verein dieser Instrumente gewährte, Besitz ergriffen und so nahte er sich immer mehr jener Zeit, in der er das Höchste auf diesem Gebiete leisten sollte. Das Adagio des folgenden Quartetts (Nr. 10 F-dur) gehört zu den reifsten dieser Periode und ebenso die Menuett.

Auch Nr. 11 ist ursprünglich als Cassatio mit Hinzuziehung von zwei Hörnern gedacht, worauf der erste Satz und das Trio der zweiten Menuett hindeuten. Nr. 12 ist die schon früher erwähnte Cassatio o Sinfonie in B. Es beginnt mit einem Adagio, mit vier brillant entwickelten Variationen. In Nr. 13 endlich begegnet uns das Quartett, das am meisten der später feststehenden Form entspricht; es besteht aus nur vier Sätzen, von denen jeder einen auch äußerlich geschiedenen Charakter trägt. Als erster Satz steht ein echter Sonatensatz, der seine Abstammung vom Tanz nicht schon im Tempo verräth, wie meist bisher; er ist im Vierviertelstact gehalten und entspricht den Bedingungen des Quartetts bereits vollständig. Darauf folgt die Menuett, die natürlich hier eine wesentlich andere Wirkung macht. Ein Andantino grazioso folgt dann als langsamer Satz und ein Presto, das dem ersten Satz entsprechend im Zweivierteltact gehalten ist, bildet den Schluß. Mit diesem Werk erst ist die Form der niederen Sphäre der Gelegenheitsmusik, als welche Cassatio, Serenade und Divertimento doch immer gelten müssen, entrückt; sie ist in die höhere der Kunstgestaltung erhoben und somit der edlere Kunststil des Quartetts begründet. Es bildet dies Quartett demnach entschieden einen Markstein in der Entwickelung des jungen Meisters, die, wie wir sahen, nicht in überraschender Schnelligkeit, aber doch in energischer Stetigkeit vor sich geht. Die anderen fünf dieser Reihe zeigen noch bedeutendere Einzelheiten, aber keines derselben ist so in sich einheitlich entwickelt wie gerade dies. Nr. 14 hat wieder nur drei, Nr. 16 nur zwei Sätze; jenes beginnt mit einer Fantasia con Variazioni und endet mit einem weit ausgeführten und charakteristischen Presto, mit welchem Haydn auch die Rondoform gewonnen hat, die er von nun an wirkungsvoll für seine Finales zu verwenden weiß. Das vorletzte vierfätzige Quartett (in F-dur) bringt jenes Andante cantabile, das durch das Florentiner Quartett (Jean Becker) wieder in die Oeffentlichkeit gebracht, zum wol populärsten Satze Haydns geworden ist und seitdem in unzähligen Arrangements verbreitet wurde. Das letzte Quartett dieser Reihe hat gleichfalls ein prächtiges Adagio von weichem Charakter und großer Innigkeit; auch das erste Allegro und die Menuett stehen auf der Höhe der Form; dagegen erscheint der letzte Satz zu leicht gewogen, doch bezeugt auch er, daß Haydn hier bereits von dem Gebiet als Herrscher vollständig Besitz genommen, daß er jetzt den durchaus entsprechenden Stil für das Streichquartett gefunden hat, den für das Orchester und das Clavier in ähnlicher Vollendung zu finden ihm erst noch durch Jahre weiterer Uebung gelingen sollte.

Der Vollständigkeit halber sei noch erwähnt, daß Haydn auch eine ganze Reihe von Streich-Trios schrieb, die in seiner Jugendzeit fast noch mehr beliebt waren, als die Quartette, da sie noch leichter zu besetzen waren. Zwei Geiger und ein Cellist fanden sich immer noch leichter zusammen, als zu ihnen auch noch ein Violaspieler, und so ist es erklärlich, daß die Streich-Trios noch beliebter waren als das Quartett, dem sie indeß schließlich weichen mußten. Bekanntlich componirte auch noch Beethoven Streich-Trios (Op. 3 und Op. 9), doch vermochte diese Form der Zusammenstellung nicht die Concurrenz mit dem Quartett zu bestehen, und als der Clavierstil so weit entwickelt war, daß dies Instrument zum Wettstreit und zu vereinten Leistungen mit den Streichinstrumenten eintreten konnte, lag es zu nahe, es mit der Geige zum Duo und mit Geige und Cello zum Trio zu verbinden, und in dieser Zusammenstellung gewannen darauf diese Formen dieselbe Pflege durch unsere Meister, wie das Quartett und die Sinfonie. Auch Haydn hat eine Reihe von Meisterwerken dieser Art geschaffen, die wir noch später betrachten müssen.

Aus der lebendigen Praxis hatte sonach Joseph Haydn in dem vergangenen Jahrzehnt gewonnen, was ihm das Kapellhaus nicht hatte gewähren können: die vollständige Herrschaft über die Darstellungsmittel der neuen, der Instrumentalformen, und dabei war ihm zugleich das Bewußtsein von der Nothwendigkeit eines neuen Organismus derselben gekommen, und dieser hatte sich ihm in seinen Grundzügen so vollständig erschlossen, daß er ihn hier schon in einzelnen Streichquartetten vollständig ausgeprägt zur Erscheinung bringen konnte.

Reißmann, Haydn.   5

Die neue Stellung als Director der Esterhazyschen Kapelle gab ihm die weitere Gelegenheit, aus diesem Organismus heraus auch das orchestrale Kunstwerk, die Sinfonie, zu gestalten und die Kammermusik auf dieser neuen Grundlage zu begründen. Nur in Bezug auf die Construction der Instrumentalformen und ihre specielle Darstellung durch das Streichquartett, war demnach mit diesem Lebensabschnitt Haydns Lehrzeit geschlossen. Für die Ausbildung des Orchesterstils sollte sie erst in Esterhazy beginnen, wo ihm ein nach und nach vervollständigtes Orchester zur Verfügung stand. Hier erst gelangte er dazu dies so zu organisiren, daß es die Mittel bot zur sinfonischen Erweiterung der Formen des Quartetts. Dies und wie er auf diesem Wege auch dazu gelangte, den Clavierstil und den Stil der Kammermusik neu zu begründen, soll in den nächsten Kapiteln schon nachgewiesen werden.

Viertes Kapitel.

Joseph Haydn in Eisenstadt.

———

Eisenstadt, eine kleine Stadt in Ungarn, die Residenz der Fürsten Esterhazy, wurde für Joseph Haydn von 1761 bis 1766 zum ausschließlichen Aufenthaltsort; in den Jahren 1767 bis 1790 brachte er die Wintermonate in Wien zu. Das fürstliche Haus Esterhazy (ursprünglich Estoras) zeichnete sich von jeher durch große Liebe zur Musik aus. Der Fürst Paul, der vom Kaiser Leopold in den Fürstenstand erhoben worden war (1687), war selbst in der Composition so weit erfahren, daß er ein- und mehrstimmige Kirchenlieder auf alle Festtage im Jahre componirte, die auch veröffentlicht wurden (1711). Wie bei allen Fürsten jener Zeit gehörten auch zu seinem Hofstaat Hofsänger und Hofmusikanten; seit dem 1. Januar 1720 als wirkliche Hofkapelle organisirt, erhielt diese 1728 in der Person des Gregorius Josephus Werner ihren Kapellmeister. Zu besonderem Glanze gelangte die Kapelle, nachdem Fürst Paul Anton, geb. am 22. April 1711, nach erlangter Großjährigkeit (1734) das fürstliche Majorat übernommen hatte. Der Musik leidenschaftlich ergeben, hatte er sich selbst eine nicht unbedeutende Fertigkeit im Violin- und Violoncellospiel angeeignet, die er noch unausgesetzt zu erweitern suchte. Bald nach seinem Regierungsantritt wurde das fürstliche Orchester durch Flöte, Oboe, Posaune und Pauke verstärkt. Weil manchem fürst-

lichen Haufe in jener Zeit die Unterhaltung folcher Kapellen zu koſt-
ſpielig wurde, hatte ſich allmälig die Praxis gebildet, daß die Mit-
glieder derſelben zugleich auch noch andere Dienſte und Verrichtungen
übernehmen mußten. Es wurde kein Diener angeſtellt, der nicht zugleich
auch ein Inſtrument ſpielte, und andererſeits mußten die Inſtrumen-
tiſten ſich noch verpflichten als Kammerdiener, Secretair, Auffeher oder
Kanzleibeamter, je nach ihren Fähigkeiten, Dienſte zu leiſten. Ferner
wurden auch die Lehrer und Organiſten der benachbarten, zur Herrſchaft gehörigen Ortſchaften mit hinzugezogen; für die Aufführung der
Vocalwerke waren beſondere Soliſten und auch Soliſtinnen engagirt
und ſo gehörte die Eſterhazyſche Kapelle zu einer der bedeutenderen
ihrer Art, als Joſeph Haydn als Vicekapellmeiſter in dieſelbe eintrat.
Die von Pohl mitgetheilte „Convention und Verhaltungsnorma“ vom 1. Mai 1761 ſagt (§. 1), daß „Joſeph Haydn als Vice-
Kapellmeiſter in die Dienſte des Fürſten Eſterhazy aufgenommen, während der bisherige Kapellmeiſter Gregorius Werner, obwol er hohen
Alters und Kränklichkeits halber nicht wol im Stande iſt, ſeiner
Pflicht gehörig nachzukommen, er dennoch in Anſehen ſeiner langjährigen,
treu und emſig geleiſteten Dienſte, als Ober-Kapellmeiſter verbleibt“,
und Joſeph Haydn ihm ſubordinirt erſcheint. Neben den damals
üblichen Ermahnungen zu einem Verhalten, wie es einem „ehrliebenden
Hansofficier eines fürſtlichen Hofſtaats wol anſteht“, werden in dieſer
„Convention und Verhaltungsnorma“ ſeine Pflichten dahin
feſtgeſtellt, daß er „jede anbefohlene Compoſition ſofort auszuführen
habe, dieſe Niemandem mittheilen, noch weniger abſchreiben laſſe, auch
ohne eine eingeholte Erlaubniß für Andere nichts componire.“ Nach
§. 5 mußte er alltäglich in Wien oder auf den Herrſchaften Vor- und
Nachmittags im Antichambre anweſend ſein und abwarten, ob eine Muſik
anbefohlen ſei; dann hatte er dafür zu ſorgen, daß alle Muſiker zu rechter
Zeit erſcheinen und zu ſpät Kommende oder gar Abweſende zu notiren.
Selbſtverſtändlich hatte er die Verpflichtung Sänger, Sängerinnen und
Orcheſter fleißig üben zu laſſen, und das Orcheſter auf ſolchem Fuß und in
ſo guter Ordnung zu erhalten, daß es ihm zur Ehre gereiche und er ſich
der ferneren fürſtlichen Gnade würdig machen werde. Etwaige Uneinig-

leiten unter den Musikern hatte er zu schlichten; er wie diese mußten in Uniform und „allezeit sauber" in weißen Strümpfen, weißer Wäsche, eingepudert und entweder in Zopf oder Haarbeutel, aber immer gleichmäßig erscheinen; dafür erhielt er jährlich 400 Gulden rhein. „und überdies auf denen Herrschaften den Officiertisch oder einen halben Gulden tägliches Kostgeld." Nach einem Oelgemälde trug Haydn in Uniform lichtblauen Frack mit silbernen Schnüren und Knöpfen, hellblaue Weste mit Silberborden besetzt, gestickte Halskrause und weiße Halsbinde.

Fürst Paul Anton starb bereits am 18. März 1762, und da er keinen Leibeserben hinterließ folgte ihm sein Bruder Nicolaus Joseph in der Regierung, der in der Liebe zu Kunst und Wissenschaft seinen Bruder noch übertraf. Dies bethätigte er gleich dadurch, daß er Haydn nicht nur in seiner Stellung bestätigte, sondern auch dessen Gehalt sofort um die Hälfte erhöhte und die Verhältnisse der Kapelle wesentlich verbesserte. Er spielte leidenschaftlich das Baryton, ein Saiteninstrument, ähnlich dem Violoncello, das durch dies indeß längst aus der Praxis verdrängt ist; und für welches Haydn eine ganze Reihe von Compositionen schrieb.

Die Kapelle zählte jetzt fünf Violinisten, je einen Violoncellisten, Contrabassisten und Flötisten, zwei Oboer, zwei Fagottisten und zwei Waldhornisten; außerdem zwei Discantistinnen, eine Altistin, zwei Tenoristen, einen Bassisten und einen Orgelspieler. Während diese früher hauptsächlich nur zur Tafel- und zur Kirchenmusik herangezogen wurden, begann unter Fürst Nicolaus Joseph eine viel mehr erweiterte Thätigkeit für sie. Neben den stehenden Concertaufführungen wurde die Kammermusik eingerichtet und fleißig geübt und auch eine Bühne errichtet, auf welcher Opern, Marionetten, Serenaden u. dergl. zur Aufführung gelangten. Dieser erweiterte Kreis der Thätigkeit der Kapelle eröffnete natürlich der schöpferischen Kraft Haydns ein weites Gebiet und wie er jede Gelegenheit nützte, diese zu bethätigen, das beweisen schon die Arbeiten der ersten Jahre seines Eisenstädter Aufenthalts. Der Eintritt der beiden Waldhornisten in die Kapelle veranlaßte ihn dazu, ein Concerto per il corno caccia (D-dur 1762)

zu schreiben; mehrere Trios für verschiedene Instrumente sind gleichfalls aus den speciellen Bedürfnissen der einzelnen Kapellmitglieder
hervorgegangen.

Das kurz nach dem Eintritt Haydns in die Kapelle erfolgende
Engagement Tomasinis, des trefflichen Geigers, der damals im jugendlichen Alter von 20 Jahren stand, veranlaßte Haydn dazu, in der ersten
fünfsätzigen C-dur-Sinfonie aus dieser Zeit eine Sologeige einzuführen.
Nach der bereits üblich gewordenen Weise seiner Zeit gab er dieser
Sinfonie auch einen Namen: Le Midi und ließ ihr dem entsprechend
auch noch eine andre Le Matin und ein Concertino Le Soir
folgen; der Schlußsatz des letzteren trägt in der durch Breitkopf und
Härtel (1767) verbreiteten Abschrift die Bezeichnung La Tempesta,
der wir auch bei anderen Componisten jener Zeit, wie bei J. Holz-
bauer, als Bezeichnung für den Schlußsatz begegnen. Nach einer
Mittheilung von Dies*) gab ihm Fürst Anton die vier Tageszeiten zum
Thema einer Composition; „er setzte dieselben in Form von Quartetten
in Musik, die sehr wenig bekannt sind". Wahrscheinlich sind die oben
erwähnten Orchesterwerke gemeint. — Tomasinis außerordentliche Bedeutung als Geiger wurde auch von Haydn immer anerkannt. „So
wie du", bekennt er ihm selber, „spielt mir Niemand meine Quartette
zu Dank". Außer diesem trefflichen Geiger hatte die Kapelle auch noch
andere ausgezeichnete Kräfte, wie die Waldhornisten Carl Steinmüller
und Carl Franz, von denen namentlich der letztere auch als Solist mit
Beifall öffentlich auftrat.

Bereits im Sommer 1762 war im Glashause des Schloßhofgartens
ein Theater aufgerichtet worden und im Mai und Juni fanden bereits
Aufführungen von italienischen Singspielen statt, mehrere mit Musik
von Haydn, wie: La Marchesa Napola — La Vedova — Il
Dottore — Il Sganarello.

Die Vermählung des Fürsten Anton, des ältesten Sohnes des
Fürsten Nicolaus, mit der Comtesse Marie Therese, Tochter des Grafen

---

*) Dies Seite 44.

Nicolaus Erdödy, und die dabei stattfindenden Feierlichkeiten veranlaßten dann Haydn gegen Ende 1762 sein erstes größeres dramatisches Werk: A c i d e (Acis und Galathea, Festa teatrale) zu schreiben. Die Vermählung fand am 10. Januar 1763 in Wien in der kaiserlichen Burg statt; das Brautpaar war zur kaiserlichen Tafel geladen und fuhr alsdann noch an demselben Tage nach Eisenstadt, woselbst große Feierlichkeiten vorbereitet waren. Bald nach ihrer Ankunft wurde in der Schloßkapelle ein Te Deum abgehalten und dann die Hochzeitstafel, an der über 120 Personen Theil nahmen. Die Aufführung der Oper A c i d e e Galathea erfolgte erst am folgenden Tage, wobei die Orchestermitglieder in dunkelrother, mit Gold verbrämter Gala-Uniform erschienen. Auch der dritte Tag wurde dann noch eben so wie vorher der zweite mit allerlei Volksbelustigungen ausgezeichnet und schließlich auch noch durch die Aufführung einer Opera buffa.

Noch in demselben Jahre hatte Haydn den Verlust seines Vaters zu beklagen, dem ein Unglücksfall unerwartet den Tod brachte. Im Sommer dieses Jahres hatte dieser den Sohn noch in Eisenstadt besucht und selbst gesehen, wie der stille Wunsch seines Lebens, den Sohn als geachteten Künstler zu sehen, so glänzend in Erfüllung gegangen war. Kurze Zeit nach seiner Heimkehr, bei Ausübung seines Handwerks, wurden ihm durch einen zusammenstürzenden Holzstoß mehrere Rippen gebrochen, was seinen Tod zur Folge hatte; er starb am 12. September 1763. Nur zwei seiner Kinder waren noch bei ihm im Hause: der jüngste Sohn Johann Evangelist, den später Joseph zu sich nahm, und die Tochter Anna Katharina, die sich verheiratete.

Im Jahre 1764 vertrat Fürst Nicolaus bei der in Frankfurt a. M. am 27. März stattfindenden Wahl und der am 3. April erfolgenden Krönung des Erzherzogs Joseph zum römischen König die Stelle des ersten Churböhmischen Botschafters, bei welcher Gelegenheit er seine Neigung zu Pracht und Glanz in außergewöhnlicher Weise bekundete. Für seine Rückkehr hatte Haydn ein Te Deum componirt und eine Gelegenheitscantate, die indeß erst im December des Jahres zur Aufführung gelangte.

Aus dem Jahre 1763, in welchem Haydn auch den vorerwähnten

Bruder Johann Evangelist nach Eisenstadt nahm, theilt Pohl*) ein
merkwürdiges Actenstück mit, in welchem Fürst Nicolaus seinem
Kapellmeister Joseph Haydn Nachlässigkeit im Amt vorwirft und ihn
zu größerem Fleiß im Componiren ernstlich ermahnt. Die Eingangs-
worte des mit Regulativ Chori Kissmartoniensis**) über-
schriebenen Schriftstückes lauten: „Nachdem auf dem Chor der Eisenstädter Schloßkapelle unter denen Musicis Saumfeligkeit undt übler
Einverständniß wegen bey denen Chor-Instrumenten aber wegen
schlechter Absicht und Verwahrung derenselben eine sehr große Unordnung verführet worden; so wird dem Kapellmeister Haydn hiermit
ernstlich anbefohlen" — und nun folgt die Verordnung, wie es ferner-
hin mit den Noten gehalten werden solle. Am Schluß aber heißt es
wörtlich: „Endlichen wird ihm — Capel-Meister Haydn — bestermaßen
anbefohlen, Sich selbst embsiger als bisher auf die Composition zu legen,
und besonders Stücke, die man auf der Gamba spiellen mag, und wovon Wir noch sehr wenig gesehen haben, zu componiren, und um
seinen Fleiß sehen zu können, von was immer jeder Composition das
erste Stück sauber und rein abgeschrieben Uns jederzeit einzuschicken."
Haydn mußte den erzürnten Fürsten rasch zu versöhnen; bald darauf
wies ihm dieser 12 Ducaten aus der Kasse an für „3 stückh von Haydn",
die ihm dieser übersandt hatte, und mit denen der Fürst sehr zufrieden
war, so daß er noch „6 solche stückh — und nebst dem auch zwei Solo
machen und ehestens anhero zu übersenden trachte".

Von dieser Zeit an wandte Haydn denn auch wirklich dem Lieb-
lingsinstrument seines Fürsten eine ganz besondere Sorgfalt zu; er
schrieb während der 25 Jahre, die er seitdem noch im Dienst des Fürsten
stand, eine so große Zahl von Stücken für das Baryton, daß sie die
Höhe von 193 erreichten. Daron befinden sich noch in Eisenstadt handschriftlich 12 Divertimenti für zwei Baryton, eine nicht kleine Anzahl von hierher gehörigen Sätzen sind ganz verloren gegangen, wie
die 3 Concerte für Baryton mit zwei Violinen und Baß. Dies in dem

*) Seite 247 ff.
**) Kis Márton (der kleine Martin, ist der ungarische Name für Eisenstadt).

Verzeichniß, das er seiner Biographie beigiebt, rechnet im Ganzen zusammen: sechs Duette für zwei Baryton, zwölf Sonaten für Baryton und Violoncello, zwölf Divertimenti für zwei Baryton und Baß; 125 Divertimenti für Baryton, Viola und Violoncello, 17 mehrstimmige Caffatio; 3 Concerte für Baryton mit zwei Violinen und Baß und noch einige Clavier-Divertimenti mit Begleitung von Violinen und Baryton.

Das Baryton — Viola di bordone — ist ein Saiteninstrument, das zu Anfang des vorigen Jahrhunderts aus der Viola da Gamba entwickelt wurde. Es war wie diese mit 5 bis 7 Darmsaiten bespannt, die mit dem Bogen gestrichen wurden. Außerdem befanden sich über dem nach hinten ausgehöhlten Griffbrett 14—16, auch 18, zum Theil sekundenweis gestimmte Saiten aus Messing, Stahl und Eisendraht; Andreas Lidl — ein Barytonspieler der Esterhazy'schen Kapelle — vermehrte diese unteren Saiten sogar bis auf 27, um auch die Halbtöne zu gewinnen; denn diese Metallsaiten, wie die noch auf der rechten Seite der Decke angebrachten umsponnenen Darmsaiten, wurden mit dem Daumen der linken Hand gerissen, geschnellt oder gekneipt, die umsponnenen Darmsaiten auch mit dem kleinen Finger der rechten den Bogen führenden Hand. Die Technik des Instruments war demnach keine leichte, trotzdem gehörte es, seines zarten, anmuthigen und lieblichen Klanges wegen zu den Passionen der hohen Herren und, wie erwähnt, war Fürst Nicolaus Esterhazy ein leidenschaftlicher Liebhaber desselben. „Der Fürst," erzählt Dies (Seite 35), „liebte die Musik, und spielte selbst das Baryton, welches nach seiner Meinung blos auf eine Tonart beschränkt sein sollte. Haydn konnte darüber nichts Gewisses entscheiden, weil er das Instrument nur sehr oberflächlich kannte; dennoch glaubte er, es müßten demselben mehrere Tonarten angemessen sein. Während Haydn ohne Wissen des Fürsten Untersuchungen über die Natur des Instruments anstellte, gewann er eine Neigung für dasselbe und übte sich wegen Zeitmangel in späten Nachtstunden in der Absicht, ein guter Spieler zu werden. Freilich wurde er oft in seinen nächtlichen Studien durch das Schelten und Gezanke seiner Frau gestört; er verlor aber die Geduld nicht, und erlangte in Zeit von sechs Monaten seinen Endzweck."

Noch wußte der Fürst nichts. Haydn konnte einer Anwandlung von Eitelkeit nicht länger widerstehen. Er ließ sich öffentlich vor dem Fürsten hören, spielte in m e h r e r e n Tonarten, und glaubte unendlichen Beifall einzuernten. Der Fürst war jedoch gar nicht verwundert, nahm die Sache, wie sie genommen werden mußte und sagte blos: „Haydn, das müssen Sie wissen!"

„Ich verstand den Fürsten vollkommen," sagt mir Haydn (so berichtet Dies weiter), „und ob mich gleich im ersten Augenblick die Gleichgültigkeit desselben schmerzte, so verdanke ich es doch einer kurzen Erinnerung, daß ich plötzlich den Vorsatz fahren ließ, ein guter Barytonspieler zu seyn. Ich erinnerte mich, daß ich mir als Kapellmeister und nicht als ausübender Virtuos schon einigen Ruhm erworben hatte; machte mir selbst Vorwürfe, die Composition seit einem halben Jahre vernachlässigt zu haben, und wandte mich wieder mit neuem Eifer zu derselben."

Auch der berühmte Violoncellist Anton Kraft, welcher der Esterhazy'schen Kapelle von 1778—1790 angehörte, hatte das Baryton gelernt und durch den Unterricht, den er bei Haydn in der Composition noch genoß, war er befähigt worden, selbst mehrere Stücke für Baryton zu componiren.

Mittlerweile hatte er auch so viel Fertigkeit als Barytonspieler erreicht, daß er glaubte, mit einem Solo hervortreten zu können, und so schrieb er in einem Trio auch ein Solo für das zweite Baryton, das ihm bei der Ausführung zugewiesen war, während der Fürst selbstverständlich das erste spielte. Dieser war indeß durchaus nicht damit einverstanden, daß auch das zweite Baryton aus seiner untergeordneten Stellung heraustrat; er unterbrach vielmehr den unglücklichen Componisten, als dieser sein Solo begonnen hatte, mit einem energischen: „Geb er mir die Stimme", versuchte selbst die betreffende Partie zu spielen und da ihm dies nicht gelang, so verbot er ärgerlich dem enttäuschten Kraft alle derartigen weiteren Versuche. „Schreib Er künftig nur Solo für meine Stimme," befahl der Fürst, hinzusetzend: „Denn daß Er besser spielt als ich, ist keine Kunst, sondern Seine Schuldigkeit."

Wie Haydn übrigens namentlich an diesen Barytonstücken jene

Technik gewann, die ihn auch zum eigentlichen Schöpfer des Stils für die Kammermusik im engsten Sinne machte, ist noch später nachzuweisen. Wol war diese Thätigkeit ausschließlich dem Bedürfniß seines fürstlichen Herrn gewidmet, allein sein Genius wußte auch sie der Kunst dienstbar zu machen. Hierin unterscheidet er sich von den anderen seiner Collegen in ähnlichen Stellungen und Verhältnissen, die nicht über dies Bedürfniß der Gelegenheitsmusik hinaus kamen, nur diesem zu dienen wußten, ohne Gewinn für ihre eigene Entwickelung und noch weniger für ihre Kunst. Unserm Meister wurden alle derartigen Arbeiten zu Studien in seinem hohen Beruf. Immer tiefer und gründlicher machte er sich dadurch vertraut mit den betreffenden Instrumenten und den Formen und so gelangte er allmälig dazu, jene monumentalen Meisterwerke zu schaffen, mit denen er zugleich der gesammten Tonkunst eine neue Basis zu herrlicher Entwickelung gab.

Noch sind aus dieser Zeit seiner Thätigkeit in Eisenstadt einige bedeutende Werke zu erwähnen, welche äußeren Veranlassungen ihre Entstehung verdanken, wie die sogenannte Abschiedssinfonie.

Der Fürst Nicolaus hatte das ehemalige Jagdschlößchen Suttor, am südlichen Ende des Neusiedler-Sees, den Lieblingsaufenthalt seines verstorbenen Bruders, vollständig umbauen und prachtvoller einrichten lassen, um es dann gleichfalls zu seinem Hauptaufenthaltsort während des Sommers zu machen. Nach dem Stammort der fürstlichen Dynastie, dem ungarischen Dorfe Esterháza auf der Insel Schütt, nannte er es Schloß Esterház. Dahin mußten ihm nun auch, wie Dies erzählt*), die Virtuosen seiner Kapelle folgen, die sich dadurch genöthigt sahen, „sechs Monate hindurch die Gesellschaft ihrer Weiber zu entbehren." Alle waren junge lebhafte Männer, die mit Sehnsucht dem letzten Monate, dem Tage, der Stunde der Abreise entgegen sahen, und das Schloß mit verliebten Seufzern erfüllten. „Ich war damals jung (1772), fröhlich, folglich nicht besser als die Anderen," sagte Haydn mit Lächeln.

Der Fürst Nicolaus mußte die verborgenen Wünsche seiner Musiker längst errathen haben; die komischen Auftritte mußten ihm selbst zum

---

*) Seite 43.

Vergnügen dienen, wie hätte er fonft auf den Einfall kommen können, den gewöhnlichen fechsmonatlichen Aufenthalt diesmal um zwei Monate verlängern zu wollen.

Diefer unerwartete Befehl ftürzte die feurigen jungen Ehemänner in Verzweiflung, fie beftürmten den Kapellmeifter Haydn, baten, flehten, er müffe, er folle Rath fchaffen.

Keiner konnte die verzweifelte Lage der Verehelichten mehr em- pfinden, als Haydn; dies war nicht hinreichend, guten Rath zu fchaffen. Wie follte er das anfangen? Sollte er dem Fürften eine Bittfchrift im Namen des Orchefters überreichen? Das würde als Stoff zum Lachen gedient haben. Er that eine Menge ähnlicher Fragen an fie, fand aber anf keine eine befriedigende Antwort.

„Der gewöhnliche Menfch," fährt Dies weiter fort, „macht in folchen Fällen einen dummen Streich, das Talent hilft fich heraus." Haydn nahm zu feiner Mufe die Zuflucht und entwarf ein Sextett neuer Art.*)

An einem der nächften Abende wurde der Fürft Nicolaus auf die fonderbarfte Weife mit diefer Mufik überrafcht. Mitten im Feuer einer die Leidenfchaften fchildernden Mufik endigte Eine Stimme: der Spieler legt ohne Geräufch die Noten zufammen, nimmt fein Inftrument, löfchet die Lichter aus und geht weg. Bald nachher endigt eine zweite Stimme; der Spieler macht es wie der vorhergehende und entfernt fich. Nun endigt eine dritte, eine vierte Stimme; alle löfchen die Lichter aus und tragen die Inftrumente mit fich fort. Das Orchefter verdunkelt fich und wird zunehmend öde. Der Fürft und alle anwefenden Perfonen fchweigen verwunderungsvoll. Endlich löfchet auch die vorletzte Perfon, Haydn felbft, die Lichter aus, nimmt feine Stimme und entfernt fich. Ein einziger Violinfpieler**) bleibt noch. Haydn hatte diefen abfichtlich zum Befchluß gewählt, weil deffen Solofpiel dem Fürften fehr gefiel, und er durch die Kunft des Spielers gleichfam gezwungen wurde, das Ende abzuwarten. Das Ende erfolgte, die letzten Lichter wurden ausgelöfcht

---

*) Diefes Sextett in fismoll ift als fogenannte Abfchieds-Sinfonie bekannt.
**) Luigi Tomafini.

und Tomasini ging auch weg — der Fürst stand nun auf und sagte:
„Wenn sie alle weg gehen, so müssen wir auch gehen.“

Die Virtuosen hatten sich indessen im Vorzimmer versammelt, wo
sie der Fürst fand; lächelnd sagte er: „Haydn, ich habe es verstanden,
morgen können die Herren alle reisen.“ worauf er die nöthigen Befehle
ertheilte, die fürstlichen Pferde und Wagen zu der Abreise in Bereit-
schaft zu halten. Dies schreibt in einer Anmerkung hierzu noch: „Die
Leser werden diesen Vorfall in der Musikal. Zeitung, Oct., Jahrgang
1799, Seite 12, auf eine ganz andere Art erzählt finden: ein Beispiel,
welche Verwandlungen Vorfälle durch das Wiedererzählen von Mund
zu Mund erleiden müssen.“ Dort wird erzählt, Fürst Nicolaus habe
seine Kapelle entlassen wollen und sei nur durch die erwähnte Abschieds-
sinfonie und die sie begleitenden Umstände bewogen worden, diesen
Entschluß nicht auszuführen.

Ein anderes eigenthümliches Werk: „Die sieben letzten Worte
des Heilands am Kreuze“, veranlaßte ein Domherr in Cadix
(1785), der, wie Griesinger*) erzählt, unseren Meister aufforderte: eine
Instrumentalmusik auf die sieben Worte Jesu am Kreuze zu verfertigen, welche einer Feierlichkeit angemessen sein sollte, die jährlich
während der Fastenzeit in der Hauptkirche zu Cadix stattfand. Man
überzog an dem bestimmten Tage die Wände, Fenster und Pfeiler der
Kirche mit schwarzem Tuche, und nur eine in der Mitte hängende
Lampe von großem Umfange erleuchtete das heilige Dunkel. Zu einer
bestimmten Stunde wurden alle Thüren verschlossen und die Musik begann. Nach einem zweckmäßigen Vorspiel bestieg der Bischof die
Kanzel, sprach eines der sieben Worte aus, und stellte eine Betrachtung
darüber an. Sobald sie geendigt war, stieg er von der Kanzel herab
und fiel knieend vor dem Altare nieder. Die Musik füllte diese Pause
aus. Der Bischof betrat zum zweiten, dritten Male u. s. w. die Kanzel,
und jedesmal fiel das Orchester nach dem Schlusse der Rede wieder
ein. Haydn entledigte sich des Auftrags und erst viel später legte ein
Domherr in Passau einen deutschen Text unter.

*) Seite 32.

Daß Haydns Ruhm schon während dieser Zeit weit über die engen Grenzen des bescheidenen Ortes seiner Wirksamkeit und zwar selbst in die entlegneren Kreise gelangt war, ersehen wir auch aus einer Begebenheit, die gleichfalls Griesinger mittheilt. „Um das Jahr 1780," berichtet er *), „schrieb eine Offizierstochter aus Coburg an Haydn, sie sei mit ihrem Geliebten, einem Hauptmann, seinem Pudel und einem Freunde spazieren gegangen; der Hauptmann habe die Talente seines Pudels gerühmt und gewettet, daß der Hund einen Thaler, den er unter ein Gesträuch legen wolle, wieder finden würde, die Wette wurde angenommen. Man war zu Hause, als der Hauptmann seinem Pudel: „Such verloren", zurief. Sogleich ging der Hund nach der Gegend zurück, wo sein Herr spazieren gegangen war. Durch Zufall hatte sich ein reisender Schneider unter den Schatten des bewußten Gesträuchs gesetzt, er erblickte, seiner Ruhe pflegend, den Thaler und steckte ihn in die Tasche. Bald darauf kam der Pudel; er roch den Thaler und schmeichelte dem Schneider. Dieser, hoch erfreut, in einer Stunde einen Thaler und einen Pudel gefunden zu haben, der ihm so schön that, nahm ihn mit sich auf die Herberge in die Stadt. Der Pudel bewachte in der Nacht die Kleider des Schneiders; als am frühen Morgen die Thür des Zimmers geöffnet wurde, schlich er sich mit den Beinkleidern des Schneiders hinaus und brachte sie sammt dem Thaler seinem Herrn."

Dieses kleine Abenteuer wurde unter dem Titel: „Der schlaue und dienstfertige Pudel" in Verse gebracht und Haydn sollte dies Lied für die Offizierstochter in Musik setzen. Sie schrieb ihm, sie wäre arm, sie habe sein gutes Herz rühmen hören, und hoffe, er würde sich mit dem beigelegten Dukaten begnügen. Sogleich machte sich Haydn an die Composition des Liedes; er schickte mit diesem den Dukaten zurück und schrieb der Schönen, daß sie zur Strafe für ihre üble Meinung, als ob er sein Talent aus Gefälligkeit gegen eine liebenswürdige Person nicht umsonst anwenden würde, ihm ein paar Strumpfbänder stricken sollte. Die Bänder, aus rother und weißer Seide, mit einer Guirlande von Vergißmeinnicht, kamen richtig an, und Haydn bewahrte sie sorg-

---

*) Seite 51.

fältig bei seinen Juwelen auf. Im Jahre 1806 wurde das Lied bei Breitkopf und Härtel neu aufgelegt.

Ganz besonderer Popularität hatte er sich selbstverständlich in Wien zu erfreuen. Hier war er aus seiner frühesten Wirksamkeit noch bekannt; zudem verlebte er in der Regel die Wintermonate hier, und seine Compositionen waren schon in allen Kreisen der Gesellschaft verbreitet und beliebt. Einen hübschen Beleg hierzu erzählt ebenfalls Griesinger:[*]

„Als Haydn einst mit Dittersdorf in Wien über die Straße ging, hörten sie in einem Bierhause Haydnsche Mennetten sehr schlecht aufspielen. Wir müssen uns doch mit diesen Stümpern einen Spaß machen, sagte einer dem andern; beide traten in das Bierhaus, ließen sich einschenken und hörten eine Weile zu. „Von wem sind denn diese Mennetten?" fragte endlich Haydn. Man nannte ihm seinen Namen. „Ach, das ist ja erbärmliches Zeug!" rief er aus. Die Musikanten geriethen darüber so in Harnisch, daß ihm einer derselben die Violine an den Kopf geworfen haben würde, wenn er nicht schleunig die Flucht ergriffen hätte."

Neben zahlreichen Instrumentalwerken, Quartetten, Sinfonien, Sonaten, Trios und dergleichen, die wir im nächsten Kapitel zum Theil eingehender betrachten, hatte Haydn auch für das Theater des Fürsten eine Reihe von dramatischen Werken geschrieben. Außer der erwähnten Oper Acide e Galatea folgende:

1766. La Canterina Opera buffa. Intermezzo in Musica.
1768. Lo Speziale. Dramma giocoso da rappresentarsi a Esterhazy.
1770. Le Pescatrici.
1773. Philemon und Baucis. Eine Marionetten-Oper.
— L'Infedeltà delusa. Burletta per Musica in due Atti da rappresentarsi in Esterhazy Septembre dell Anno 1773.

---

[*] Seite 31.

1773. Hexenschabbes. Ein Marionettenspiel, aufgeführt zu Esterhaz 1773.
1775. L'Incontro Improviso.
1777. Il monde della luna.
— Genoveus 4ter Theil. Eine Marionetten-Oper.
1778. Dido. Eine parodirte Marionetten-Oper.
1779. La vera Costanza. Dramma giocoso.
1780. La fedeltà premiata. Dramma giocoso.
1784. Armida. Dramma eroico.
— Il Ritorno di Tobia. Azione sacra.
1785. L'isola disabitata.

Die Oper La vera Costanza hatte Haydn für das Wiener Hoftheater geschrieben, von maßgebender Seite dazu aufgefordert; allein trotzdem wurde er veranlaßt, die eingereichte Partitur wieder zurückzuziehen. Von Seiten der Regie bestritt man ihm das Recht, die Stimmen nach seinem Gutdünken zu vertheilen; man wollte ihm eine andere Ordnung aufzwingen. Haydn wies dies zurück mit der entschiedenen Erklärung: „Ich weiß was und für wen ich schrieb", und wandte sich schließlich an den Kaiser Joseph, der auch sofort zugab, daß Haydn im Recht war, aber auch er fand bei seinen Vermittlungsversuchen solchen Widerstand, daß Haydn erklärte: „er wolle lieber die Oper nicht aufführen lassen, als noch länger gegen die Kabalen kämpfen". Kurz entschlossen reiste er mit seiner Oper wieder zurück; seine Handlungsweise fand beim Fürsten die vollste Billigung und so gelangte die Oper, wie seine vorhergehenden in Esterhaz zur ersten Aufführung, der auch Kaiser Joseph beiwohnte.

Das Oratorium: Il Ritorno di Tobia schrieb Haydn, um in die Wittwen- und Waisen-Gesellschaft für die Musiker in Wien aufgenommen zu werden. Sein hierauf bezügliches Gesuch wurde ihm gegen Leistung der vorgeschriebenen Einzahlung bewilligt. Allein am folgenden Tage erklärte ihm der Vorstand, daß er zugleich auch verpflichtet sei, auf jedesmaliges Verlangen eine bestimmte Composition für die Gesellschaft zu schreiben. Der Fürst Esterhazy war über diese Anforderung

so aufgebracht, daß er Haydn befahl, wieder aus der Gesellschaft auszu-
treten und seine Einzahlung zurück zu fordern. Im Jahre 1792, nach
Haydns erstem Aufenthalt in London, nahm ihn die Gesellschaft
ohne daß er wieder darauf angetragen hatte und ohne das Eintritts-
geld auf.

Die Cantate: L'Isola disabitata schrieb Haydn für die Aca-
demie philharmonico zu Modena, die ihn 1780 zu ihrem Mitgliede
ernannt hatte.

Besondere Erwähnung verdienen ferner die 6 Quartette, die Haydn
dem Könige von Preußen, Friedrich Wilhelm II., dedicirte, wofür dieser
ihm einen kostbaren Ring mit nachfolgendem Briefe übersandte:

„Sr. Majestät von Preußen ꝛc. gereichet die abermalige Attention,
die der Hr. Kapellmeister Haydn höchst Deroselben durch Uebersendung
der sechs neuen Quartetten bezeigen wollen, zu ganz besonderm Wohl-
gefallen, und es ist ohne Zweifel, daß Allerhöchst Dieselben von jeher
die Werke des Hrn. Kapellmeisters Haydn zu schätzen gewußt und
jederzeit schätzen werden. Um es demselben thätig zu beweisen, übersenden Sie ihm beykommenden Ring als ein Zeichen höchst Dero
Zufriedenheit, bleiben ihm auch in Gnaden gewogen.“

Potsdam den 21. April 1787.   F. Wilhelm.

Jahrzehnte waren dem Meister so dahingegangen, wiederholt
hatten sich ihm während dieser Zeit Gelegenheiten geboten, diesen
beschränkten Wirkungskreis mit einem anderen, erweiterteren unter
günstigeren Verhältnissen zu vertauschen, die ihm bedeutendere Vortheile
boten; allein Haydn hatte sie immer unbenutzt vorüber gehen lassen,
weil er dem Fürsten sich zu großem Dank verbunden fühlte und ihm
gelobt hatte, so lange zu dienen, bis der Tod über dessen Leben oder
über sein eigenes entscheiden würde; ja, ihn auch dann nicht zu verlassen,
wenn ihm selbst Millionen angeboten würden.*) Schon daß ihn der
Fürst aus seiner bedrängten Lage nach dem Verlust seiner Stellung beim
Grafen Morzin befreite und ihn mit doppeltem Gehalte anstellte,

---

*) Dies, Seite 68.
Reißmann, Haydn.   6

glaubte Haydn mit treuester Anhänglichkeit vergelten zu müssen. Dabei hatte dann der Fürst ihm während der langen Dienstzeit des Meisters unzählige Beweise gegeben, wie sehr er ihn achte und schätze. Das kleine Haus, das Joseph Haydn in Eisenstadt besaß, war zweimal sammt allem Hausrath niedergebrannt und beide Mal hatte es ihm der Fürst wieder aufbauen und einrichten lassen. Bei dem verschwenderischen Aufwande, den Haydns Frau machte, gerieth dieser nicht selten in die größten Geldverlegenheiten; er selbst gestand gegen Dies*), seine Noth hätte bis zum sechzigsten Jahre gedauert; auch hier half der Fürst aus und Haydn durfte in dringendsten Fällen auf den fürstlichen Namen Schulden machen. Dazu kommt noch, daß Haydn in den ersten Jahrzehnten wenigstens mit seiner Stellung durchaus zufrieden war. „Mein Fürst," sagte er**), „war mit allen meinen Arbeiten zufrieden, ich erhielt Beifall, ich konnte als Chef eines Orchesters Versuche machen, beobachten, was den Eindruck hervorbringt und was ihn schwächt; also verbessern, zusetzen, wegschneiden, wagen; ich war von der Welt abgesondert, Niemand in meiner Nähe konnte mich an mir selbst irre machen und quälen und so mußte ich original werden."

Die letzten Jahre seiner Thätigkeit als Kapellmeister veränderten allerdings diese Anschauung seines Verhältnisses ganz bedeutend. Als er sich zum Meister in Beherrschung des ganzen orchestralen Apparates emporgearbeitet hatte, konnte sein fürstliches Orchester nicht mehr die alte Bedeutung für ihn haben, es mußte damit an Reiz verlieren, und so traten bei ihm selbstverständlich unbewußt auch die Schattenseiten seiner Stellung allmälig mehr in den Vordergrund. Der mehrmonatliche Aufenthalt in Wien zeigte ihm die Vorzüge, welche die Großstadt dem Künstler allseitig darbietet, und so wurde ihm die Beschränktheit seiner eigenen Verhältnisse, unter denen er in Eisenstadt und Esterhaz lebte, die ihm im Grunde genommen außer Fischfang und Jagd, seinen einzigen

---

*) Dies, Seite 68.
**) Griesinger 24.

Erholungsbeschäftigungen, nichts weiter boten als was er sich selbst bieten konnte, immer fühlbarer. Dazu kam noch, daß er in den letzten Jahren in Wien in angenehme Kreise geführt und dort heimisch geworden war; so wurde ihm die Rückkehr nach Esterhaz im Frühjahr immer schwerer und die Sehnsucht nach seinem geliebten Wien zu kommen immer dringender.

Hierzu geben uns die von Th. von Karajan*) herausgegebenen Briefe an Maria von Genzinger, Gattin des in Wien jener Zeit allgemein bekannten und geehrten Doctors der Weltweisheit und Heilkunde Leopold von Genzinger, hinlänglich Beweise. Der Gatte war zugleich Leibarzt des Fürsten Nicolaus Joseph Esterhazy, und da er als solcher öfter nach Eisenstadt kam und dort verweilte, so war er mit Haydn befreundet worden, der dann in Wien regelmäßig sein Gast war. Die Gattin Genzingers aber hatte eine ausgezeichnete Musikbildung sich angeeignet, so daß sie im Stande war, selbst Orchesterstücke Haydns „ohne alle Beihülfe" aus der Partitur mit Geschmack und Geschick für Clavier zu übertragen. Dem entsprechend war auch der Verkehr im Hause des Dr. Genzinger: es waren vorwiegend Musiker und Freunde der Musik, die sich hier versammelten. Sonntags fanden sich nicht selten Joseph und Michael Haydn, Mozart, Dittersdorf und Albrechtsberger an der gastlichen Tafel des Doctors versammelt.

Marianne hatte das Andante einer Haydnschen Sinfonie, wie oben erwähnt, aus der Partitur für Clavier übertragen und es unterm 10. Juni 1789 an den Meister eingesandt, und da die Arbeit dessen Beifall fand, auch die übrigen Stücke der Sinfonie folgen lassen; hieraus hatte sich der in Rede stehende Briefwechsel entwickelt, den Karajan in dem oben erwähnten Werkchen veröffentlicht und eingehend bespricht, der uns aber hier nur so weit interessirt, als er uns manche Aufschlüsse über die letzten beiden Jahre in Esterhaz und den ersten Londoner Aufenthalt giebt.

---

*) Joseph Haydn in London. Wien 1861.

6*

Haydns Winteraufenthalt in Wien von 1789 zu 1790 war ein
außergewöhnlich kurzer gewesen; er hatte gehofft schon am 7. November
dort zu sein, kam aber wie es scheint erst in der zweiten Hälfte des
Januar dort hin, und bereits am 3. Februar befahl der Fürst die Rückkehr nach Esterhaz. Am 9. Februar schreibt Haydn schon von hier aus
an seine Freundin, Frau Marianne von Genzinger:

Wohl Edl Gebohrne —

Sonders Hochschätzbarste — Allerbeste Frau von Genzinger!

„Nun — da siz ich in meiner Einöde — verlassen wie ein armer waiß —
fast ohne menschlicher Gesellschaft — Traurig — voll der Errinnerung
vergangener Edlen Tage — ja leyder Vergangen — und wer weis
wan diese angenehme Täge wiederkomen werden? diese schöne Ge-
sellschaften? wo ein ganzer Kreiß Ein Herz, Eine Seele ist — alle
diese schönen Musikalische Abende — welche sich nur denken und
nicht beschreiben lassen — wo sind alle diese begeisterungen? — weg
sind Sie — und auf lange sind Sie weg. wundern sich Euer Gnaden
nicht, daß ich so lange von meiner Danksagung nichts geschrieben habe
ich fande zu Haufs alles verwürrt, 3 Tag wust ich nicht, ob ich Kapell
Meister oder Kapell Diener war, nichts konnte mich Trösten, mein
ganzes quartier war in unordnung, mein Forte piano das ich sonst
liebte, war unbeständig, ungehorsam, es reizte mich mehr zum ärgern,
als zur beruhigung, ich konte wenig schlafen, sogar die Träume ver-
folgten mich, dan, da ich am besten die Opera le Nozze di Figaro
zu hören Traumte; wegte mich der fatale Nordwind auf, und blies mir
fast die schlafhauben von Kopf; ich wurde in 3 Tagen um 20 Pfd.
mägerer, dann die guten wienner bisserl verlohren sich schon unterwegs,
ja ja, dacht ich bey mir selbst, als ich in meinem Kost Haufs statt dem
Postbahren Rindfleisch, ein stuck von einer 50 Jährigen Kuhe stat dem
Ragou mit kleinen Knöderln, einen alten schöpsen mit gelben Murken,
statt dem böhmischen Fason, ein lederrnes Roßbrätl, stat den so guten
und delicaten Pomeranzen einen Dschabl oder so genannten Groß Sallat,
stat der bäckerey düre Aepfl spältl und Haslnuß — und so weiter
speisen muste, — ja ja dacht ich bey mir selbst, hatte ich jezo manches

bifferl, was ich in wienn nicht habe verzehren können — Hier in
Eftoras fragt mich niemand, schaffen Sie Cioccolate — mit oder ohne
milch; befehlen Sie Caffe, schwarz oder mit Obers, mit was kann ich
Sie bedienen befter Haydn, wollen Sie Gefrornes mit Danillie oder mit
Ananas? hätte ich jez nur ein ftuck guten Parmefan Käff, befonders
in den Faften, um die schwarzen Nocken und Nudln leichter hinab zu
tauchen; ich gabe eben heute unferm Portier Commiffion, mir ein halb
Pfund herab zu schüfen."

Dabei brachte ihm die nächfte Zeit ganz ungewöhnlich viel zu thun.
Am 25. Februar 1790 war Maria Elifabeth, die Gemahlin des Fürften,
geftorben und dies Ereigniß hatte diefen, der drei Jahre vorher die
goldene Hochzeit mit ihr gefeiert hatte, tief gebeugt, fo daß, wie Haydn
erzählt: fie „alle Kräfte anfpannen mußten, Hochdenfelben aus diefer Schwermuth heraus zu reißen. Ich veranftaltete demnach die
erfteren drei Tage Abends große Kammer-Mufik, aber ohne Gefang.
Der arme Fürft verfiel aber bei Anhörung der erften Mufik über mein
Favorit-Adagio in D in eine fo tiefe Melancholie, daß ich zu thun
hatte, ihm diefelbe durch andere Stücke wieder zu benehmen. Wir
fpielten fchon den vierten Tag Opera, den fünften Komödie und
endlich wie gewöhnlich den täglichen Spectafel, beordnete zugleich die
alte Opera „L'amor artiglanı" von Gaßmann einzuftudiren, weil
fich der Herr kurz vorher geäußert hatte, fie gern zu fehen."*)

Nicht lange follte der greife Fürft die treue Lebensgefährtin überleben; er folgte ihr am 28. September 1790 in die Ewigkeit und damit
tritt in Haydns Gefchick eine durchgreifende Wendung ein. Der Fürft
hatte in feinem Teftamente dem Meifter eine lebenslängliche Penfion von
jährlich taufend Gulden ausgefetzt; der Nachfolger des Fürften im
Majorat, fein ältefter Sohn, Fürft Paul Anton, löfte zwar die Kapelle
auf, aber er erhöhte die Penfion Haydns noch um vierhundert Gulden,
und legte ihm nur die Verpflichtung auf, den bisherigen Titel als
Efterhazyfcher Kapellmeifter fortzuführen.

———————————

*) Karajan 13.

Haydn siedelte nun nach Wien über, einen Antrag des Grafen Grassalkowich, in dessen Dienst zu treten, lehnte er ab, hauptsächlich weil er sich dem Hause Esterhazy gegenüber dazu verpflichtet fühlte. Dagegen nahm er unter Zustimmung des Fürsten Anton die früher abgelehnte Einladung Salomons an, mit ihm nach London zu gehen, und da dieser Londoner Aufenthalt epochemachend für Haydn wurde, widmen wir ihm ein besonderes Kapitel, nachdem wir vorher die Werke des Meisters in den vergangenen 30 Jahren etwas eingehender betrachtet haben.

Künftes Kapitel.

Haydns Werke dieser Periode.

Schwieriger als der Orchesterstil und der Stil für die Streichinstrumente war der Clavierstil zu entwickeln, weil Technik
und Klang des Instruments eine ganz andere Weise der Darstellung erfordern, als die Singstimmen. Das Orchester und
namentlich das Streichquartett sind nach Anleitung des Vocalchors
organisirt und nur die ausführenden Stimmen bedingen eine abweichende
Construction, die sich im allgemeinen leicht und naturgemäß von der
des Gesangchors loslöste. Der eigenthümliche Klang und die besondere
Technik des Claviers dagegen erforderten geradezu eine vom Chorsatz
wesentlich abweichende Weise des Satzes, und diese zu finden war
namentlich auch deshalb schwieriger, weil in jener Zeit fortwährend
noch durchgreifende Verbesserungen am Bau des Instruments vorgenommen wurden. Der Klang und die Spielweise desselben beherrschen
die Entwickelung des Stils so, daß dieser genau den Verbesserungen der
Mechanik und den Umgestaltungen der Technik folgte.

Das alte Clavichord, das in jener Zeit hauptsächlich im Gebrauch war, ist noch viel weniger im Stande, den Ton länger aus-
zuhalten, als unser Flügel; die Praxis des Diminuirens, aus welcher
der Instrumentalstil überhaupt emportreibt, wurde daher bei diesem
Instrument in noch höherem Maße angewandt, wie bei den anderen,

und die Verzierungen wachsen zu einer solchen Fülle und Mannichfaltigkeit an, daß sie ein eingehendes Studium erforderten, und daß die
Componisten ihren entsprechenden Werken eine Tabelle derselben mit
einer „Explication des Agréments" mit gaben, wie zum Beispiel
François Couperin seinen: Pièces de Clavecin (Paris 1713).
Die Werke seiner Vorgänger Frescobaldi, Froberger, Muffat
u. A. sind noch vorwiegend nach Anleitung des Vocalen construirt, und
nur die angebrachten Verzierungen und tonleiterartigen Figuren charakterisiren den Instrumentalstil. Wie reich auch das Figurenwerk bei
Muffat entwickelt erscheint und wie geschickt er es dem ursprünglichen
Kern einwebt, dieser bleibt immer mehr vocal als instrumental
organisirt. Selbständiger erscheint dieser Stil schon bei Couperin.
Bei ihm sind die Verzierungen schon so fest eingefügt, daß sie nicht
mehr als freie Zuthat dastehen, sondern zum eigentlichen Organismus
gehören. Die meisten seiner Clavierstücke sind nicht mehr verzierte
Vocalsätze, sondern sie sind bereits aus der Technik und Spielweise
des Instruments heraus erfunden. Dabei begegnet man bei ihm schon
manchem, der eigensten Natur des Clavichords abgelauschten Effect,
der seine Wirkung nicht versagt.

An der Suite wurde auch dieser Clavierstil mit großer Freiheit
weiter gebildet, daneben auch an jener Form der Sonate, die wir
bereits erwähnten und die in Domenico Scarlatti ihren Haupt-
vertreter fand. Johann Sebastian Bach verband beide Weisen
und brachte diesen Prozeß bis auf einen gewissen Grad zu Ende. Er
war zugleich einer der größten Clavierspieler seiner Zeit und der größte
Meister der Compositionstechnik überhaupt, und so vermochte er jene
beiden Stile, den französischen und den italienischen, in denen
sich uns die ganze Entwickelung dieser Formen darstellt, zu verschmelzen.
Mit großer Vorliebe wandte er sich indeß dem französischen — dem Va-
riationsstil — zu, der mehr dem von ihm bevorzugten Clavichord
entsprach; aber auch der italienische war ihm nicht weniger geläufig
und so wurde es ihm leicht, beide zu vereinigen. Dabei läßt allerdings
seine Compositionstechnik immer doch auch noch erkennen, daß sie von
der vocalen ausgeht. Nur in seinen Präludien, Toccaten,

Phantasien und Concerten macht sich eine freiere Verwendung des neuen Materials, welche das Instrumentale bietet, geltend; selbst seine Sonaten, die doch seiner Zeit schon am weitesten instrumental entwickelte Form, treiben noch aus dem alten Contrapunct hervor, der neue Clavierstil aber konnte nur aus der eigensten Natur des Instruments entwickelt werden. Dem entsprechend verschwindet zunächst die mehrstimmige Behandlung ganz, diese wird vorwiegend zweistimmig und der Discant erlangt gegen den Baß entschieden das Uebergewicht. So sind die meisten der Sonaten für Clavier einer unter dem Titel: Oeuvres mêlées wahrscheinlich in den Jahren 1755--1765 bei Hoffner in Nürnberg erschienenen Sammlung, welche 72 Sonaten von 39 Componisten enthält; darunter Ph. Em. und Joh. Christ. Bach, Leopold Mozart (Vater), Georg Benda, Joh. Adolph Scheibe, Georg Christoph Wagenseil, Joh. Christ. Walther, Joh. Ernst Eberlin, Bernhard Houpfeld, Fr. Ant. Stadler und noch eine Menge anderer unbekannter Componisten. Einzelne derselben, wie die der Bachs, von Benda und Leop. Mozart, sind ganz energische Versuche den neuen Clavierstil zu finden und sie sind auch als gelungen zu bezeichnen. Dabei kamen die Componisten zunächst darauf, vorwiegend die Zweistimmigkeit zu pflegen, welcher die eigenthümlichen Klangeffecte aufgenöthigt werden. Das ist das charakteristische Merkmal des Instrumental- und speciell des Clavierstils, daß beide nicht „stimmig" sind, nicht in einer bestimmten Anzahl von Stimmen sich darstellen, sondern je nach der beabsichtigten Klangwirkung größere oder geringere Fülle der Harmonik erfordern. Joseph Haydn gelangte zuerst voll und ganz zu diesem neuen Stil, der aus der Natur des Instruments heraus entwickelt ist. Er war in der günstigeren Lage, von dem durch seine Vorgänger, namentlich Ph. E. Bach gewonnenen Boden sofort Besitz zu ergreifen. Auch sein Claviersatz ist Anfangs vorwiegend zweistimmig; allein in demselben Grade, in dem ihm neben der Idee der Form auch die Natur des Claviers mehr bekannt wird, bemächtigt er sich der Spielfülle desselben. Wenn auch nur instinctiv, erkannte er doch allmälig, daß die Zweistimmigkeit weder der Idee der Sonate entspricht, noch auch die eigenthümliche Technik des Claviers begründen konnte. Daß das

Inſtrument hauptſächlich zwei Stimmregionen: Discant und Baß in
ſich birgt, iſt doch nur ein ganz äußerer Zug ſeines Charakters. Von
größerer Bedeutung iſt ſeine Spielfülle und der Glanz der Behandlung, welchen es zuläßt, und beides kommt eben nur in
einer, an keine beſtimmte Stimmzahl gebundenen Schreibart zur Erſcheinung. Dieſe iſt es namentlich, welche Haydn mit aller Con-
ſequenz der Claviercompoſition vermittelt, wodurch er den neuen
Clavierſtil begründet.

Daß es ihm Anfangs vielmehr um eine feiner ausgeführte künſtleriſche Geſtaltung der Form zu thun iſt, beweiſen die erſten Clavierwerke. Dieſe ſind vorwiegend accordiſch gehalten, aber nicht in der
Weiſe der, an dem vocalen Contrapunct großgezogenen Meiſter, in möglichſt vocalen Stimmen dargeſtellt, ſondern in der einfachſten natürlichſten
Faſſung, als Grundaccorde höchſtens nur rhythmiſch aufgelöſt, wie in
dem Divertimento in A-dur für Cembalo, Violino und Violoncello aus
dem Jahre 1766.

Das fortgesetzte Studium der Clavierwerke von Phil. Em. Bach
erst führte ihn zu dem mehr polyphonen Stil und diesen vermochte er
jetzt nicht anders, als durch eine vorwiegende Zweistimmigkeit zu erreichen, wie eine Reihe von Sonaten aus jener Zeit, die auch gedruckt
wurden, beweisen:

1771.   Oeuv. compl. Cah. X, 6.

1771.   Cah. II, 6.

1773.   Moderato.   Cah. X, 8.

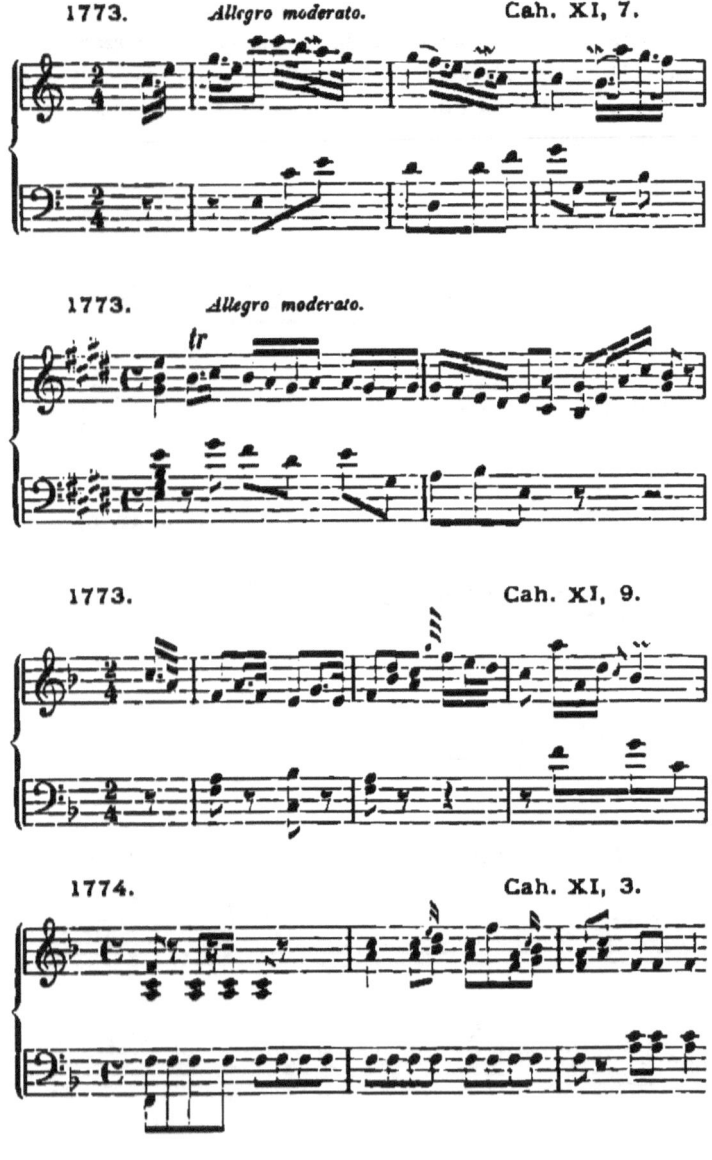

1785.   Cah. V, 1.

Wie aus den hier verzeichneten Anfängen zu ersehen ist, bleibt in einzelnen dieser Sonaten noch die accordische Einführung der Harmonik vorherrschend, so daß man sie als aus dem Boden der oben bezeichneten Divertimenti hervortreibend betrachten muß. Ganz besonders ist dies in einzelnen Menuetten der Fall, die schon sehr auf harmonische Klangwirkung berechnet sind. In der F-dur-Sonate (Cahier XI, 3) begegnen wir schon Stellen, die in dem Bestreben, reine Klangwirkung zu erzeugen, erfunden und ausgeführt sind, wie:

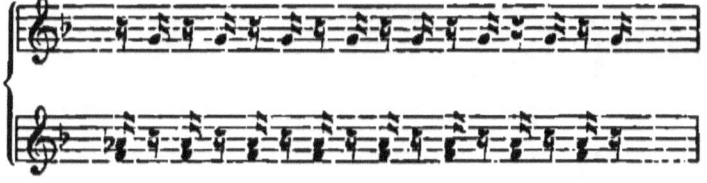

die dann als Ueberleitung zur Wiederholung des ersten Theils noch
erweitert wird:

Auf diefem Wege gelangte endlich Joſeph Haydn dazu, jene Technik zu erreichen, welche die ganze Spiel- und Klangfülle des Clavicembalo entwickelt und in der durch beide bedingten neuen polyphonen Geſtalt, in welcher jene mehr accordiſch klangvolle Behandlung der erſten Clavierwerke mit der etwas dürren zweiſtimmigen Behandlung der ſpätern Zeit zu einem durchaus neuen Stil verbunden ſind. Die rein harmoniſche Darſtellung gewinnt aus der Verſchmelzung mit der, in einzelnen Stimmen entwickelten Behandlung durchſichtigere künſtleriſche Geſtalt und dieſe erlangt wiederum durch den Klangreiz größere Eigenthümlichkeit. Die Thematik wird damit ſchon wirkungsvoller dem entſprechend die ganze Arbeit, wie das die Es-dur-Sonate zeigt:

oder die D-dur-Sonate, in der man ſchon Mozarts Einfluß merkt:

oder die andere Es-dur-Sonate:

Als besonders fördernd für die Ausbildung dieser eigenthümlichen Technik erwiesen sich die Variationen, die Haydn theils selbstständig schrieb, wie die über eine Menuett (1771. Oeuvres compl. Cah. IV, 7) oder als Theil eines größeren Werkes, wie die im D-dur-Divertimento (1766).

In Betreff der Anordnung der Sätze der Sonate verfährt Haydn allmälig mit immer größerer Planmäßigkeit. Als erste Nothwendigkeit des neuen Sonatenstils erscheint eine viel größere Bestimmtheit der Formen, durch die sich die neue Sonate bei Jos. Haydn von vorn-heraus auszeichnet. Er bildet jeden einzelnen Satz entschiedener heraus, als jeder seiner Vorgänger, indem er, wie schon früher gezeigt wurde, das Princip des Contrastes tiefer faßte, so tief, als es für den Instrumentalstil nothwendig ist. In den Werken der früheren Periode wird er namentlich harmonisch wirksam; jetzt erlangt der Contrast schon höhere ideelle Darstellung. Als ersten Satz für seine Sonatenform adoptirt Haydn gar bald jenes Allegro, das seit Ga-brieli von den nachfolgenden Claviermeistern ausgebildet wurde. Es liegt im Princip des neuen Stils, daß die Motive nicht mehr kurze, in sich abgerundete Phrasen sind, wie im fugirten Satze, die nur mit dialektischer Nothwendigkeit, ohne weitere Rücksicht verarbeitet werden. Jetzt gilt es symmetrisch anzuordnen. Die Motive werden daher an sich bedeutungsvoller, sie legen sich breiter auseinander zu bestimmt geschiedenen Partien und die erste Durchführung, wenn man sich hier des Ausdrucks bedienen darf, ergiebt nicht nur einen sogenannten Wiederschlag, wie bei der Fuge, dem ein zweiter folgen kann, sondern sie bildet einen Abschnitt, dem ein zweiter nothwendig folgen muß, der zugleich seinen Gegensatz bildet. Dieser erscheint daher als der Dominant zugehörig, während der erste die Tonika darstellt, um auch dadurch das Gegensätzliche auszudrücken und zugleich die Ergänzung. Im zweiten Theil dieses Allegro beginnt dann ein bei Haydn sehr abgekürztes Spiel mit leichteren kleinen Motiven, die in der Regel dem ersten entnommen sind. Die gewonnene Grundstimmung wird möglichst erweitert und befestigt, um dadurch eine zweite energische Vorführung jener Gegensätze einzuleiten. Diese erfolgt dann im dritten Theil, meist in umgekehrter Ordnung, in der Tonika. Eine Coda wendet sich nach der Unterdominant und bringt das Ganze in den Hauptmomenten zusammengefaßt abschließend im Hauptton zu Ende.

Dem schnellen Satz tritt der langsame — das Adagio — gegenüber. Diese Bezeichnung deutet mehr auf seinen Charakter als auf seine Form. Die langsame Bewegung neigt mehr zur Ruhe, als zu einem sicheren und energischen Vorwärtsstreben; mehr zu einem Beharren in sich, als zu einem entschiedenen aufstrebenden Herausgehen aus sich. Die bewegten Kräfte erscheinen mehr gebunden, als frei sich regend; sie beharren und verweilen länger bei den einzelnen Momenten der Bewegung, um diese in größerer Ausführlichkeit darzustellen. Der langsame Satz dient daher mehr der Empfindung zum Ausdruck, während der rasche mehr durch die Phantasie erzeugt wird. In den langsamen Instrumentalsätzen entäußert sich das persönliche Empfinden, die lyrische Beschaulichkeit; sie nehmen deshalb die Liedform an oder diese wird scenisch erweitert zur Arie selbst bis zum breiten Hymn u s. Das Princip des Gegensatzes stellt dieser Satz dann anders dar; meist durch die Wechselbeziehung zwischen Dur und Moll.

Als Schlußsatz wird dann allmälig das Rondo als die geeignetste Form erwählt. Auch in dieser Periode der künstlerischen Thätigkeit Haydns, wenigstens in der ersten Hälfte derselben, erinnert dieser Satz noch häufig an die Form der Gigue; nicht selten auch ist er nach Art des ersten Allegro construirt, aber viel leichter gehalten.

Das sind die Hauptsätze der neuen Sonatenform und nur der Schlußsatz erleidet noch häufig eine Veränderung. Der Zug der ganzen Richtung ging darauf hinaus, in die Sonate das Leben mit seinem ganzen Reichthum an poetischem Inhalt hineinklingen zu lassen. Dazu boten Allegro, Adagio und Rondo noch weniger Raum und so lag es nahe, die Form beizubehalten, welche ganz und gar im realen Leben entstand, die ihm vollständig angehört, die Mennett. Sie wurde an Stelle des Rondo als Finale verwendet, oder zwischen die drei Sätze als neuer eingeschoben; seltener tritt sie als Ersatz für den langsamen Satz und noch seltener für den ersten ein. Die Divertimenti aus dieser Zeit haben häufig anstatt des Adagio eine Mennett, ein Presto nach Art des Gigue steht dann ziemlich regelmäßig als Schlußsatz. Ist dafür ein Adagio gewählt, dann bildet die Menuett in der Regel den Schluß. Die C-dur-Sonate (Cah. XI, 7), deren Anfang wir oben mittheilten, hat im zweiten Satz ein Adagio in Form einer zweitheiligen Arie; ein Presto im Charakter der Gigue bildet den Schlußsatz. Die zweite der oben angeführten (E-dur)-Sonaten hat ein Andante als zweiten, eine Mennett als Schlußsatz; der zweite Satz der dritten (in F-dur) ist ein Larghetto und der Schlußsatz ein Presto in Rondoform. Die vierte dieser Sonaten (in F-dur) hat ein Adagio als zweiten, eine Menuett als Schlußsatz und in dieser Weise sind diese Sonaten meistens construirt.

Den als Concert bezeichneten Sonaten fehlt bei Haydn dagegen in der Regel die Menuett, sie bestehen aus einem Allegro meistens moderato, einem Adagio und einem Allegro als Schlußsatz. Das Concert in D-dur für Clavicembolo, zwei Violinen, Baß, zwei Oboen und zwei Hörner hat zum Schluß ein Rondo all Ungarese:

Der specielle Inhalt, den Haydn in diesen Formen darlegt, ist sehr
schwer näher zu bestimmen; er konnte hier nur sehr allgemeiner Natur
sein, da es immer noch galt, die Formen erst endgültig festzustellen
und dazu reichte die allgemeine Idee derselben, wie sie Haydn, vom
genialen Instinct geleitet, erkannt hatte, vollständig hin.

Der hauptsächlichste Inhalt, den er vorläufig zu offenbaren hat, ist
die glücklichste Schaffensfreude, welche den Meister vollständig erfüllt.
In unablässiger, schöpferischer Arbeit findet er seine Hauptgenüsse.
Das spricht klar aus allen diesen Werken und verleiht ihnen den eigenthümlichen Reiz, den unwiderstehlich wirkenden Humor. So wurden
sie aber auch der treueste Spiegel seiner Innerlichkeit. Diese war nicht
übermäßig tief, doch unerschöpflich reich; Anlage und Leben hatten ihr
eine eigenthümliche Richtung gegeben. Nach glaubwürdigen Zeugnissen
war er eine heitere und zum Uebermuth geneigte Natur. Eine Reihe
loser Streiche aus seiner Jugendzeit bestätigen dies. Der Ernst des
Lebens hatte ihn dann zwar mächtig erfaßt, aber seine gute Laune
nicht dauernd zu schädigen vermocht, sondern dieser nur die nöthige
Spannkraft verliehen, allen Stürmen zu widerstehen und sie damit zu
jenem köstlichen Humor gesteigert, der namentlich seinen Instrumentalwerken den unmittelbar wirkenden und nicht veraltenden Inhalt gewährt.
In der harten Schule des Lebens war er weder ein finstrer Misanthrop
noch ein frivoler Cyniker geworden, sondern es hatte sich in ihm
jene energische Durchbildung von tiefstem Ernst und buntestem Scherz
vollzogen, welche als Humor namentlich seine Instrumentalwerke so
stark beeinflußt und sie zündend wirken läßt. Dem entsprechend erfaßt
er auch die Menuett in anderer Weise, als seine Vorgänger. Der
Inhalt der alten Menuett ist die Grazie der vornehmen Gesellschaft
und der Grad der Innigkeit, der auch dort noch gefunden wird. Bei
Haydn wird jene durch die ungebundene Lust, diese durch übersprudelnde Laune ersetzt. Er erfaßte die Form in ihrer volksthümlichen
Umgestaltung; so wurde sie ihm zum unmittelbarsten Ausdruck schwung-
hafter, durch die Freude beflügelter, von Lebenslust getragener Empfindung. Die Leichtigkeit der Tanzrhythmik wurde ihm zum beliebtesten

Ausdrucksmittel für jene Stimmung, in welcher er das Leben am liebsten anschaute, so daß sie auch häufig noch in seinen Finales sich bedeutsam geltend macht.

Dem entsprechend ist auch das Adagio in den Clavier-Sonaten seltener mit der Sorgfalt behandelt, als dies erste Allegro und die Menuett, und er läßt lieber jenes weg als die Menuett, während es bei Mozart gerade umgekehrt der Fall ist; dieser Meister läßt lieber die Menuett fehlen und schreibt dafür ein weit ausgeführtes Adagio voll Innigkeit und warmer Empfindung. Den Ausdruck hierfür fand Haydn noch viel leichter durch die anderen Instrumente als durch das Clavicembalo. Wir fanden unter seinen ersten Streichquartetten schon Adagios von tiefer Innigkeit und Wärme und werden solchen noch häufiger in seinen Sinfonien für Orchester begegnen. Aber Klang und Technik des Claviers reizen mehr seine Phantasie, als seine Empfindung, die in den Adagios der Claviersonaten immer wie gefesselt erscheint. Wird er auf eine Cantilene geführt, dann fühlt er sich auch bald veranlaßt, diese durch buntes Figurenwerk zu verkräuseln und zu verzieren, wodurch sie wol an äußerer Wirkung gewinnt, aber an innerlichem Ausdruck meist eben so viel verliert; hier bringt Haydn nicht selten der Praxis seiner Zeit, die auf solche Verzierungen ausging, manchen feinen Zug zum Opfer, der auch hier sonst in größerer Eindringlichkeit zur Erscheinung kommen würde. Daß die Schlußsätze meist sehr leicht gehalten sind, wurde bereits früher erwähnt; es gilt dies namentlich von den im Charakter der älteren Gigue gehaltenen. Wenn sich Haydn der Rondoform bedient, werden auch seine Finales bedeutende Schlußsätze, wie der der F-dur-Sonate, Cah. XI, 9.

Es liegt in der Idee der Form begründet, daß weiterhin mit der wachsenden Anzahl der Stimmen, die sich zu ihrer Ausführung vereinigen, auch der Inhalt ein weiterer und breiterer wird. Wenn eine Violine oder ein Violoncello zum Duo, oder wenn Violine und Cello zum Trio mit dem Clavier vereinigt werden, so muß dem entsprechend auch der Inhalt sich erweitern. Das konnte bei Haydn nicht so in durchgreifender Weise, auf dieser Stufe wenigstens geschehen, da der Inhalt seiner Instrumentalwerke überhaupt noch allgemeinerer Natur ist. Dagegen hat der Hinzutritt neuer Instrumente wieder eine Modification des Clavierstils zur Folge. Die Violine vermag eine weit gesangreichere Cantilene als das Clavier auszuführen, und ihr Figurenreichthum ist kaum geringer als der dieses Instruments. Daher wird die Behandlung des Claviers wieder eine einfachere, damit auch die Violine den nöthigen Raum gewinnt, ihre eigene Technik zu entwickeln. Das Clavier ist wieder zunächst mehr auf jene Zweistimmigkeit hingewiesen, bei der seine Klang- und Spielfülle in bescheidenerem Maße wirksam wird. Erst die späteren Sonaten Haydns zeigen ein besseres Verhältniß zwischen beiden Instrumenten, so daß beide in möglichster Selbständigkeit geführt und doch einheitlich verbunden sind. Das gilt natürlich auch vom sogenannten Trio, bei dem das Violoncello noch hinzutritt.

Die C-dur-Sonate für Clavier und Violine (Cah. XII, 6) zeigt das Clavier durchweg nur zweistimmig; die andere (Cah. XII, 7) mit accordischen Unterbrechungen.

Daß auch diese Formen noch Sonate genannt werden, das Duo: Sonate für Clavier und Violine, und das Trio: Sonate für Clavier, Violine und Violoncello, entsprach der ganzen Entwickelung. Auch die Streichquartette erscheinen noch unter der Bezeichnung Sonata. Selbstverständlich wurde unter den bereits angegebenen Umständen auch noch der Name Divertimento beibehalten.

Namentlich der Verein von Clavier, Violine und Violoncello entsprach der Individualität unseres Meisters; die zahlreichen Werke dieser Gattung gehören mit zu seinen bedeutendsten Werken überhaupt. Eins der früheren Werke aus dieser reiferen Periode, das Trio in C-dur, der Fürstin Marie Esterhazy gewidmet (No. 18 der neuen Härtelschen Ausgabe) gehört, zu den oben charakterisirten einfacheren, bei denen das Clavier vorwiegend zweistimmig geführt ist, die Streichinstrumente halten sich ebenfalls ziemlich streng innerhalb der Grenzen der Clavierpartie; allein doch immer so, daß sie eine gewisse Selbständigkeit wahren und als eigner Chor zum Clavier mit der veränderten

Klangweise hinzutreten. Bei dem G-dur-Trio (No. 1 der neuen Ausgabe bei Breitkopf & Härtel) mit dem Rondo all' Ongarose ist die Clavierpartie nicht nur zwei-, sondern mehrstimmig gehalten, um sie wirksamer harmonisch auszustatten und nicht selten treten auch noch die Streichinstrumente zu accordischer Wirkung zusammen. Ganz besonders weiß Haydn dem Adagio dadurch ein sehr weiches und reizvolles Colorit zu geben. In diesem Bestreben gewinnt allmälig dann jedes einzelne Instrument die ihm zusagendste Behandlung auch in diesem Instrumentenverein. Haydn hatte ja fast für alle Instrumente Concerte geschrieben; für Violine vier und außerdem noch sechs Soli mit Begleitung einer Viola; ferner sechs für Violoncello und drei für Bariton; außerdem, um es hier noch gleich zu erwähnen, drei Concerte für Horn und eins für zwei Hörner; ein Concert für Flöte, eins für Trompete und sogar ein Concert für Contrabaß. Auf diesem Wege hatte er eine durchaus absolute Herrschaft über die Mittel der einzelnen Instrumente gewonnen und so konnte er in seinen Werken allmälig die Grundregeln über die Betheiligung eines jeden an solchen Ensembles wie beim Orchester feststellen. In den Divertimenti der ersten Zeit hat das Violoncello wenig mehr zu thun, als den Baß zu unterstützen. Die Violine nur wird, wenn sie nicht einfach die melodieführende Oberstimme des Claviers unterstützt, zum schüchternen Zwiegesang mit dieser herangezogen oder zu Figurationen verwendet. Allmälig erst emanzipiren sich die Stimmen und werden zu Individuen, die jeder nach eigner Weise den gemeinsamen Inhalt darlegen. Freilich gelang ihm dies noch besser mit jenem Instrumentenverein, der ihm die ersten vollendeten Kunstwerke ermöglichte, mit dem Streichquartett.

Schon bei der näheren Betrachtung der ersten 18 Quartette Haydns konnte darauf hingewiesen werden, daß die Streichinstrumente ein neues und reiches Klangmaterial bieten, und daß dies eine Neu- und Umgestaltung der Sonatenform nothwendig zur Folge hat. Weil der Ton der Streichinstrumente ungleich seelenvoller und inniger wirkt und zugleich der Klang in noch größerer Mannichfaltigkeit ver-

8*

wendbar wird, als der des Claviers, so müssen die, durch Streichinstrumente dargestellten Formen Gemüth und Phantasie ungleich
lebendiger und tiefer anregen und beschäftigen, als die durch das Clavier
dargestellten. Dabei darf nicht übersehen werden, daß drei der ver-
bundenen Streichinstrumente wesentlich im Klange unterschieden sind,
daß sie daher als Vertreter verschiedener Individualitäten gelten können.
Demnach wird der, durch sie dargestellte Inhalt weiter und allgemeiner
sein müssen, daß er für diese verschiedenen Individualitäten Gemein-
gültigkeit besitzt. Das ist aber Haydns eigenste Mission gewesen,
einem solchen allgemeineren Inhalt instrumentalen Ausdruck zu geben.
Jene lyrische Beschaulichkeit des Einzelsubjectes, welche das Clavier
zuläßt, ist hier nicht gestattet. Daraus erklärt sich, daß bedeutende
und besonders inhaltvolle Themen für das Streichquartett weniger
nothwendig sind, als für das Clavier. Dies, als alleiniger Träger
der künstlerischen Kundgebung verlangt Themen, welche den Gesammt-
inhalt prägnant, aber auch möglichst überzeugend aussprechen, damit er
dann nur noch näher erläutert zu werden braucht. Beim Streichquartett betheiligen sich an dieser Darstellung vier wesentlich verschiedene Individualitäten, und erst durch diese Gesammtthätigkeit
gewinnt ein bedeutsamer Inhalt äußere Darstellung. Daher sind, mit
Ausnahme des Adagio, die Quartette unserer Meister aus meist
unscheinbaren Themen geweben, die einzelnen Sätze gewinnen nur
als Ganzes gefaßt Bedeutung. Hiermit hat der Quartettstil eine
der wesentlichsten Bedingungen erreicht, und Joseph Haydn ist es
wiederum, der hierin nicht nur anregend, sondern zugleich mustergültig
schaffend wirkte.

Selbst in jenen Quartetten, in denen die erste Geige so entschieden
dominirt, daß die anderen drei Stimmen mehr niedergehalten sind, wie
in dem G-dur-Quartett, dessen erster Satz so sehr an den Marsch
der Caffatio noch erinnert:

werden die unteren Stimmen doch nie ganz zu Begleitungsstimmen, sie
erscheinen immer, wenn auch nicht als ebenbürtige, doch als gleichberechtigte
Theilnehmer an der ganzen Arbeit und wo sie nur begleiten, geschieht
dies immer so, daß man sich dennoch auch für sie interessirt. Besonders
das Adagio in Es-dur, eins der innigsten, die Haydn geschrieben hat,
zeigt, daß ihm für die Ausführung ein Meister der Violine, Tomasini,
zu Gebote stand. Darauf deutet auch die Menuett, die in ihrer weiten
und breiten Ausdehnung und in ihrer ganzen Construction auf das
Beethoven sche Scherzo schon hinweist. Wie Haydn den ersten Satz des
Quartetts in G-dur und den zweiten, das Adagio, in Es-dur bringt,
so hier die Menuett in G-dur und das Trio in Es-dur, und
namentlich dies letztere weitet er ungemein aus und eröffnet uns damit
die weite Perspective dieser Form bis zum Scherzo der C-moll-
und selbst dem der neunten Sinfonie von Beethoven. Der Schlußsatz ist
dann eines jener unsterblichen Rondos, die in rastloser, energischer Entwickelung ein Stück mächtig treibenden Volkslebens vorführen. Das
Thema, das auch schon in der Einführung im Unisono an die Weise
der ungarischen Musikchöre erinnert:

erscheint direct dem Volke abgelauscht, es ist eins jener Themen, die uns mit unwiderstehlicher Macht mitten hinein führen in das reale kräftig pulsirende Leben. Das häufige Unisono der sämmtlichen Instrumente deutet darauf hin, daß es das Volksleben des Grenzlandes seiner Heimath, Ungarns, ist, das hier an seiner Phantasie vorüberzieht.

Noch größeres Uebergewicht erlangt die erste Geige in dem G-dur-Quartett:

Dies Allegro (der erste Quartettsatz) ist in sofern namentlich äußerst bemerkenswerth, als es einen sehr frei und breit ausgeführten Durchführungssatz bringt.

Das Adagio weist in seiner Arienform, namentlich aber das Finale durch den Charakter der Gigue, den es trägt, auf eine frühere Periode der künstlerischen Thätigkeit Haydns, die wir bereits betrachteten. Das gilt auch von dem an sich reizenden C-dur-Quartett.

Zur dominirenden ersten Geige treten dann die anderen Stimmen schon in besserer Selbständigkeit hinzu in dem F-dur-Quartett:

Diese Selbständigkeit macht sich namentlich in der Menuett geltend. Im Adagio führt wieder ausschließlich die erste Geige das Wort, aber die anderen Instrumente sind ihr gegenüber so gehalten, daß sie sich mit jener zur Darstellung des Ganzen in hymnischer Breite vereinigen.

Zur Begleitung charaktervollster Art sind die unteren Instrumente in dem B-dur-Quartett verbunden:

Es kam nun darauf an, sie auch in größerer Selbständigkeit als einzelne Stimmen einzuführen. Im Adagio bereits heben sie sich zu entschiedener Bedeutung heraus, die sich auch noch in dem Menuett, namentlich aber im finale steigert. Den Gipfel der Meisterschaft bezeichnen
die „Sechs, dem König von Preußen friedrich Wilhelm II"

gewidmeten Quartetten. In ihnen hat der Meister vollständig jenen durchaus polyphonen Stil gefunden, welcher jedes Instrument nach seinem eigensten Klangvermögen, die erste Geige eben als erste, die zweite als zweite behandelt und die Viola als ein anderes Instrument erscheinen läßt als wie Violine oder Cello, und dies wiederum seinem Charakter entsprechend anders führt wie Violine oder Violoncello.

Schon das erste derselben:

zeigt diese Meisterschaft in der Construction. An dem Adagio, in welchem eine der einfach innigsten Melodien variirt wird, nehmen die unteren Stimmen nicht weniger Antheil als die erste Geige, wenn diese auch ihrer Stellung nach immer noch brillanter ausgeführt ist als jene. In der Menuett findet dann die früher besprochene polyphone Weise des Doppelchors, nach welcher immer je zwei Stimmen zu einem Chor zusammen gefaßt werden, genialste Darstellung. Die Menuett ist vorwiegend accordisch gehalten, aber so durchsichtig, daß die einzelnen Stimmen in lebendigster Selbständigkeit erscheinen. Das Finale aber ist wieder einer jener Sätze, die am ewig sich erneuernden nie veraltenden Inhalt des realen Lebens erzeugt sind und immer ihren Zauber ewiger Jugendfrische behalten:

Jn diefem Satze befonders erfcheint auch bereits die Meifterfchaft
Haydns in der thematifchen Entwickelung auf ihrem Höhenpunkt. Der
ganze Satz ift faft ausfchließlich nur aus diefem Thema entwickelt; es
bildet den Hauptfatz der Rondoform, aber auch die Neben- und Zwifchenfätze find aus der eigenthümlichen Verarbeitung der einzelnen Theile
deffelben gewonnen. Mit unermüdlicher Gefchäftigkeit nützt Haydn faft

jeden Tact in besonderer Weise aus und wo einmal ein fremder Gedanke, eine neue harmonische Wendung auftritt, fügt er ihr auch
sofort irgend ein Glied des Hauptthemas ein und mit immer erneutem
Eifer geht er wieder auf dies zurück. Es ist das eine neue Art des
Rondo, die an den eigentlichen Allegrosatz anklingt.

Das zweite dieser Quartette ist hervorragender noch in Bezug
auf die ganze Construction. Der erste Satz gleich bringt den eigentlichen Sonatensatz — das sogenannte Allegro — in jener Weise, die
mustergültig für die ganze Instrumentalmusik geworden ist. Dem ersten
Thema,

aus dem Haydn in leichter Schürzung den Vordersatz aufbaut, stellt er dann das zweite gesangreichere gegenüber:

um dann aus Motiven des ersten Themas den Schluß dieses ersten Theiles zu entwickeln. Darauf werden in freiester und genialster Auffassung beide Themen zu einem Durchführungssatze verarbeitet, in jener Weise, die seitdem gleichfalls mustergültig für die ganze Form dieses ersten — des ausschließlich so genannten Sonatensatzes geworden ist. Dem entsprechend hoch bedeutsam sind auch die übrigen Sätze construirt und ganz besonders hat wieder im letzten die Form des Sonatensatzes zum Ausdruck höchster, ungebundener Freude am Leben überraschend wirkende Gestalt gewonnen. Schon an der Einführung des Hauptsatzes betheiligen sich alle Instrumente in eigenthümlicher Weise:

Vivace assai.

und er wird durch ein zweites gewichtiges Gesangsthema, das zur
weiteren Verarbeitung gelangt, noch gehaltreicher und inhaltsvoller
gemacht:

9*

Sofort greift das erste Thema wieder ein zur Bildung des kurzen Schlusses dieses ersten Theils. Dann folgt wieder ein reich ausgeführter Durchführungssatz und diesem die Wiederholung des ersten Theils, so daß dieser Schlußsatz nicht die Rondoform, sondern die freiere des eigentlichen Sonatensatzes gewinnt.

Im Es-dur-Quartett sind das graziös sinnige Adagio und das feurig lebendige Rondo bemerkenswerth. Das Fis-moll-Quartett zeigt uns den Meister in einer ziemlich ernsten Stimmung; es ist vorwiegend thematisch gearbeitet und dem entsprechen Themen und Inhalt. Es sind ernstere Dinge, die ihn bewegen, als sonst. Doch vermag er sein Naturell nicht so zu verleugnen, daß nicht überall der Schalk zum Durchbruch kommt; noch im ersten Theile des ersten Satzes erscheint das erregte Fis-moll-Thema auch in A-dur, und das zweite Thema in derselben Tonart ist so voll seligen Sinnes, wie wenig andere; der Schluß des Satzes erfolgt auch in Fis-dur, aber es will ihm doch nicht recht glücken, die alte jugendheitere Laune zu gewinnen. Im Adagio drängt dann diese zwiespältige Stimmung zu dem mächtig wirkenden Wechsel von Dur und Moll; da es ihm nicht gelingt, aus dieser ernsteren Stimmung heraus zu kommen, bringt es Haydn hier auch nur zu einer knappen Menuett (in Fis-dur) und an Stelle des Rondo- oder Allegrosatzes tritt ganz naturgemäß eine Fuga in Fis-moll. Desto übermüthiger geht es wieder in den beiden letzten Quartetten dieses Cyklus, dem F-dur- und A-dur-Quartett her. Wenn auch nicht beide die hohe Meisterschaft der ersten bekunden, so stehen sie doch immerhin auf der Höhe der bedeutendsten Werke ihrer Gattung. Das Finale des letztern ist fast ganz und gar durch einen Violineffect erzeugt und bedingt:

Es ist dies wieder ein neuer Beweis für den Ernst und die Sorgfalt, mit welcher er Technik und Klangvermögen der Instrumente studirt, um sie darnach in entsprechendster Weise seiner Idee dienstbar zu machen.

So wurde es ihm überhaupt auch nur möglich den Orchesterstil ebenso zu finden, wie er den Quartettstil bereits sicher und auf natürlichstem Boden begründet und dem Clavierstil seine eigentliche Basis gegeben hatte. Beim Orchester wurden wieder noch andere und verschiedenere Klänge gemischt, unter strenger Beobachtung der abweichenden Technik der Instrumente. Das hatte Haydn bereits in seiner Thätigkeit für die Wiener Straßenorchester erlernt und wir fanden unter den ersten derartigen Werken schon einzelne, in welchen diese Verschmelzung bis zu einem bemerkenswerthen Grade von ihm erreicht war. Der neue Organismus war bereits gewonnen, jetzt galt es ihn zu individualisiren wie das Streichquartett, damit er zum Träger künstlerischer Ideen tauglich werde. Wie die Instrumente des Streicherchores, so sollten auch die Bläser sich in ihrer eigensten, durch ihre Technik und ihr Klangwesen bedingten Weise an dem neuen Kunstwerk betheiligen. Es muß wieder als eine besondere Gunst des Geschickes betrachtet werden, daß auch dieser Prozeß bei Haydn durch seine Stellung in Esterhaz unterstützt wurde. Die Zusammenstellung seines Orchesters machte es nöthig, daß er Anfangs nur für einen kleinen Instrumentenverein und in verschiedener Zusammensetzung componirte und so ward es ihm um so leichter den innersten Organismus eines jeden Instrumentes zu studiren. Er schrieb Sinfonien, bei denen er zum Streicherchor und den Hörnern nur Flöten hinzuzog; dann eine weit größere Anzahl, bei denen die Flöten durch Oboen ersetzt sind. Später erst nahm er Fagotten hinzu und dann Flöten und Oboen und verstärkte den Bläserchor durch Trompeten, Posaunen und Pauken. Die Praxis führte ihn hier auf dem bequemsten Wege in die eigenthümliche Behandlung des neuen Instrumentalkörpers hinein. Immer energischer ist er zugleich bemüht die Blasinstrumente als einheitlichen Chor dem Streicherchore gegenüber selbständiger zu führen, wie schon in der noch ungedruckten Sinfonie für Flöten, Hörner und Streichinstrumente in A-dur.

Noch schließt sich der Bläserchor dem Streichchor in der Hauptsache treu an, aber zugleich doch auch eine gewisse Selbständigkeit anstrebend, und jene Weise: als Füllstimmen ein reizendes Klangcolorit herzustellen, der wir schon in den ersten reiferen Instrumentalwerken begegnen, wird hier bereits in viel ausgedehnterem Maße angewendet.

Um einen Contrast zwischen den beiden ersten Sätzen herzustellen, wird dann das jetzt folgende Adagio nur von Streichinstrumenten ausgeführt, und es wurde für unsern Meister lange Zeit zur feststehenden Praxis: den langsamen Satz dieser Sinfonie nur für Streichinstrumente zu setzen.

Das Andantino dieser A-dur-Sinfonie ist noch der eigenthümlichen Führung der Instrumente halber bemerkenswerth: die beiden Geigen gehen meist im Einklange, Viola und Baß aber in Octaven, so daß der ganze Satz vorwiegend zweistimmig ist:

Erſt zur Menuett treten dann wieder Hörner und Flöten hinzu. Einen eigenthümlichen Beleg für die Wahrnehmnng, welche wir bereits früher machten: daß Haydn die Darſtellung des Contraſts inſtrumental zunächſt harmoniſch und zwar in der Entgegenſetzung von Tonica und Dominant erfaßte, giebt das Finale dieſer Sinfonie, ein **Allegro assai** im Zweivierteltact. Der Vorderſatz des erſten Theils hält fanfarenartig die Tonica A-dur durch 24 Tacte ununterbrochen feſt und wendet ſich dann als Nachſatz nach der Dominant, deren Tonart dann wieder ebenſo ununterbrochen feſtgehalten wird:

Allmälig treten diefe Inftrumente auch in Solis heraus, wie in einer andern, ebenfalls ungedruckten A-dur-Sinfonie, in welcher Oboen an Stelle der flöte mit den Hörnern den Bläferchor bilden.

10°

Wie hier die Hörner, so werden in einer dritten A-dur-Sinfonie:

Oboen und Hörner in mehr selbständiger Weise dem Streichquartett gegenüber gestellt:

Das Andante biefer Sinfonie ift wieder wie in ben vorerwähnten
Sinfonien nur für Streichinftrumente gefchrieben; boch verfucht und
übt der Meifter hier wieder einen neuen Inftrumentaleffect, indem er
die von den beiden Geigen im Einflange geführte Melodie durch das
Violoncello in den tieferen Octaven unterfübt und den Baß durch die
Diola in der höhern Octave verdoppelt.

Im Adagio der Es-dur-Sinfonie

find Violine und Cello concertirend geführt; und im Adagio der
D-dur-Sinfonie:

ift dem Streicherchor noch eine Solo-flöte hinzugefügt. In einer andern
(La Passion benannten) Sinfonie in F-moll, versucht Haydn wieder einen andern Instrumentaleffect. Der erste Satz ist Adagio bezeichnet, wird aber sonst wie ein Allegro construirt:

Im anschließenden Allegro molto sind dann in Anfange die
Oboen mit Viola und Baß im Einklange und der Octave zur Ausführung des Contrapunkts verbunden:

In diesem ganzen Entwickelungsprozeß nimmt die in Amsterdam bei Hummel erschienene D-dur-Sinfonie (Sinf. periodique No. XIII, No. 106) eine hervorragende Stellung ein, als eine der ersten, in denen die Form mit den neuen Mitteln lebendigste Ausgestaltung gewinnt. Im Streicherchor ist diese zunächst ganz sicher ausgeprägt, aber überall greifen Hörner und Oboen ein, um sie nicht nur anziehender, sondern auch fester in ihrem Gefüge zu machen. Haydn ist so weit des neuen Materials Herr geworden, daß er jetzt auch die Blasinstrumente formenbildend zu verwenden im Stande ist.

Zu den vollendetsten Sinfonien dieser Gattung gehören unter andern die Trois Simphonies, welche 1772 bei Hummel in Amsterdam in Stimmen erschienen sind. Die beiden Themen des ersten Satzes der C-dur-Sinfonie:

und

werden energisch zu einem einheitlich und knapp sich darstellenden ersten
Theil zusammengefügt; ein ziemlich ausführlicher Durchführungssatz, in
welchem sowol das erste wie das zweite der oben angegebenen Themen
näher erläutert werden, folgt und darauf die Wiederholung des ersten
Theils in knappster Gestalt, beide Themen wieder vorführend, selbstverständlich auch das zweite nach der Tonika versetzt.

So hatte auch der erste Sinfoniesatz mit den neuen instrumentalen Mitteln mustergültige Gestaltung gefunden und die dabei betheiligten Instrumente sind jedes nach ihrer eigensten Natur verwendet und zum lebenden Organismus vereinigt.

Jetzt zieht Haydn auch im Andante die Blasinstrumente hinzu, außer den Oboen und Hörnern noch die Flöte, die wir sonst in seinem Orchester noch nicht finden. Sie ist auch hier nur eines reizenden Effectes halber hinzugezogen, um die von der Oboe geführte Melodie mit leichten luftigen Arpeggien zu begleiten:

Der zweiten dieser Sinfonien (in B-dur) fehlt die Menuett und das Andantino ist wieder nur für die Streichinstrumente geschrieben. Dann folgt das Presto und alle drei Sätze zeichnen sich durch große Bestimmtheit der Gestaltung der Motive und ihrer Verarbeitung zu größeren Sätzen aus. Der dritten in C-dur ist auch wieder eine Menuett beigegeben, und im langsamen Satz, ein Andante cantabile, sind ebenfalls nur die Streichinstrumente beschäftigt. Auch diese Sinfonie beweist, daß sich der Meister den neuen Organismus vollständig unterthänig gemacht, um nunmehr aus ihm heraus die neue Form schaffen zu können.

Bei der sogenannten Abschieds-Sinfonie (in der Pariser Ausgabe von 1773 Oeuvre 24 No. 3) treten zu den beiden Oboen, den Hörnern und dem Streichquartett auch noch Fagotte selbständig hinzu. Daß Haydn in seinem Orchester in Esterhaz auch das Fagott besetzt hatte, wissen wir; er wendet es aber bisher nicht selbständig, sondern nur zur Unterstützung des Basses an. Der erste sehr leidenschaftlich gehaltene Satz — ein Allegro assai — (Fis-moll) weicht insofern

von der üblichen Conſtruction ab, als er das zweite, geſangreiche Thema
erſt im zweiten Theil bringt; der erſte wird faſt ausſchließlich aus dem
einen Motiv entwickelt:

und auch der zweite ift anfangs noch ganz von ihm beherrfcht, bis
das zweite, füß fchmeichelnde Thema hervortritt:

Doch gewinnt es dem erften gegenüber nicht die gleiche Bedeutung,
wie es doch im Sinne der neuen Form liegt; das erfte, leidenfchaftlich
unmuthige behält die Oberhand, was dem Sinne des Werkes ent-
fpricht, das augenfcheinlich anfprechen follte, was die Spieler bei der
Ausficht, noch länger fern dem traulichen Familienkreife in Efterhaz
verweilen zu müffen, empfanden. Die Stimmung, aus welcher das zweite
Thema hervortreibt, erhält im Adagio viel überzeugenderen und ge-
winnenderen Ausdruck:

Wie das lockt und schmeichelt! Um die Sprache der Geigen noch eindringlicher zu machen, greifen in diesem Adagio auch die Hörner und Oboen vielfach ein. Der Menuett (Fis-dur) merkt man es an, daß die Ausführenden lebhafter denn je den Tanz in der Phantasie aufbauen, an welchem sie selbst, an der Hand die ferne Lebensgefährtin ganz anders als im gegenwärtigen Augenblick Antheil nehmen möchten und so ist das Presto und die leidenschaftliche Hast, der es schon im ersten Motiv Ausdruck giebt, gerechtfertigt.

Diefem Saße folgt dann das neue Adagio an, mit welchem die
Kataftrophe eintritt. Die erfte Oboe und das zweite Horn fchließen
zuerft mit dem 31. Tacte; ihnen folgt nach weiteren 18 Tacten und
nachdem es noch als Unterftüßung der erften Geige mit einem kurzen Solo
debütirt, das fagott, diefem dann die erfte Oboe 6, und die zweite Oboe
7 Tacte fpäter. Darauf führen die Streichinftrumente den Saß 13 Tacte
weiter, und dann geht der Contrabaß ab; nach weiteren 10 Tacten
(Fis-dur) das Dioloncello, nach 8 Tacten die dritte und vierte
Dioline; die erfte und zweite (mit Sordinen) und die Diola führen den
Saß dann noch 8 Tacte weiter, worauf die Diola aufhört und die beiden Geigen ihn dann mit 15 Tacten zum Schluß bringen.

In den nächften Sinfonien führt der Meifter auch die flöte obligat
ein und giebt den Hörnern die Crompeten bei. Noch in den 1779
bei Hummel erfchienenen Trols Symphonles, Oeuvre XV in F
und B fehlen fie; alle drei haben nur die übliche Befeßung: zwei
Oboen und 2 Hörner neben den Streichinftrumenten. Die als Oeuv.
29 und 30 in Paris 1779, 1780 (bei Hummel in Berlin als Oeuv.
18, Llvre 123.) erfchienenen fechs Symphonien für großes Orchefter,
bei denen auch die flöte durchweg neben Oboen und Hörnern angewendet wird, gehören zu den beliebteften jener Zeit; namentlich fand
die zweite in C-dur mit dem „Rorolane“ bezeichneten zweiten Saß:
Allegretto e più tosto Allegro überall, auch in Paris und London,
enthufiaftifche Aufnahme.

Sie find in mehr als einer Hinficht bemerkenswerth. Alle athmen
fie diefelbe Schaffensfreude noch, wie die früheren, man kann noch nicht
fagen, daß fich bereits ein befonderer Inhalt in ihnen offenbart; es ift
diefelbe Luft am Leben und der künftlerifchen Chätigkeit, zu der er fich
angeregt fühlt, welcher er bereits in feinen vorhergehenden Werken
Ausdruck giebt in immer neuen Wendungen, die aber unerfchöpflich
zu fein fcheinen. Nur die dritte in D macht eine bemerkenswerthe
Ausnahme. Den erften Saß Vlvace con Arla könnte man als den
Dorläufer von Beethovens Scherzo betrachten. Der neckifche Scherz, der
fonft die Haydnfchen Allegrofäße erftehen läßt, ift hier zu inhaltvollerem
Humor gefteigert; es lebt in ihm ein leidenfchaftlicher Zug, der in

Haydns Natur nur selten mit solcher Gewalt hervorbricht. Daß der Meister bedeutend ernster und tiefer angeregt ist, als gewöhnlich, das bezeugen namentlich die andern drei Sätze. Im Andante (D-moll) wird ein sehr ernster Cantus firmus verarbeitet, dessen Ausdruck durch den regelmäßig gegenübertretenden Satz in D-dur nur noch gesteigert wird, so daß diesem Satze nur eine kurze und sehr zahme Menuett folgen konnte. Der Schlußsatz aber weicht von der bisher von ihm beliebten Weise vollständig ab. Er ist nicht, wie bei Haydn fast stets, in Dur, sondern in D-moll geschrieben, was hier doppelt befremdet, da der erste Satz und die Menuett in Dur gehalten sind. Eine kurze Einleitung bereitet eine Fuga mit drei Themen vor, an deren Arbeit sich alle drei Instrumente in höchst interessanter Weise betheiligen. Nach einer kurzen Verarbeitung in D-dur, die hierauf folgt, wird mit dem Einleiten dieses Satzes in Dur der Schluß desselben herbeigeführt. Die erste (in C-dur) ist ihres reizenden Andante mit Variationen halber bemerkenswerth. Einen besonderen Klangeffect bringt Haydn bei der dritten dadurch an, daß die ersten und zweiten Geigen das Thema zweistimmig arrangirt pizzicato bringen, während die erste und zweite Sologeige es mit dem Bogen streichend ausführen. Viola und Baß schließen sich pizzicato begleitend an und das Cello contrapunctirt in Sechzehntheilfiguren. Diesem Satze steht an Reiz des Ausdrucks die Menuett würdig zur Seite, in deren Trio auch wieder die Violine ein Solo erhält. Diese Sinfonie bestätigt auch, daß Haydn das Fagott bei der Ausführung besaß, ihm aber noch keine selbständige Stimme gab, sondern es mit dem Baß gehen ließ, oder wie hier, an einzelnen, besonders bezeichneten Stellen mit dem selbständig geführten Violoncello. Der Schlußsatz ist leichter gehalten; wir werden dem frischen Thema

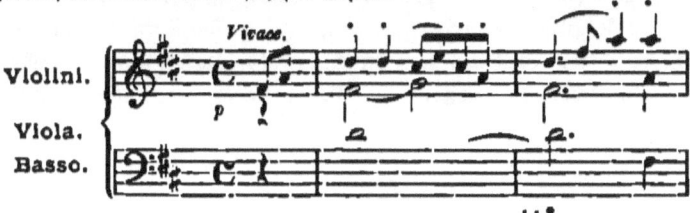

in etwas veränderter Gestalt wieder begegnen, aber in entschieden gewaltigerer Verarbeitung. Einer der ansprechendsten und reizendsten Sätze ist der zweite Satz (Roxolane) der zweiten Sinfonie. In keinem andern ist es dem Meister so trefflich gelungen, den Gegensatz von Dur und Moll sicher auszuprägen und darzustellen wie in diesem; er erscheint als der Vorläufer zu dem Andante mit dem Paukenschlage. Bei der vierten ist wieder der erste Satz besonders interessant durch den Ueberleitungssatz vom ersten Theil nach dem zweiten. Diesen hat Haydn bisher meist übergangen, oder doch nur sehr leicht angedeutet. Er führt in der Regel seinen ersten Theil des Allegrosatzes so weit, daß sich unmittelbar der zweite anschließen muß, und es geschieht dies in der Regel so energisch, daß beide zu einem Theil verschmelzen. Hier wird der erste Theil ganz entschieden abgeschlossen und dann kommt erst ein Ueberleitungssatz in der Weise, die dann von Beethoven so meisterhaft weiter gebildet wurde:

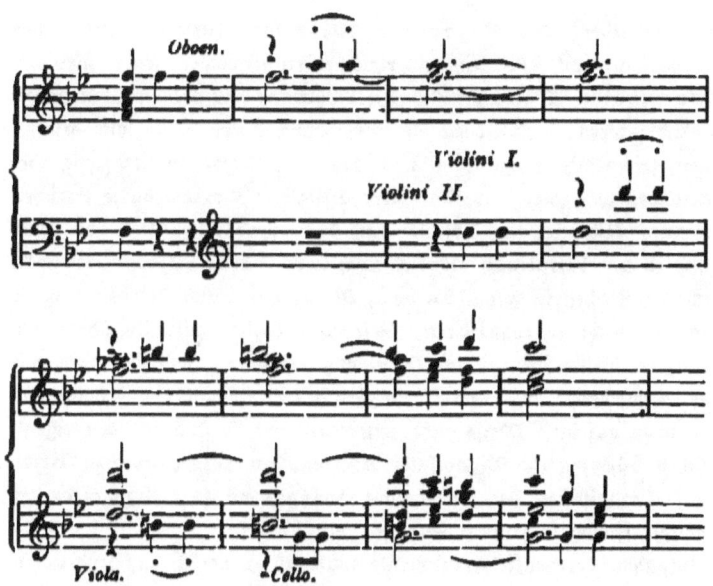

Wieder ist es dann das Adagio mit Variationen dieser Sinfonie, in welchem Haydn manchen neuen Instrumentaleffect bringt; bei der zweiten Variation übernimmt die Flöte das Thema, in der unteren Octave, durch die Viola unterstützt, die Mischung dieser beiden Instrumente ist von ganz eigenthümlicher Wirkung.

Weiterhin kommt Haydn dann dazu, auch das Fagott von Cello und Baß zu scheiden und es, wenn auch noch nicht selbständig zu führen, doch nicht immer mit dem Baß gehen zu lassen. In der „Laudon" bezeichneten Sinfonie in C (Lief. I der Berliner Ausgabe 1784), der die Flöten fehlen, wird das Fagott als besondere Stimme eingeführt. In der II. dieser Sammlung (in D-dur) bilden Flöten, Oboen, Corni und Fagotte, unterstützt durch Pauken, einen Chor, der zum Streicherchor tritt oder ihm auch selbständig gegenüber gestellt wird. Augenscheinlich ist auf diese allmälige Erweiterung des Orchesters der alljährliche Aufenthalt Haydns in Wien und hier besonders die Bekanntschaft mit dem jugendlichen Mozart nicht ohne Ein-

fluß geblieben. Als Mozart nach Wien kam, hatte er bereits große
Reisen gemacht und die ausgezeichnetsten Orchester jener Zeit zu
Mannheim, München und Paris gründlich zu studiren Gelegenheit
gehabt; wozu Haydn durch die Erfahrung vieler Jahre erst gelangt
war, sein Orchester zu organisiren, das hatte Mozart bereits fertig vor-
gefunden und zwar in vollendeterer Gestalt, als es Haydn je erreichen
konnte. Wie treffliche Künstler auch das Esterhazysche Orchester zählte
und zu wie bedeutender Höhe es auch durch Haydn emporgehoben war,
mit den Orchestern von München, Mannheim und Paris vermochte
es doch nicht zu concurriren, diese aber hatten zeitweise schon dem
jüngern Meister Mozart zur Verfügung gestanden. Das Orchester, wie
er es sich dachte, war dem Haydnschen bedeutend voraus, und so gewann
er schon auf diese Weise nicht unwesentlichen Einfluß auf den eigentlichen Schöpfer und Organisator desselben, dem er wiederum in Bezug
auf Organisation der Instrumentalformen so viel zu verdanken
hatte. Haydn ist seitdem bemüht, sein Orchester nicht nur durch die
Aufnahme der neuen Instrumente materiell zu verstärken, sondern so,
daß damit zugleich Inhalt und Ausdruck desselben im Kunstwerk größere
Bedeutung gewinnen. Das macht sich schon in den nächsten Werken
selbst in der Erfindung der Themen geltend. Die als Op. 37
1785 in Paris gedruckten drei Sinfonien, eine in B und zwei in Es,
haben fast durchweg schon breitere Motive und ganz besonders das
zweite Motiv des ersten Satzes der dritten dieser Sinfonien ist inniger
und gefühlvoller, als wir es bisher meist an Haydn gewohnt sind:

Aber auch die finales werden nunmehr gewichtiger; schon die
Themen nehmen breiteren und schwereren Rhythmus an, wie beispiels-
weise der Schlußsatz der G-dur-Sinfonie (Nr. 2 der Berliner Ausgabe von 1787.) In der D-dur-Sinfonie (Nr. 3 der Sammlung) hat
wieder das Adagio (in B-dur) unendlich an Gehalt und Tiefe gewonnen, es gehört nicht nur zu den schönsten des Meisters, sondern der
ganzen Gattung überhaupt. Die Menuett aber (in D-dur) zählt
zu jenen, welche das Beethovensche Scherzo mit vorbereiten
halfen. Die als Oeuvre 24 der Berliner Ausgabe (1787) erschienenen drei Sinfonien — in F-dur, G-dur und D-moll —
sind in Factur und Instrumentation weniger hervorragend, als in der
harmonischen Gestaltung, die namentlich in der D-moll-Sinfonie
außerordentlich kühn und gewaltig erscheint.

In der ersten (C-dur) aus Op. 52 der Wiener Ausgabe (Nr. 4
in Oeuvre 51 der Pariser Ausgabe von 1788) gelangen dann die
Trompeten zu ganz besonderer Wichtigkeit; sie werden noch nicht selbständiger gefaßt, sondern schließen sich durchaus eng an die Hörner an,
aber die ganze Sinfonie wird durch den festlichen Klang, den sie, unterstützt von Pauken, dem Ganzen geben, wesentlich beeinflußt. Der erste
Satz namentlich ist ganz Orchesterklang und Hörner, Trompeten
und Pauken sind mit den Rohrbläsern zu einem glänzenden Chor
vereinigt, der in den schallendsten Intervallen und Accorden gehalten
ist und sich mit den in eben derselben Weise klangvoll geführten
Streichinstrumenten in belebtem Wechselspiel zu einer äußerst wirksamen
Darstellung des ersten Allegro vereinigt. Der ganze Satz macht den
Eindruck, als sei er zu einer besonderen Festlichkeit geschrieben. Die
Themen sind nur in dem Streben nach breitester Entfaltung des ganzen

Orchesterklanges erfunden. Der langsame Satz (Allegretto) bietet dazu
den lebhaftesten Contrast. Ein einfacher Liedsatz ist zu einem weit
ausgeführten Rondo von sehr anmuthiger Wirkung ausgesponnen.
Auch der Mennett geben die Crompeten mit den Hörnern vereint
festlichen Klang. Das Finale ist dagegen echt volksthümlich gehalten,
das erste Motiv klingt wie der Bärentanz (darnach trägt die französische Partitur auch die Bezeichnung L'ours).

Die zweite dieser Sinfonien (in D-dur), ebenso wie die dritte in
Es-dur zeichnen sich gleichfalls vor den früheren durch energische
Abgrenzung der einzelnen Sätze aus. Die Themen sind viel bedeutender

und dem entsprechend treten die einzelnen Sätze auch bei weitem entschiedener einander gegenüber. Weniger ausgeprägt zeigt diese Vorzüge
die „La reine" bezeichnete B-dur-Sinfonie (Op. 51 der Wiener
Ausgabe; Oeuvre 51, Livre I der Parifer Ausgabe 1788). Der erste
Satz (Vivace mit einem Adagio maestoso als Einleitung) ist im
Grunde wieder nur aus einem einzigen Motiv gewoben. Doch gelingt
es auch hier dem Meister, eine Art Gegensatz herzustellen; die Weise
der Verarbeitung des ursprünglichen Themas in der Dominant
unterscheidet sich von der in der Tonika ganz wesentlich, und da auch
die Ueberleitungssätze unterschieden sind, und Vordersatz und Nachsatz
durch die seitdem fest stehend gewordenen Schlußcadenzen sicher abgegrenzt
sind, so wird auch hier ein für die Form genügender Gegensatz gewonnen. Als langsamer Satz folgt nun eine Romanze (Andantino,
un poco Allegretto), die der Meister mit Variationen versieht, an
denen im Grunde nur wieder verschiedene orchestrale Wirkungen versucht werden. Das Thema wird von Streichinstrumenten eingeführt;
die erste Variation erhält durch den Hinzutritt der Flöten, Oboen,
Fagotte und Hörner ein bestimmtes Gepräge; als zweite Variation
steht das Thema in Moll, mit den entsprechenden Umgestaltungen,
wieder nur vom Streicherchor ausgeführt; bei der dritten contrapunctirt die Flöte die von Streichinstrumenten ausgeführte Romanze in
originellster Weise; bei der zum Schluß erweiterten vierten führt
anfangs das Cello in Octaven mit der Viola, unter Begleitung der
Oboen, die Melodie, im zweiten Theil übernehmen Cello und Fagott
die Unterstützung der Melodie und mit einer einfachen, aber reizend in-
strumentirten Coda schließt das Ganze. Als Finale folgt dann ein
brillanter Rondosatz. Die zweite (in G-moll) hat dagegen einen sehr
wirksamen Allegrosatz mit stark ausgeprägten Gegensätzen.

Das 66. Werk der Offenbacher Ausgabe (1790) enthält die Es-dur-
Sinfonie, nach der Haydn wiederholt an Frau von Genzinger schreibt.
Das 56. die Sinfonie, die unter die Londoner mit aufgenommen
wurde, und die wir deshalb dort als eine der hervorragendsten unter
den unvergänglichen des Meisters etwas näher besprechen.

Es ist früher erwähnt, daß in dieser Zeit auch die Composition der Instrumentalmusik auf die „Sieben Worte Jesu am Kreuz" fällt. Haydn sagt darüber in dem Vorbericht der Ausgabe mit Text, die bei Breitkopf und Härtel erschienen:

„Es sind ungefähr fünfzehn Jahre, daß ich von einem Domherrn in Cadix ersucht wurde, eine Instrumentalmusik auf die sieben Worte Jesu am Kreuze zu verfertigen.

Man pflegte damals alle Jahre während der Fastenzeit in der Hauptkirche zu Cadix ein Oratorium aufzuführen, zu dessen verstärkter Wirkung folgende Anstalten nicht wenig beitragen mußten. Die Wände, Fenster und Pfeiler der Kirche waren nämlich mit schwarzem Tuche überzogen, und nur eine, in der Mitte hängende, große Lampe erleuchtete das Dunkel. Zur Mittagsstunde wurden alle Thüren geschlossen, jetzt begann die Musik. Nach einem zweckmäßigen Vorspiel bestieg der Bischof die Kanzel, sprach eines der sieben Worte aus und stellte eine Betrachtung darüber an. Sowie sie beendigt war, stieg er von der Kanzel herab und fiel kniend vor dem Altare nieder. Diese Pause wurde von der Musik ausgefüllt. Der Bischof betrat und verließ zum zweiten-, drittenmale u. s. w. die Kanzel, und jedesmal fiel das Orchester nach dem Schluß der Rede wieder ein.

Dieser Darstellung mußte meine Composition angemessen sein. Die Aufgabe, sieben Adagios, wovon jedes gegen zehn Minuten dauern sollte, auf einander folgen zu lassen, ohne die Hörner zu ermüden, war keine von den leichtesten, und ich fand bald, daß ich mich an den vorgeschriebenen Zeitraum nicht binden könnte.

Die Musik war ursprünglich ohne Text, und in dieser Gestalt ist sie auch gedruckt worden. Erst späterhin wurde ich veranlaßt, den Text unterzulegen, so daß also das Oratorium: „Die sieben Worte des Heilands am Kreuze" jetzt zum erstenmale bei Herrn Breitkopf und Härtel in Leipzig als ein vollständiges und, was die Vocalmusik betrifft, ganz neues Werk erscheint. Die Vorliebe, womit einsichtsvolle Kenner diese Arbeit aufnahmen, läßt mich hoffen, daß sie auch im größeren Publikum ihre Wirkung nicht verfehlen werde.

Wien, im März 1801.

Joseph Haydn."

Es ist äußerst interessant, zu beobachten, wie sich der Meister dieser allerdings schwierigen Aufgabe entledigte; er, der, wie wir später noch sehen werden, zu dem welterlösenden Ereignisse nie tiefere Beziehungen fand. Der Titel des Werkes lautet: „Musica Instrumenta le sopra les sette ultime Parole del nostrae Redenture in Croce o sieno VII Sonate con un Introduzione ed al Fine un Teremoto per due Violine, Viola, Violoncello, Flauti, Oboe, 4 Corni, Clarine, Timpani, Fagott, Contrabass par Haydn, Op. 47." Die Introduction (D-moll, Maestoso e Adagio) ist für Streichinstrumente, Oboen, Fagotte und Hörner geschrieben und recht wol geeignet, die tief ernste Stimmung herbeizuführen, in welcher „Die sieben Worte des Erlösers", um den rechten Segen davon zu haben, vernommen werden sollen. Die nun folgenden sieben Sätze sind mit „Sonata" bezeichnet. Der erste zu den Worten: „Pater! Pater! dimitte illis, nesciunt quid faciunt" ist ein Largo in B-dur, dessen Thema entschieden durch die Worte in des Meisters Phantasie erzeugt ist:

In der Sonata II (Grave e cantabile C-moll 𝄵) „Hodie mecum eris in Paradiso" hat die tragische Stimmung bereits der Gemüthlichkeit Haydns bedenklich das Feld räumen müssen. Die erste

Violine und das Cello führen in Octaven eine Melodie aus, die wol für eine Wallfahrt, nimmer aber für diese Situation ausreichend sein dürfte; die vier accordisch begleitenden Hörner geben dem Satze einen gewissen Reiz sinnlicher Klangwirkung, aber ein tieferer Gehalt wird ihm dadurch nicht vermittelt. Besser entspricht diese Auffassung der Sonata III (Grave E-dur 𝄴) „Muller ecce filius tuus". Hier ist es gerechtfertigt, die Gemüthsseite herauszukehren, und Haydn thut das, wenn auch nicht in ergreifender, doch immerhin rührender Weise; wir werden bewegt, wenn auch nicht erschüttert. Ein feiner Zug ist es, daß Haydn hier auch die Flöte mit zum Orchester hinzuzieht.

Sonata IV (Largo F-moll ³/₄) „Deus meus, Deus meus, ut quid dereliquisti me" (das: Eli, Eli, lamma sabacthani) ist nicht bedeutender in seiner Wirkung; es rührt, aber erschüttert ebensowenig, wie der vorhergehende Satz.

Sonata V (Adagio A-dur ³/₄) „Sitio" giebt dem Meister zu einer feinsinnigen Tonmalerei Veranlassung. Das trockene pizzicato der zweiten Geige, Viola und des Basses sind recht wol im Stande, die Situation zu charakterisiren.

Das Hauptmotiv der Sonata VI (Lento G-moll 𝄴) „Consummatum est!" ist wieder durch diese Worte direct erzeugt.

Con - sum - matum   est!

Bei Haydn nimmt die Beruhigung, die in diesen Worten liegt, bald den Charakter lebhafter Freude an; der Satz schließt in G-dur mit dem Ausdruck vergnüglichster Stimmung:

Wie eines seiner innigeren Adagio's ist dann Sonata VII (Largo Es-dur ³/₄) „In manus tuas Domine, commendo spiritum meum!" gehalten. Die erste Violine namentlich muß ihre Kräfte aufbieten, um ganz im Geiste jener Zeit die heilige Verzückung zu charakterisiren. Das Adagio geht direct in den Schlußsatz über, der das Erdbeben schildert (Terre moto) in einem Presto (e con tutta la forza). Haydn wendet alles an: Achtel-, Sechzehntelnoten und Triolen mit rhythmischen Rückungen, um ein recht handgreifliches Bild zu geben.

Die Anordnung des Werkes bei der oben angeführten Ausgabe mit Text ist im Ganzen beibehalten; die Worte des Erlösers werden aber hier vom Chor in der Weise der Intonationen, wie früher bei der Chor-Passion des 16. Jahrhunderts, ausgeführt.

Die Introduction ist ohne Text; jede der sogenannten Sonaten ist aber mit Worten versehen, welche die verschiedenen Aussprüche des Heilandes am Kreuze näher erläutern. Zwischen der vierten und fünften „Sonate" ist in der neuen Ausgabe ein Satz eingeschaltet nur für Instrumente, der dem Werke ursprünglich fehlt, welchem, wie auch dem vorhergehenden Satz in der neuen Bearbeitung Posaunen und Trompeten zugesetzt sind, in ziemlich selbständiger Führung. Wie im Original kommen auch hier in dieser Bearbeitung die Pauken erst im Schlußsatz (Terre moto) zur Anwendung.

Haydns Frömmigkeit war gewiß wahr und aufrichtig, aber eben so gewiß auch durchaus nicht selbstschöpferisch. Das „In Nomine Domini", womit er seine Arbeiten regelmäßig begann, wie das „Laus Deo" oder „Soli Deo gloria" mit dem er sie beschließt, waren eben so wenig nur Sache der Gewöhnung und des Herkommens, wie bei dem großen Leipziger Thomas-Cantor, aber dennoch war seine Frömmigkeit anderer Art, wie die des ungleich größeren protestantischen Meisters. Als guter, pflichtgetreuer Katholik befolgte er die Satzungen und Vorschriften seiner Kirche, ohne sich besondere Gedanken darüber zu machen. Mit den Religionswahrheiten seiner Kirche sich weiter zu beschäftigen, als diese gern sah, lag nicht in seiner Neigung, und so kam es, daß ihm trotz der großen Zahl der Werke, die er auch auf diesem Gebiet schuf, dennoch der eigentliche Kirchenstil ziemlich fremd blieb. Nur in dem Genius erweist sich das Christenthum neuschaffend, der sich ganz seinem Einfluß hingiebt, der sich, wie die unsterblichen Meister des altkatholischen a Capella-Gesanges unter den Bann des ganzen Mysteriums und der geheimnißvollen Pracht des Cultus der alten Kirche begiebt, oder der wie die protestantischen Meister, und unter ihnen vor allen Joh. Seb. Bach, in das Wort der heiligen Schrift sich versenkt, um sich durch dies zu großen und hochbedeutenden Kunstwerken befruchten zu lassen. So wird jener Kirchenstil gefunden, in welchem alles rein subjective Denken und Empfinden gefangen genommen wird von der bindenden Macht der Gottesidee; welchem in dem Bewußtsein von der Nähe Gottes heiliger Ernst und feierliche Würde aufgenöthigt ist und der sich wie die Religion selber in einem kunstvoll verschlungenen, mächtigen Bau darlegt. Dieser einzig berechtigte Standpunkt ist unserm Meister völlig unbekannt geblieben. „Ich weiß es nicht anders zu machen", vermochte er nur auf den Vorwurf, daß seine religiöse Musik des Ernstes entbehre, zu erwidern, „wie ichs habe, so gebe ichs. Wenn ich an Gott denke, ist mein Herz so voll von Freude, daß mir die Noten wie von der Spule laufen. Und da mir Gott ein fröhlich Herz gegeben hat, so wird er mirs schon verzeihen, wenn ich ihm fröhlich diene." Von diesem Standpunkt aus konnte er den Kirchenstil nicht finden, und auf ähnlichen Grund ist auch die geringere Bedeutung seiner Vocalwerke überhaupt zurückzuführen.

Auch für seine Opern und die anderen Gesangwerke vermochte er aus gleichen Ursachen keinen höheren Standpunkt zu gewinnen, weil diese eine tiefere Erregung voraussetzen, als deren er fähig war. Von diesen Werken haben daher auch nur zwei monumentale Bedeutung gewonnen: „Die Schöpfung" und „die Jahreszeiten", weil sie demselben Boden entspringen, auf dem seine Instrumentalmusik emportrieb. Und weil alle anderen seiner Vocalwerke nur Bedeutung haben, soweit sie diese beiden mit vorbereiten, so erscheint es zweckmäßig, sie auch mit diesen gemeinsam zu betrachten.

Die durch den Tod des Fürsten Esterhazy (1790) herbeigeführte Wendung in dem Geschick unseres Meisters wurde von folgenschwerster Bedeutung für seine weitere schöpferische Thätigkeit. Wiederholt konnten wir darauf hinweisen, wie seine bisherige Stellung und Thätigkeit im Dienste des Fürsten hochbedeutend für seine ganze künstlerische Entwickelung wurde, so daß diese ohne jene kaum zu denken ist. Auf dem Wege der Unterweisung und des Studiums war der neue Orchesterstil nicht zu finden, dieser konnte nur aus der lebendigen Praxis gewonnen werden. Dazu aber gab die Stellung in Esterhaz vollauf Gelegenheit. Als Haydn an die Spitze der Kapelle trat, bestand diese aus drei Violinen, einem Cello und einem Contrabaß; zwei Oboisten und zwei Fagottisten wurden, bald nachdem er in seine Stellung eingetreten war, engagirt, kurze Zeit darauf auch zwei Waldhornisten und ein Flötist. Wir haben eingehend nachgewiesen, wie Haydn allmälig nur in seinen Compositionen dies Orchester verwenden lernt. Wie er zum

Streicherchor anfangs die Oboen als selbständigen Bläserchor hinzuzieht, und diesen dann durch Hörner vervollständigt, sie anfangs nur
als Füllstimmen, dann in großer Selbständigkeit behandelnd; wie er
darauf eine Flöte als Soloinstrument einführt, um sie erst später dem
Bläserchor mit Klang- und Convermögen einzufügen, und wie er dann
erst auch das Fagott in eigenthümlicher Weise verwenden lernt und
endlich auch Trompeten und Pauken mit ihrem Klangvermögen herbeizieht, um sein Orchester zu vervollständigen. Wir zeigten, wie sich ihm
in dem, dieser ganzen Organisation zu Grunde liegenden einfachsten
Instrumentenverein, dem Streichquartett, zunächst auch der Organismus der Instrumentalformen erschloß, wie er diesen durch
seine ersten Quartette in den Grundzügen fest bestimmt vorzeichnet,
und wie dieser dann durch den Hinzutritt der neuen Darstellungsmittel, welche die neu eingefügten Instrumente bringen, erweitert
und neu ausgestattet wird. In der folgerichtigsten Entwickelung
gelangte so Haydn dazu, nicht nur das gesammte Orchester, sondern
damit zugleich auch die Orchesterformen naturgemäß zu organisiren.
In lebendiger Praxis, die er in seiner Stellung in Eisenstadt und
Esterhaz üben mußte, gewann sein schöpferischer Genius jene Herrschaft über die neuen Mittel, die ihn befähigten, der Schöpfer der neuen
Formen zu werden. Wir konnten weiterhin nachweisen, wie dann
am Ausgange dieser Periode bereits das auf dieser neuen Grundlage
erbaute neue Kunstwerk emportrieb, wie es formell fertig dastand und
zugleich mit dem entsprechenden Inhalt erfüllt ist. Dabei hatte es in
den weitesten Kreisen Eingang und schon Nachahmung gefunden;
es hatte wesentlich dazu beitragen helfen, der Instrumentalmusik
überall in den großen Städten Deutschlands und des Auslandes wie
an den Höfen der Fürsten zu eingehendster Pflege zu verhelfen, und
diese hatte allmälig zu einer Erweiterung des Orchesters geführt, unter
dessen Einfluß wiederum bereits der jüngere Meister Mozart schuf.
Wie alle zeitgenössischen Instrumentalcomponisten hatte auch er an
den Haydnschen Instrumentalwerken hauptsächlich seine Studien gemacht,
auch ihm war durch dies zumeist der Organismus desselben erschlossen
worden; zugleich aber hatte er wiederum aus der erweiterten Praxis,

welche die Instrumentalmusik außerhalb des beschränkten Kreises, in dem Haydn bisher lebte, gefunden hatte, neue Mittel gewonnen, um das neue Kunstwerk auch mit einem neuen Inhalt zu erfüllen. Für Haydn war es deshalb zur Nothwendigkeit geworden, wenn er noch weiteren Antheil an der ferneren Entwickelung dieser Formen nehmen sollte, daß er dem engen Kreise seiner Thätigkeit enträckt und hinaus in die Welt geführt wurde, wo bereits seine Werke befruchtend und neugestaltend gewirkt hatten. Für die Entfaltung des Haydnschen Genius war die Stellung in Eisenstadt und Esterhaz gewiß die geeignetste gewesen, allein es war aber jetzt auch hoch an der Zeit, daß er in andere Verhältnisse gelangte, ans denen er neue Nahrung für die weitere Schaffensthätigkeit gewann. Wie viel Förderung auch für seine künstlerische Entwickelung Haydn in dem Verhältniß zu seinem kunstsinnigen Fürsten und dessen kunstgeübter Kapelle in den ersten Jahrzehnten seiner Thätigkeit gefunden hatte, so wurde es doch zuletzt ebenso hemmend für ihn, indem seine Schaffenskraft dadurch ganz naturgemäß in einen engen Kreis gebannt ward, aus dem herauszutreten er nicht nur nicht veranlaßt, sondern selbst gehindert wurde. Wol war der Fürst auch fein musikalisch gebildet und von der Bedeutung seines Kapellmeisters so überzeugt, daß er nur selten direct dessen künstlerische Schaffensthätigkeit zu beeinflussen suchte; aber in der großen Liebe und Verehrung, die ihm Haydn zollte, war ein viel stärkerer Grad einer solchen Einwirkung begründet. Seinem verehrten und geliebten Fürsten zu gefallen, war immer sein Hauptbestreben, und so wurde dessen, immer doch nur einseitige Geschmacksrichtung auch für ihn bestimmend. In derselben Weise mußte schließlich auch der Einfluß, den die Kapelle auf ihn übte, ebenfalls beengend wirken, so daß auch nach dieser Seite eine Versetzung in eine andere Stellung geboten erschien. Es war, wie wir nachwiesen, absolut nothwendig, daß das neue Kunstwerk aus dem Bedürfniß der einzelnen Instrumente heraus entstand, daß es Technik und Klangvermögen jedes einzelnen genau berücksichtigte und das war nur aus dem fortwährend engen Verkehr, in welchen Haydn durch seine Stellung zur Kapelle gebracht worden war, zu erreichen. Nachdem aber dies neue Kunstwerk vollständig zur Erscheinung gekommen war,

wirkten jene alten Einflüsse eher hemmend als fördernd auf die Weiterentwickelung; es war daher nothwendig, daß Haydn ihnen entrückt
wurde, wenn er noch durchgreifend Antheil an dem weiteren Entwickelungsprozeß nehmen wollte. Daß der Meister das selbst empfand,
das beweisen die Briefe aus den letzten Jahren seines Aufenthaltes in
Esterhaz, aus denen schon früher einiges mitgetheilt wurde. Der Tod
des Fürsten Esterhazy führte diese Wendung herbei und brachte Haydn
in neue Verhältnisse, die denn auch sofort ihren Einfluß auf die weitere
künstlerische Thätigkeit desselben ausübten.

Sechstes Kapitel.
Haydn in London.

Schon in den letzten beiden Jahrzehnten seines Aufenthalts in Esterhaz hatte sich Haydns Ruf weit über die Grenzen seines Vaterlandes verbreitet; in England und Frankreich waren besonders seine Orchesterwerke außerordentlich beliebt. Den wiederholten Mahnungen seiner Freunde, diese Länder zu besuchen, hatte er indeß immer widerstanden, weil er seinen Fürsten nicht verlassen wollte. Im Jahre 1783 war unter dem Protectorate des Lord Abington eine neue Concertgesellschaft entstanden, über welche ein Correspondent von Cramers Magazin der Musik (Erster Jahrgang 1783, Hamburg, in der Musikalischen Niederlage) pag. 546 wie folgt berichtet:

London, im April 1783.

Der Hauptgegenstand der Musik ist jetzt hier: Das große Concert of Nobility. Vermuthlich heißt es darum so, weil der hohe Adel die Direction darüber auf sich genommen hat; denn ich sehe auch andere Standespersonen außer dem Adel darin; auch sind alle Kenner und Liebhaber ohne Ausnahmen dazu eingeladen worden. Es ist unstreitig das erste, größeste und beste Orchester, das man sich denken und wünschen kann. Ich habe sehr viel gehört, aber diesem weiß ich keines an die Seite zu setzen. Außer Mylord Abington, der die Hauptdirection hat,

12*

ift ein Comité von 8 Gliedern aus dem Adel errichtet, um das Concert im Stande zu halten. Es ift mit fechzehn Violinen, fieben Bäffen, drei Bratfchen, zwei Oboen, zwei Flöten, zwei Hörnern, zwei Clarinetten und zwei Baffon befetzt. Obgleich unter diefen viele find, die manchem Virtuofen den Vorzug ftreitig machen können, fo find fie alle doch nur zur Begleitung da, und die eigentlichen Meifter, die fich befonders hören laffen, find: Cramer, Violinift, der zugleich das Orchefter dirigirt. Er ift der feurigfte und angenehmfte Spieler vom Blatte, den man fich nur denken kann. Seine Verdienfte find außer Landes zu fehr entfchieden, um etwas mehr von feinem vortrefflichen Vortrag im Solofpielen zu fagen. Salomon, Violinift. Sein Vortrag ift nicht weniger angenehm, und da er im eigentlichen Wefen ein guter Mufikus und Setzer ift, fo fällt es ihm um fo viel leichter, fremde Sachen, die er noch nie gefehen hat, mit dem dazu gehörigen Ausdruck vortrefflich vorzutragen. Pieltain der Aeltere, Violinift, fpielt ebenfalls fehr fchön, und ift fehr gewiffenhaft im Vortrage. Duport, Violoncellift, ward von Paris hierher verfchrieben. Sein älterer Bruder ift in Berlin. Kenner behaupten, daß diefer ftärker als der Berliner fei, und dies ift alles gefagt. Cervette, deffen Vater, ein Greis von mehr als hundert Jahren, kürzlich geftorben ift und dem einzigen Sohne ein Vermögen von 20,000 £. Sterling hinterlaffen hat, ift ein überaus großer Violoncellofpieler. Duport fcheint mehr Gefühl im Spielen zu haben, diefer aber übertrifft ihn in der Stärke des Tones. Fifcher, Oboift. Diefer ift wieder zu fehr bekannt, um hier etwas von ihm zu fagen. Weiß, flöttraverfift, ift der gefälligfte und gewiffenhaftefte Flötenfpieler, den ich kenne. Seine Töne verfagen ihm niemals, und da er durch die Seitenklappen denen fchwachen Tönen in der Tiefe abhilft; fo ift fein Spielen durchgängig fehr rein und deutlich; fein Vortrag ift der befte, den ich je gehöret habe; feine Hauptfache ift ein fchöner Gefang, wenig aber paffende Auszierung und ein fchöner Ton. Mahon, ein Clarinettift von der erften Claffe; Pieltain der Jüngere, ein vortrefflicher Waldhornift. Zwei Clavierfpielerinnen, von welchen Gueft den Vorzug hat. — Alle diefe Virtuofen laffen fich wechfelsweife hören. Der Mufikfaal ift in Hannover-Square und der Inhaber deffelben erhält für jedes

Concert 50 Guineen, etwa 300 Rthlr., in Louisd'or. Die Gesellschaft
ist überaus glänzend und zahlreich. Der Erbprinz und der Herzog von
Cumberland haben noch nie gefehlt. Die Subscription für 12 Concerte
ist 6 Guineen oder 36 Rthlr. in Louisd'or, also jedes Concert 3 Rthlr."
Daß in diesen Concerten namentlich die Haydnschen Sinfonien beliebt
sein mußten, ersehen wir aus den Programmen derselben. In dem
Jahre 1785 brachte die in London periodisch erscheinende Zeitschrift:
„The European Magazine" einen Artikel, der in enthusiastischer
Weise den Meister feiert, doch nicht ohne Ph. Em. Bach in unge-
rechtfertigster Weise anzugreifen.*) Man dürfte kaum irre gehen, wenn
man derartige Kundgebungen auf jene Männer zurückführt, welche
bemüht waren, Haydn für London zu gewinnen, was, wie wir aus
einer Notiz des Londoner Correspondenten des Cramerschen Magazins
ersehen, bereits 1783 geschah. Aus Wien berichtet ein Correspondent
desselben:**) „Die englische Nation, die kein Verdienst verkennt, hat
beschlossen, unserem großen Haydn ein Monument in der Abtei zu
Westminster errichten zu lassen, nicht sowol um den Namen Haydn zu
verewigen, der stets in seinen Sinfonien und Quartetten, im Stabat
Mater, als wahren musikalischen Meisterstücken, leben wird, als um der
Welt eine neue Probe zu geben, wie hoch sie auch an Ausländern
Kunst und Genie schätzt. Die feierliche Aufstellung des Monumentes
bleibt noch so lange ausgesetzt, bis Haydn persönlich in London ein-
treffen wird, wozu ihn die englische Nation eingeladen und seine Reise-
kosten zu bestreiten sich anheischig gemacht hat." In den 12 Concerten
im Jahre 1784 der oben erwähnten Gesellschaft wurden von Haydn
Sinfonien aufgeführt: im dritten am 3. März; vierten am 10. März;
fünften am 17. März; sechsten am 24. März; achten am 21. April;
und elften am 13. Mai.

Wie verlockend auch der Antrag war, so hatte doch Haydn ihm
bisher nicht folgen können, aus dem oben bereits angegebenen Grunde.
Aus einem Briefe vom 8. April 1787, den er an den Instrumenten-
macher und Musikalienverleger W. Forster schrieb, ersehen wir, daß

*) Cramer: Magazin der Musik. Zweiter Jahrgang 1784—85. S. 585.
**) Daselbst S. 194.

er um diese Zeit entschlossen war, nach London zu gehen und dort in
dem Professional-Concert seine Sinfonien zu dirigiren, Forster hatte ihm
zu diesem Behufe schon eine Wohnung offerirt. Doch unterblieb die
Reise auch diesmal noch, weil von dem Leiter der Professional-Concerte,
Cramer keine Antwort erfolgte; Haydn hatte nunmehr Lust, den
Winter in Neapel zu verbringen, wo er am König gleichfalls einen
Gönner hatte. Doch auch dieser Plan kam nicht zur Ausführung.

Mittlerweile war in London durch den seiner Zeit bekannten
Opernunternehmer Gallini ein neues Concertunternehmen ins Leben
gerufen worden, an dem sich namentlich der bereits erwähnte deutsche
Violinist Johann Peter Salomon, aus Bonn gebürtig, in ausgedehnter
Weise betheiligte. Salomon hatte früher auch mit Haydn Verhand-
lungen angeknüpft, die indeß ebenso aus dem angegebenen Grunde schei-
terten, wie die andern. Bei dem Tode des Fürsten Esterhazy befand sich
Salomon gerade auf der Heimreise von einer im Auftrage Gallinis in
der Absicht unternommenen Rundreise, in Italien Sänger für das
Londoner Opernunternehmen zu werben. In Cöln erfuhr Salomon
den Tod des Fürsten Nicolaus Esterhazy und ohne Bedenken reiste er
nach Wien, um Haydn jetzt zur Reise nach London zu bewegen.

Dieser hatte sich bereits in Wien in dem Hause seines Freundes
Hamberger auf der Wasserkunstbastei No. 1196 häuslich eingerichtet
und bezeigte anfangs auch jetzt noch wenig Lust, auf das Anerbieten
Salomons einzugehen. Hauptsächlich machten ihn sein vorgerücktes
Alter, seine Unerfahrenheit im Reisen und seine Unkenntniß der fremden
Sprache schwankend, aber Salomon wußte Allem zu begegnen. Im
Auftrage von Gallini bot er Haydn für jede Oper, die er für
das Unternehmen schreiben würde 3000 Gulden und für zwanzig
Compositionen, die in eben so viel Concerten zur Aufführung kommen
sollten, je 100 Gulden. Darnach sollte der Ertrag dieser Reise
in mindestens 5000 Gulden bestehen, was allerdings für Haydn im
hohen Grade verlockend sein mußte bei seinen bisherigen knappen Geld-
verhältnissen. Dem gegenüber machte Haydn nur noch seine Zustimmung von der Einwilligung seines neuen Herrn, des Fürsten Anton
Esterhazy, abhängig. Wol war er diesem nicht mehr rechtlich verpflichtet,

aber er hielt sich aus Dankbarkeit an seine Zustimmung gebunden, und so erklärte er: „Nur wenn es mein Fürst zufrieden ist, folg' ich Ihnen nach London." Dieser gab natürlich gern seine Einwilligung, und so begann Haydn mit den Vorbereitungen zur Reise, nachdem der Vertrag mit Gallini durch Salomon abgeschlossen worden war. Noch fanden sich Stimmen genug, welche ihm das Unternehmen widerriethen, unter ihnen auch Mozart, der, nach Dies, meinte: „Papa" (so nannte er Haydn gewöhnlich), Sie haben keine Erziehung gehabt für die große Welt und reden zu wenig Sprachen", worauf Haydn die treffende Antwort gab: „O, meine Sprache versteht man durch die ganze Welt." Andere riethen ihm ab, weil er zu alt für eine solche Reise und für eine längere Abwesenheit von der Heimath sei, was er mit den Worten widerlegte: „Ich bin aber noch munter und bei guten Kräften."

Haydn hatte, wol auf Anrathen eines sachkundigen Freundes, die Forderung gestellt, daß Salomon bei dem Bankhause Graf Fries u. Co. in Wien 5000 Gulden zur Sicherung für ihn niederlege, worauf Salomon ohne Weiteres einging. Nunmehr verkaufte Haydn sein kleines Haus zu Eisenstadt für 1500 Gulden. Dazu kamen noch 500 Gulden, die er sich erspart hatte; doch erschienen ihm diese 2000 Gulden noch nicht ausreichend zur Reise und so entlieh er noch von seinem Fürsten 450 Gulden, die er später erst zurückzahlte.

Vor seiner Abreise am 13. December überreichte er dem damals in Wien weilenden König von Neapel, Ferdinand IV., einige Arbeiten, welche dieser bei ihm bestellt hatte, in einer besonderen Audienz. Da der König ihn zum 15. wieder zu sich beschied, um mit ihm die Compositionen durchzuspielen, mußte ihm Haydn die Mittheilung machen, daß er an dem Tage nach England reise, worauf der König sehr erzürnt antwortete: „Wie, und Sie haben mir versprochen, nach Neapel zu kommen?" und unwillig das Zimmer verließ.

Eine Stunde ließ er Haydn warten, dann mußte ihm dieser versprechen, bald nach seiner Rückkehr aus England nach Neapel zu kommen. Der König versah ihn mit Empfehlungsschreiben an seinen Gesandten in London, den Prinzen Castelcicala, und ließ ihm auch eine werthvolle Tabatière nachsenden.

Befonders herzlich und wehmüthig zugleich war der Abfchied, den
Haydn von Mozart nahm. Diefer hatte am Tage der Abreife bei
Haydn gefpeift, trüber Ahnung voll fprach er im Augenblick der Trennung
die Befürchtung aus, die leider zur Wahrheit werden follte: „Wir
werden uns wol heute das letzte Lebewohl in diefem Leben fagen," fo
daß Beider Augen fich mit Thränen füllten. Verbürgte Thatfachen be-
weifen, daß Beide wahre Zuneigung für einander empfanden, und daß
jeder des anderen Bedeutung gern und rückhaltlos anerkannte. Einem
Haydn herabfetzenden Kritiker klopfte Mozart auf die Schulter mit den
bezeichnenden Worten: „Wenn man uns beide zufammenfchmilzt, wird
noch lange kein Haydn draus", und einem feiner Zeit bekannten
Componiften gab er, als diefer bei einem kühnen Uebergange in einem
neuen Quartett ihn fragte: „Hätten Sie wol fo gefchrieben?" die
treffende Antwort: „„Schwerlich, fo wenig wie Sie! Wiffen Sie
aber auch warum? Weil weder Sie noch ich auf diefen Einfall
gekommen wären."" Und wiederholt verficherte er „Keiner als
Jofeph Haydn könne Alles, fchäkern und erfchüttern, Lachen erregen
und tiefe Rührung." Ebenfo wenig hielt Haydn mit feiner Anerkennung der Bedeutung Mozarts zurück, wie aus verfchiedenen feiner
Briefe hervorgeht. Als 1787 von Prag aus die Aufforderung an ihn
erging, für das dafige Theater eine Oper zu fchreiben, lehnte er den
Antrag ab und fchrieb dabei: „In Prag hätte ich mit meiner Arbeit
viel zu wagen, indem der große Mozart fchwerlich jemand Anderen zur
Seite haben kann. Denn könnte ich jedem Mufikfreunde, befonders aber
den Großen, die unnachahmlichen Arbeiten Mozarts fo tief und mit
einem folchen mufikalifchen Verftande, mit einer fo großen Empfindung
in die Seele prägen, als ich fie begreife und empfinde; fo würden die
Nationen wetteifern, ein folches Kleinod zu befitzen; Prag foll den
theueren Mann fefthalten, aber auch belohnen, denn ohne diefes ift die
Gefchichte großer Genies traurig und giebt der Nachwelt wenig Auf-
munterung zum ferneren Beftreben, weswegen leider fo viele hoffnungs-
volle Geifter darnieder liegen. Mich zürnt es, daß diefer einzige Mozart
noch nicht bei einem kaiferlichen oder königlichen Hofe engagirt ift.
Verzeihen Sie, wenn ich aus dem Geleife komme, ich habe den Mann

zu lieb." „Die Nachwelt bekommt nicht in hundert Jahren wieder
solch ein Talent," schreibt er in einem Briefe aus London, als ihm die
Nachricht von Mozarts Tode zugegangen war, die ihm bittere Thränen
abpreßte. Am 15. December 1790 gegen Abend reiste Haydn mit
Salomon ab. Die Reise ging zunächst über München nach Bonn, wo
die Reisenden am 25. December eintrafen und einen Ruhetag machten.
Hier wurde unserem Meister eine ihn höchlich erfreuende Huldigung dar-
gebracht. In Bonn, damals Residenz des Churfürsten von Cöln, lebte
als Erzbischof Maximilian Franz, der jüngste Sohn der Kaiserin Maria
Theresia, ein großer Freund der Musik, der sich seine eigene Hofkapelle
hielt. Am zweiten Weihnachtsfeiertage, Sonntag den 26., gingen unsere
beiden Reisenden in die Kirche, um dem Hochamt beizuwohnen und so die
Kapelle zn hören. Es kam dabei eine Messe von Haydn zur Aufführung, worüber dieser sich sehr freute. Gegen das Ende derselben
erhielt Haydn zu seiner Verwunderung die Einladung, nach beendeter
Messe ins Oratorium (den Betsaal) zu kommen. Zu seinem Erstaunen
fand er hier den Churfürsten selbst, der ihm freundlich die Hand reichte
und ihn den Musikern seiner Kapelle mit den Worten vorstellte: „da
mache ich Sie mit Jhrem von Jhnen so hochgeschätzten Haydn bekannt."
Er lud unseren Meister schließlich zur Tafel, doch mußte dieser ablehnen,
weil er bereits zum Diner in seinem Gasthofe eingeladen war, das
Salomon veranstaltet hatte, um ihn mit mehreren Persönlichkeiten der
Stadt bekannt zu machen. Der Churfürst entließ ihn gnädig und als
Haydn und Salomon in den Gasthof zurückgekehrt waren, erfuhren sie,
daß auf Veranlassung des Churfürsten das kleine ursprünglich von
ihnen beabsichtigte Diner auf ein Dutzend Gedecke erweitert worden
war, damit auf seine Kosten die hervorragendsten Musiker Bonns
daran theilnehmen sollten.

Die Weiterreise erfolgte über Brüssel und Freitag den 31. December,
Abends erreichten sie Calais. Nachdem Haydn am Neujahrstage noch
die Messe gehört hatte, gingen sie zu Schiff und fuhren um halb acht Uhr
des Morgens ab. Haydn berichtet darüber an seine Freundin, die bereits
erwähnte Frau von Genzinger:*) „Berichte demnach, daß ich den

---

*) H. G. von Karajan: Haydn in London, S. 88 (20).

erften diefes als am neuen Jahres Tag fruh um halb 8 uhr nach angehörter hl. Meeß in das ſchif fliege, und nachmittag um 5 uhr, dem höchſten, ſey gedankt, wohlbehalten und geſund zu Dower ankam, anfangs hatten wür 4 ganze ſtunden faſt gar keinen wind, und das ſchif ging ſo langſam, daß wür in dieſe 4 ſtunden nicht mehr als eine einzige Engliſche Meile machten, deren aber ſind von Calais bis Dower 24. unſer ſchif-Captain in übleſter laune ſagte, daß wan ſich der wind nicht ändere, wür die ganze nacht zur See bleiben müſſen. zum glück aber hub ſich der Wind gegen halb 12 uhr ſo günſtig, daß wür bis 4 uhr 22 Meilen zurücklegten. da wür aber wegen der eben einfallenden Ebbe mit unſern großen ſchife nicht an das geſtatt komen konten, ſo liefen ſchon von weit 2 kleinere ſchife gegen uns, in welche wür uns ſamt unſer Pagage überſetzten und endlich unter einem kleinen ſturmwind doch glücklich anlandeten. das große ſchif blieb noch 5 ſtund darnach im Meer, bis es endlich nach angekomener Fluth einlaufen konnte. einige von den Reiſenden blieben aus forcht in das kleinere zu ſteigen auf demſelben, ich ſchluge mich aber zu dem größern haufen. während der ganzen überfahrt bliebe ich oben auf den ſchif, um das ungeheure Thier, das Meer, ſatſam zu betrachten. ſo lange es windſtill war, fürchtete ich mich nicht, zuletzt aber, da der immer ſtärkere wind ausbrach, und ich die heranſchlagende, ungeſtime hohe wellen ſahe, überfiel mich eine kleine angſt und mit dieſer eine kleine üblichkeit. doch überwündete ich alles, und kam ohne S. v. zu brechen glücklich an das geſtade. die meiſten wurden krank, und ſahen wie die geiſter aus. da ich aber nach London kam, wurde ich erſt die Beſchwerde der Reiſe gewahr. ich gebrauchte 2 Tag, um mich zu erhollen. nun aber bin ich wieder ganz friſch und Munter und betrachte die unendlich große ſtadt London, welche wegen Jhren verſchiedenen ſchönheiten und wunderdinge ganz in Erſtaunung verſetzt. ich machte alſogleich die Nothwendigſten Viſiten, als den Neapolitaniſch und unſern geſandten, ich erhilte in 2 Tagen von beiden die gegen viſit, und ſpeiſete vor 4 Tagen bei dem Erſteren zu Mittag, aber Nota bene um 6 uhr abends, das iſt So Mode hier.“

Haydns Ankunft in London erregte nicht geringes Aufſehen; natürlich lag es im Intereſſe der Unternehmer Gallini-Salomon, dies mög-

lichst bekannt zu machen, und so klagt denn Haydn in dem oben
angeführten Briefe: „Durch drei Tag wurd ich in allen zeitungen
herumgetragen. jederman ist begierig mich zu kennen. ich muste schon
6 mahl außspeisen, und könte wen ich wolte täglich eingeladen seyn,
allein ich muß erstens auf meine Gesundheit und 2. auf meine arbeith
sehen. ich nehme außer den Milords bis nachmittag um 2 uhr keine
visite an, um 4 uhr speis ich zu Hauß mit Mon. Salomon."

Anfangs wohnte er bei Salomon, allein weil er sich hier den
lästigen Besuchen noch weniger entziehen konnte, so miethete er noch
Anfang Januar im westlichen Theile der Stadt, zwischen Regents-
und Heyde-Park, Great-Pulteney Street No. 18 ein „bequemes
aber theures Logement", wie er schreibt.

Völlig unerwartet traf bald darauf ein Schreiben des Fürsten Anton
ein, durch welches er zurückberufen wurde, um für bevorstehende Fest-
lichkeiten in Esterhaz eine Oper zu componiren. Da Haydn contractlich
verpflichtet war, in London zu bleiben, vermochte er dem Wunsche des
Fürsten nicht zu folgen und er fürchtete daher, seine Entlassung zu
erhalten, wie er an seine Freundin später schreibt. Nach den Aufzeichnungen von Dies*) nahm indeß sein Fürst die Angelegenheit nicht
so ernst. Er begnügte sich, als Haydn sich ihm wieder nach seiner
Rückkehr vorstellte, zu sagen: „Haydn, Sie hätten mir vierzigtausend
Gulden ersparen können." Auch unter den Musikern Londons hatte
Haydns Ankunft selbstverständlich eine große Aufregung hervorgerufen,
die sich bei dem einen Theile in aufrichtiger Bewunderung, bei dem
anderen in Neid und Mißgunst äußerte. Während die einen sich bemühten,
ihm den Aufenthalt in London so angenehm wie möglich zu machen,
ließ es die andere Partei nicht fehlen, ihm Kränkungen aller Art zu
bereiten, namentlich als die Gallini-Salomon schen Concerte in
Haymarket, für die Haydn engagirt worden war, einen solch glänzenden
Verlauf nahmen.

Der bekannte Musikschriftsteller und Historiograph Dr. Charles
Burney hatte Haydns Ankunft in England mit einem Gedicht gefeiert,

―――――――――

*) Seite 137.

das gedruckt unter dem Titel: „Verses on the Arrival in England of the great Musician Haydn. January 1791 erschien. Burney war ein enthusiastischer Verehrer Haydns. In den Memoirs, Vol. II p. 327 heißt es: With the equally, and yet more popularly celebrated Haydn, Dr. Burney was in correspondence many years before that noble and truly CREATIVE composer visited England; and almost enthusiastic was the admiration with which the musical historian opened upon the subject, and the matchless merits, of that sublime genius, in the fourth volume of the History of Music. „I am now" he says, „happily arrived at that part of my narrative where it is necessary to speak of HAYDN, the incomparable HAYDN; from whose productions I have received more pleasure late in life, when tired of most other music, than I ever enjoyed in the most ignorant and rapturous part of my youth, when every thing was new, and the disposition to be pleased was undiminished by criticism, or satiety."*)

Auch eine Reihe anderweitiger Kundgebungen zeigt, welch allseitiges Aufsehen Haydn in London erregte.

Das erste Concert, in welchem Haydn mitwirkte, fand Freitag den 25. Februar 1791 statt, und zwar mit entschiedenem Erfolge für Haydn und die Unternehmer. Burney erzählt a. a. O.: Der Anblick Haydns, der am Clavier dirigirte, hätte wie elektrisch auf die Anwesenden gewirkt, Aufmerksamkeit und Beifall im höheren Grade wachgerufen, als er sich je erinnerte, in England bei Instrumental-Musik beobachtet zu haben. Haydn führte dabei seine neue D-dur-Sinfonie auf und das Adagio mußte wiederholt werden. Nach Haydns Aufzeichnungen*) wurde im zweiten Concert der Chor „der Sturm" und von obiger

---

*) Memoirs of Doctor Burney, arranged from his own manuscripts, from family papers, and from personal Recollections by His Daughter, Madame d'Arblay. London: |Eward Moxon 64 New Bond Street. 1832.

**) Griesinger, S. 44.

Sinfonie das erste Allegro und das Adagio repetirt; im dritten Concert wurde die neue Sinfonie in B gegeben nnd das erste und letzte Allegro mußten wiederholt werden.

Die Anziehung, welche diese Concerte übten, wuchs so, daß Haymarket bald nicht mehr die Besucher zu fassen vermochte; dies namentlich erregte den Neid jener bereits erwähnten hocharistokratischen Gesellschaft, deren Concerte jetzt unter dem Namen Professional-Concerte weiter geführt wurden. Wie aus dem angeführten Bericht über diese Concerte hervorgeht, war Salomon auch bei diesen als Sologeiger thätig und so war es natürlich, daß man zunächst diesen gewann, um mit Haydn gleichfalls einen Vertrag für zwölf Concerte abzuschließen. Allein in Folge von „Zänkereien", welche Salomon mit Mitgliedern dieser Concerte anstiftete, zerschlugen sich die Unterhandlungen und Gallini-Salomon richteten einen neuen Concert-Cyklus in Haymarket ein, bei dem natürlich wieder die Mitwirkung Haydns Hauptsache war. Selbstverständlich waren nunmehr auch die Unternehmer der Professional-Concerte bemüht, ihren Concerten erhöhte Anziehungskraft zu geben. Sie hatten den berühmten Claviervirtuosen Muzio Clementi gewonnen, der ihnen auch eine neue Sinfonie schrieb, welche bei der ersten Aufführung allgemein gefiel. Dabei wollte man Joseph Haydn eine Schlappe dadurch beibringen, daß man im zweiten Theile eine seiner älteren längst veröffentlichten Sinfonien aufführte, in der Erwartung, sie würde gegen die neuere Clementische vollständig abfallen. Doch trat das Gegentheil ein, Haydns Sinfonie gefiel weit mehr als die von Clementi, so daß auch dieser nunmehr gegen Haydn erbittert wurde.

So verging unter Arbeit und Aufregung aller Art der Winter und es ist erklärlich, daß Haydn, als der Sommer gekommen war, jede Gelegenheit benutzte, die sich ihm bot, fern von London Erholung und Stärkung für die neuen Anstrengungen, die seiner noch warteten, zu suchen.

Am 15. Juni besuchte er den berühmten Astronomen Friedrich Wilhelm Herschel auf seinem Landgut Slough bei Windsor. Herschel war in Hannover am 13. Nov. 1738 geboren und wurde von seinem Vater, einem Musiker, auch zur Musik erzogen. Im Alter von vierzehn

Jahren war er als Oboist in ein preußisches Regiment eingetreten, war 1757 mit seinem Bruder nach London gegangen und hatte hier durch sein Clavier-, Orgel- und Harfenspiel Ruf und die Protection des Grafen von Darlington erworben, der ihn zum Organisator und Lehrer eines Miliz-Musikchors in der Grafschaft Durham machte. Nachdem er längere Zeit in Leeds als Musiklehrer gewirkt hatte, kam er 1765 nach Halifax und ein Jahr später nach Bath als Musikdirector. Daneben aber betrieb er mit dem ernstesten Eifer das Studium der Astronomie und gelangte mit seinen selbstgefertigten Telescopen zu den wichtigsten Entdeckungen auf diesem Gebiete, welche ungeheures Aufsehen in der gelehrten Welt machten und der astronomischen Forschung eine ganz neue Richtung gaben. Der König Georg setzte ihn dann in eine sorgenfreie Lage, die es ihm möglich machte, auf seinem Landgut Slough bei Windsor nur seinen Studien leben zu können bis an seinen am 25. August 1822 erfolgten Tod.

Kurze Zeit darauf — Ende Juni — wurde Haydn von der Universität Oxford zum Doctor der Musik ernannt. Wiederum war es Burney, der unserm Haydn diese seltene Auszeichnung erwirkte. Er veranlaßte ihn zunächst die nöthigen Schritte zu thun, reiste dann selbst mit ihm nach Oxford und ruhte nicht eher, als bis den verehrten Meister der Doctorhut zierte. Die Verleihung desselben war mit einem feierlichen Act verbunden. Haydn wurde dabei mit einem weißseidenen Mantel bekleidet, dessen Aermel von rother Seide waren; der kleine zierliche Hut war von Seidenstoff; so angethan mußte er sich auf den Doctorstuhl niederlassen, worauf die Musik begann, bei der Gertrud Elisabeth Marra sang. Darauf veranlaßt, etwas von seiner Composition vorzutragen, bestieg Haydn die Orgel, rief aber vorher, ehe er sich setzte, den Mantel an der Brust mit beiden Händen emporhebend, so laut als er konnte „I thank you,“ worauf die ganze Versammlung jubelnd antwortete: „You speak very good english.“ Nach Dies Bericht*) äußerte Haydn gegen ihn darüber: „Ich kam mir in diesem Mantel recht possierlich vor, und, was das Schlimmste war, ich mußte

---

*) Seite 134.

mich drei Tage lang auf den Gaſſen ſo maskirt ſehen laſſen. Jedoch habe ich dieſer Doctorwürde in England viel, ja ich möchte ſagen Alles zu verdanken; durch ſie trat ich in die Bekanntſchaft der erſten Männer, und hatte Zutritt in den größten Häuſern." Nach Busby: „a general hystory of Musik" componirte Haydn als Inaugural Conſtück nachſtehenden Canon cancrisans a 3 voci:

Von Mitte Juli bis gegen Ende September oder Anfang October lebte er, wie aus dem Briefe vom 17. September an Frau von Genzinger hervorgeht,[*] „auf dem land in einer der schönsten gegenden bey einem Bankier, dessen Hauß samt Familie dem v. Gennzingerschen Hauß gleichet und allwo ich wie in einer Clausur lebe. ich bin dabey Gott sei ewig gedankt, bis auf die gewöhnliche Rheumatische zustände gesund, arbeithe fleißig und gedenke jeden fruh morgen, wenn ich alleine mit meiner Englischen grammer in den wald spazire, an meinen schöpfer, an meine Familie, und all meine hinterlassene Freunde, worunter ich die Ihrige am Höchsten schätze.“

Im October finden wir ihn wieder in London; bereits unterm 13. schreibt er von hier aus an Frau von Genzinger, indem er sie bittet, seiner Frau auf eine kurze Zeit 150 fl. vorzustrecken. Aus dem Briefe erfahren wir zugleich, daß Haydn bereits 5883 fl. nach Wien gesandt hatte, von denen 1000 fl. bei seinem Fürsten und der Rest bei dem Bankhause des Grafen von Fries niedergelegt waren.

Zunächst wurde von Seiten der Betheiligten bei den Professional-Concerten wieder der Versuch gemacht, Haydn für diese zu gewinnen. Ein Ausschuß von sechs Mitgliedern erschien zu diesem Behufe bei ihm um ihn zu bewegen, den Professional-Concerten seine Thätigkeit zuzuwenden, allein Haydn wies den Antrag entschieden zurück, weil, wie er ausdrücklich bemerkt, er nicht dem Gallini und Salomon wortbrüchig werden, oder ihnen durch eine schmutzige Gewinnsucht Schaden zufügen wolle. Da sie seinetwegen so viel unternommen und so große Ausgaben bestritten hätten, glaube er, sei es billig ihnen auch den Gewinn zu gönnen.[**] Bei einem zweiten Besuch, den die Deputation dem Meister machte, hatte sie Vollmacht ihm 150 Guineen und wenn er es wünscht, eine noch höhere Summe mehr zu bieten, als ihm aus seinem Vertrag mit Gallini-Salomon zusteht. Allein Haydn wies selbstverständlich auch diesen Antrag zurück und so griffen die Leiter der Professional-Concerte zu andern Mitteln um der Concurrenz mit Haymarket zu begegnen.

---

[*] Karajan S. 92. 21.
[**] Ebendas. S. 95. 22.

Wie Haydn selber erzählt[*]) brachte eine Zeitung einen Bericht, in dem Haydn als alt, schwach und unfähig etwas Neues hervorzubringen geschildert und in dem weiterhin gesagt war, daß er sich längst ausgeschrieben habe, und aus Geistesmangel gezwungen sei, sich zu wiederholen. Man sei deswegen mit Haydns berühmtem Schüler J. Pleyel in Verbindung getreten, der bald nach London kommen, und daselbst für das Concert der Musiker componiren werde.'

Einem wenig urtheilsfähigen Publicum gegenüber war Ignaz Pleyel ein allerdings nicht zu unterschätzender Concurrent für Haydn. Er hatte es wie kein anderer Zeitgenosse verstanden des Meisters leichte Schreibart noch einfacher, mehr noch für die große Masse zuzurichten ohne gerade trivial und liederlich zu werden', und so fanden einzelne seiner Sinfonien und Quartette seiner Zeit fast noch größere Verbreitung als die seines Meisters; dabei waren sie leichter noch zu execuliren und drangen auch in Kreise, in denen selbst jener nur langsam sich Bahn brach.

Das erkannte Haydn recht wol; wenn er auch weiß, daß sein Credit zu fest gebaut ist[**]), so schreibt er doch in demselben Briefe, daß ihm die Berufung Pleyels ungemeine Anstrengung verursache. „und bin bemüssigt mir all erdenkliche Mühe zu geben, weil unsere Gegner meinen Schüler Pleyel von Straßburg haben anherokommen lassen. Ich schriebe zeitlebens nie in Einem Jahr nicht so viel als im gegenwärtig verflossenen, bin aber auch fast ganz erschöpft."

Unterm 2. Mai schreibt er weiter[***]): „Pleyel kam mit einer menge neuer Compositionen, welche Er schon lang vorhero verfertigt, anhero an. Er versprache demnach alle abende ein neues Stück zu geben. da ich dan diß sahe und leicht einsehen konte, daß der ganze haufe wider mich ist, ließ ich es auch Publiciren, daß ich ebenfalls 12 neue verschiedene Stücke geben würde. um also worth zu halten und um

---

*) Dies S. 87.
**) Karajan S. 104. 25.
***) Ebendas. S. 109. 27.

den armen Salomon zu unterſtützen, muß ich das Sacrifice ſeyn und
ſtets arbeithen. ich fühle es aber auch in der That. meine Augen
leyden am meiſten und habe viel ſchlafloſe nächte. mit der hilfe
gottes werde ich alles überwinden."

Dieſe Angelegenheit nahm indeß ebenfalls für ihn einen günſtigen
Verlauf. Schon kurz nach Pleyels Auftreten im erſten Profeſſional-
Concert, das nach Haydns Tagebuch bei Grieſinger*) am 13. Februar
ſtattfand, ſchrieb Haydn an Frau von Genzinger: „Die Hrn. Profeſſio-
niſten ſuchten mir eine brille auf die Naſe zu ſetzen weil ich nicht zu
Ihrem Concerte überginge; allein das Publikum iſt gerecht. ich erhielte
voriges Jahr großen Beyfall, gegenwärtig aber noch mehr. man critiſirt
ſehr Pleyels Kühnheit. unterdeſſen liebe ich Ihn dennoch, ich bin
jederzeit in ſeinem Concert, und bin der erſte, ſo Ihm Applaudirt."

Hier mögen auch noch einige intereſſante Erlebniſſe Haydns aus
der Zeit dieſes erſten Londoner Aufenthalts Erwähnung finden, wie ſie
nach der Erzählung Haydns von Dies und Grieſinger uns aufbe-
wahrt ſind. „Schon beim erſten Concert bemerkte Haydn, heißt es bei
Dies**), daß er wol gethan hätte, die Aufführung ſeiner Werke in
den zweiten Act (Theil) zu bedingen, der erſte Act wurde gewöhnlich
von dem Geräuſche der ſpätkommenden Zuhörer auf mancherlei Art
geſtört. Nicht wenige Perſonen kamen von gut beſetzten Tafeln (wie
die Männer nach Landesgebrauch — wenn ſich nach der Mahlzeit die
Damen in ein anderes Zimmer begeben haben, bei geiſtigen Getränken
ſitzen bleiben), nahmen im Concertſaale einen bequemen Platz, und
wurden daſelbſt von dem Zauber der Tonkunſt ſo ſehr überwältigt,
daß ſie ein feſter Schlaf überfiel. Nun ſtelle man ſich vor, ob in einem
Concertſaale, wo nicht wenige, ſondern viele Perſonen, theils ſchnaufend,
oder ſchnarchend oder kopfnickend, den wahren Zuhörern Stoff zum
Plaudern oder wol gar zum Gelächter darbieten, ob da Stille herrſchen
könne?" Haydn machte mit Verdruß die Bemerkung, daß ſelbſt im
zweiten Act der Gott des Schlafs ſeine Flügel über die Verſammlung

*) Seite 40.
**) Seite 91.

ausgebreitet hielt; er fah das für eine Befchimpfung feiner Mufe an, gelobte, diefelbe zu rächen, und componirte zu diefem Endzweck eine Sinfonie, in welcher er da, wo es am wenigften erwartet wird, im Andante, das leifefte Piano mit dem Fortiffimo in Contraft brachte. Um die Wirkung fo überrafchend als möglich zu machen, begleitet er das Fortiffimo mit Pauken. Gleich nach dem vorhergehenden Allegro fing das Andante mit Sordinen und Pizzicato an. „Wenn ich das leife Congeflüfter der erften acht Tacte oder des Themas mit etwas in Vergleich bringen follte, fo würde ich fagen, man glaubte Fußtritte und Gelispel eines Geifterchores zu hören. Diefe faft unhörbare Harmonie gedämpfter Inftrumente wiederholte das ftarkbefetzte Orchefter ohne Sordinen und Fortiffimo unter dem entfetzlichen Donner der Pauken und Contrabäffe." Haydn hatte die Paukenfchläger vorzüglich gebeten, dicke Stöcke zu nehmen und recht unbarmherzig dreinzufchlagen; diefe entfprachen auch völlig feiner Erwartung. Der urplötzliche Donner des ganzen Orchefters fchreckte die Schlafenden auf. Alle wurden wach und fahen einander mit verftörten und verwunderten Mienen an. Sie verftanden den Verweis, deffen fich Haydn bediente, fie aus ihrer Schlaf-fucht zu wecken, und waren billig genug, den Vorfall als ein originales Genieerzeugniß zu betrachten und zu loben. Da aber während dem Andante ein empfindfames Fräulein, von der überrafchenden Wirkung der Mufik hingeriffen, derfelben nicht die hinlänglichen Nervenkräfte entgegenftellen konnte, deswegen in eine Ohnmacht fiel und an die frifche Luft geführt werden mußte; fo benutzten einige diefen Vorfall als Stoff zum Tadel, und fagten „Haydn habe bisher immer auf eine galante Art überrafcht, doch diesmal fei er fehr grob gewefen." Die Sinfonie (in G-dur) mit diefem Andante — die dritte der zwölf Lon-doner — führt deshalb auch den Namen The Surprise. Nach Grie-fingers Mittheilung*) ftellte Haydn den Vorgang in Abrede, danach fei es ihm nur darum zu thun gewefen, das Publikum mit etwas Neuem zu überrafchen, was ihm denn auch vollftändig gelang. Da man beide Gewährsmänner als gleich glaubwürdig anfehen muß,

---

*) Seite 55.

dürfte der Widerspruch wol niemals völlig gehoben werden. Im Naturell Haydns war ein solcher Scherz durchaus nicht unbegründet, und das an sich nicht motivirte ‚fortissimo in dem betreffenden Andante konnte recht wol auf einen so äußern Grund zurückzuführen sein. Vielleicht war es Haydn dann später peinlich sich und das Werk selbst zu denunciren und so gab er die ausweichende Erklärung an Griesinger.

Ein anderes Ereigniß konnte von tragischer Bedeutung werden. Als Haydn an einem Concertabend des zweiten Cyklus im Orchester erschien, und sich an das Pianoforte setzte, verließen die Zuhörer im Parterre ihre Sitze und drängten sich gegen das Orchester, in der Absicht, den berühmten Meister besser in der Nähe sehen zu können. Kaum waren dadurch die Sitze des Parterres leer geworden, als der Kronleuchter herunterstürzte und dadurch in Stücken ging. Nach Ueberwindung des ersten Schreckens sahen die Betreffenden welcher großen Gefahr sie entgangen waren und riefen in freudigem Erstaunen Mirakel! Mirakel! Haydn aber dankte innigst gerührt Gott, der es geschehen ließ, daß er als Ursache dienen mußte wenigstens dreißig Menschen das Leben zu retten. Nach Versicherung von Dies habe die Sinfonie, die eben gespielt werden sollte, den Namen Mirakel erhalten. Daß die meisten unter bestimmten Namen bekannten Sinfonien und Quartette diese in ähnlicher Weise erhielten, ist unzweifelhaft. So wurden die 6 als Op. 20 gedruckten Quartette die „Sonnenquartette" genannt, weil auf dem Titel derselben eine Sonne abgebildet war; der Titel der unter Op. 33 gedruckten aber zeigte eine weibliche Figur und deshalb erhielten diese Quartette die Bezeichnung „Jungfernquartette". Bekannt ist ferner die „Ochsenmenuett", die Haydn auf die Bitte eines Landsmanns, eines aus Rohrau gebürtigen Fleischers, für den Hochzeitstag der Tochter desselben componirte, und wofür er von diesem einen Ochsen als Geschenk erhielt. Ein Quartett heißt das „Rasirmesserquartett" nach folgendem Vorgange. Als Haydn in London eben im Begriff war sich zu rasiren, besuchte ihn der Musikalienverleger Bland. „Ach Herr Bland," rief Haydn ihm entgegen, „ich wollte eine meiner besten Compositionen dafür geben, wenn ich nur ein englisches Rasirmesser hätte," und Bland holte darauf aus seiner

nahegelegenen Wohnung sein bestes Paar, um es Haydn zu überreichen, wofür ihm dieser ein ungedrucktes Quartett gab, das Bland
das „Rasirmesserquartett" nannte.

Ein anderes Ereigniß, das Haydn bei einer andern Aufführung
erlebte, endete wirklich tragisch.

„Den 26. März 1792," schreibt Haydn in seinem Tagebuch[*]), „im
Concert bei Mr. Barthelemon, war ein englischer Prediger, der, als er
meine Andante

hörte, in tiefste Melancholie versank, weil ihm des Nachts zuvor von
so einem Andante geträumt hatte, das ihm seinen Tod ankündigte.
Er verließ augenblicklich die Gesellschaft, ging zu Bette, und heute,
den 25. April, erfuhr ich durch Herrn Barthelemon, daß dieser evan-
gelische Geistliche gestorben sei."

Mit dem herannahenden Ende der Saison erwachte auch in
Haydn mehr denn je die Sehnsucht nach der Heimath. Schon in dem
Brief vom 2. März schreibt er an Frau von Genzinger: „die Zeit naht
herbey meinen Couffer zu Repariren. o wie froh werd ich seyn,
Euer gnaden wider zu sehen." Am 24. Juli 1792 traf er indeß erst
wieder in Wien ein.

Dieser erste Londoner Aufenthalt war in jeder Weise hoch-
bedeutsam für ihn geworden. Er hatte ihm einen reinen Ertrag von
12,000 Gulden gebracht und ihm damit eine behaglichere, sorgenfreie
Lage begründet. Höher ist aber noch der künstlerische Gewinn anzu-
schlagen, der ihm darin wurde, daß diese neuen Verhältnisse ganz andere Anforderungen an ihn stellten, als seine früheren, daß sie seinen
Genius in erhöhtem Maaße anregten als diese. Er arbeitete dem entsprechend ältere Werke, die er in England aufführen wollte, den erhöhten Ansprüchen gemäß um und schuf eine Reihe neuer von diesem
neu gewonnenen, außerordentlich erweiterten Standpunkt aus.

---

*) Griesinger S. 45.

Der Aufführung seiner Oper Orfeo ed Euridice, zu der er sich verpflichtet hatte, stellten sich unüberwindliche Schwierigkeiten entgegen, deshalb brachte er sie auch gar nicht zu Ende. Nach der Darstellung von Dies*) war Gallini mit mehreren Personen in Verbindung getreten, um den Bau des neuen Theaters zu Stande zu bringen. Die Unternehmer hatten ihn ohne Erlaubniß des Königs und des Parlaments unternommen und deshalb wurde das Theater auf Befehl des Königs geschlossen, als man mit den Proben beginnen wollte. Zwar gelang es Gallini das Verbot wieder rückgängig zu machen, allein Haydns Orfeo gelangte dennoch nicht zur Aufführung. Während seiner Abwesenheit von Wien war seiner Frau ein Haus in der Vorstadt Gumpendorf, in der kleinen Steingasse Nr. 84, zum Kauf angeboten worden und da es ihr gefiel, so bat sie Haydn, ihr die 2000 Gulden zu übersenden, mit denen sie das Haus kaufen konnte. Haydn sandte ihr das Geld nicht, besah sich aber das Haus nach seiner Rückkehr und da ihm namentlich die stille Lage desselben zusagte, so kaufte er es und ließ es während der zweiten Londoner Reise etwas ausbauen und durch ein neues Stockwerk vergrößern.

Bald nach Haydns Rückkehr wurde auch Beethoven sein Schüler, der, um den Unterricht des Meisters zu genießen, von dem Churfürsten von Cöln nach Wien gesandt war. Haydn scheint sofort des genialen Schülers außergewöhnliche Begabung erkannt zu haben und sein Interesse für ihn wuchs, so daß er ihn auf seiner zweiten Reise nach England mitnehmen wollte. Allein Beethoven glaubte ihm mißtrauen zu müssen, er hielt sich von ihm vernachläsfigt und nahm die Gelegenheit der zweiten Reise Haydns nach England wahr, auch äußerlich sein Verhältniß als Schüler zu diesem zu lösen, nachdem es in der That längst nicht mehr bestand, indem Beethoven, wie angenommen werden darf, schon vorher bei Schenk Unterricht genommen hatte.

Diese zweite Reise nach England trat Haydn am 19. Januar 1794 an und am 4. Februar 1795 traf er in London ein. Wieder erlebte er während seines anderthalbjährigen Aufenthalts die größten Erfolge.

---

*) Dies S. 94.

Aus feinem Tagebuche, aus welchem Griefinger die bezüglichen Aus-
züge mittheilt*), erfehen wir, daß er auch viel bei Hofe verkehrte und
überhaupt von der Ariftokratie Englands ausgezeichnet wurde, wie einft-
mals Händel. Beim Prinzen von Wales dirigirte er 26 Concerte.
Da er dafür kein Honorar erhalten hatte, forderte er vom Parlament,
das die Schulden des Prinzen bezahlte, von Deutfchland aus 100 Guineen,
die er auch unverzüglich erhielt.

Im Uebrigen trug ihm diefer zweite Aufenthalt in England wieder auch reiche goldene Frucht. In feinem Tagebuch fchreibt er: Den
4. Mai 1795 gab ich mein Benefizconcert im Haymarket-Theater.
Der Saal war voll von auserlefener Gefellfchaft. a) Erfter Theil:
Die Militär-Symphonie, Arie (Rovedino), Concert (Ferlandy) zum
erften Male: Duett (Morichelli und Morelli) von mir, eine neue Symphonie in D, und zwar die zwölfte von den Englifchen; b) Zweiter
Theil: Die Militär-Symphonie, Aria (Morichelli), Concerto (Viotti),
Scena nuova, von mir, Mad. Banti (The song very scanty, fie
fang fehr mittelmäßig); die ganze Gefellfchaft war fehr vergnügt und
auch ich. Ich machte diefen Abend vier Taufend Gulden. So etwas
kann man nur in England machen.

Am 15. Auguft 1795 reifte Haydn wieder ab und traf am
20. Auguft in Wien ein, wo er feine Tage in forgenfreier Lage zu
befchließen fich vorgenommen hatte. Auch diefer zweite Aufenthalt in
London war nicht weniger erfolgreich für ihn geworden wie der erfte;
er hatte ihm die runde Summe von 24,000 Gulden eingebracht. Der
künftlerifche Erfolg aber war noch bedeutender. Haydn felbft hat in
feinem Tagebuch ein Verzeichniß der von ihm in London componirten
Werke aufgeftellt, das fowol Dies**) wie Griefinger mittheilen***).
Wir geben es nach Dies mit einigen Bemerkungen.

Orfeo, opera seria	110 Blätter,
6 Symphonies	124 „
Concertant Symphonie . .	30 „

*) Griefinger Seite 47.
**) Seite 219.
***) Seite 53.

The Storm Chor	20	Blätter,
3 Symphonies	72	„
Aria for Davide	12	„
Maccone for Gallini	6	„
6 Quartetts	48	„
3 Sonates for Broderip . . .	18	„
3 Sonates for P — (Preston) . .	18	„
3 Sonates for Mr. Janson . .	10	„
1 Sonate in F minore	3	„
1 Sonate in G	5	„
The Dream	5	„
Dr. Harringtoms Compliment .	2	„
6 English songs	8	„
100 Scotch songs	50	„
50 Scotch songs	25	„ *)
2 Flute divert.	10	„
3 Symphonies	72	„
4 Songs for Thallersal	6	„
2 Marches	2	„
1 Aria for Mss. Poole	5	„
1 God save the King	2	„
1 Aria con Orchestera	3	„
Invocation of Neptun	3	„
10 Commandements (Canon) .	6	„
March „Prince of Wales" . .	2	„
2 Divertimenti a più voci . .	12	„
24 Minuets and german dances	12	„
12 Ballads for Lord Abington .	12	„
Different songs	29	„
Canons	2	„

*) Für einen Musikalienhändler Nepire geschrieben, der tief in Schulden gerathen war und mit seinen zwölf Kindern in Elend gekommen wäre, wenn ihm nicht der Verlag dieser Lieder so bedeutenden Gewinn gebracht hätte. Er konnte nicht nur seine Schulden decken, sondern vermochte auch noch Haydn ein anständiges Honorar zu zahlen.

1 Song with the whole orchest.   2 Blätter,

Of Lord Abington . . . .   2 „

4 Contry dances . . . .   2 „

6 Songs . . . .   2 „

Overtura Coventgarden . . . . .   6 „

Aria per la Bonti . . . .   11 „

4 ſchottiſche Lieder . . . .   2 „

2 Lieder   1

2 Contretänze   1

Summa 768 Blätter.

Siebentes Kapitel.

Der neue Instrumentalstil.

———

Dieser neue Instrumentalstil ist uns durchaus nicht mehr fremd. Wir erkannten ihn bereits als das natürlichste Product der ganzen Entwickelung Haydns. Entgegen der Praxis seiner Zeit, führte ihn sein genialer Instinct in die Bahn, auf der er die rechte Weise der Organisation des Instrumentalkörpers und der darauf beruhenden Formen finden sollte. Fast zwei Jahrhunderte hindurch hatte auch für die Instrumentalmusik die Doctrin des Vocalstils gegolten. Wol war für jedes der einzelnen Instrumente nach ihrem Ton- und Klangvermögen bereits eine eigne Technik ausgebildet, aber ihre Vereinigung zu mehr orchestraler Wirkung erfolgte immer noch vorwiegend nach dem Muster des Vocalchors, und ebenso wurden die Instrumente, welche eine Mehrstimmigkeit zuließen, Laute, Claviclimbel und Orgel nach Anleitung der vocalen Organisation behandelt. Die Instrumentalformen aber waren dem entsprechend zunächst übertragene Vocalformen oder doch nur Variationen derselben; nur der Tanz erwies sich als selbständig instrumental und wurde dem entsprechend sehr fleißig gepflegt. Neben der Motette, aus welcher der eigentliche Sonatensatz als selbständige Instrumentalform sich entwickelte, wurde das Vocallied vor Allem bedeutend einflußreich auf die Bildung des neuen Stils. An diesem besonders hatte sich das moderne Tonſyſtem, das hauptſächlich aus der Gegenwirkung von Tonika und Dominant erzeugt wird, herausgebildet, und in dieſer Dominantwirkung fanden auch die Inſtrumentalformen ihre treibende und erzeugende Kraft. Joſeph Haydn hatte dieſen einfachſten Apparat als Erbtheil aus dem Vaterhauſe überkommen und Schule und Unterweiſung thaten nichts dazu, um ihn zu erweitern oder aber vergeſſen zu machen; das Leben aber, in das er ſo vorbereitet hinaustrat, hatte ihm nur noch lebendiger die Erkenntniß deſſelben erſchloſſen, ſo daß ſeine ganze Thätigkeit faſt ausſchließlich von ihm beherrſcht wurde. Sein ganzer Bildungsgang und ein genialer Inſtinct leiteten ihn früh darauf, aus dieſer Dominantwirkung heraus die Inſtrumentalformen zu conſtruiren.

Dabei führte er dieſen zugleich den neuen Inhalt zu, indem er den Mächten, welche die treibenden und fördernden des Lebens ſind, weiteſte Einwirkung auf die Geſtaltung der Inſtrumentalformen nicht nur geſtattete, ſondern geradezu eröffnete. Die Vocalformen unterliegen meiſt anderen Bedingungen. Nur das Volkslied entſpringt dem gleichen Boden, doch wiederum nur unter jenen Einflüſſen, denen auch die höchſten vocalen Kunſtformen unterſtellt ſind. An der ganzen Entwickelung der Tonkunſt bis ins 16. Jahrhundert nimmt das Leben mit ſeinen mannichfachſten Strömungen nur äußerſt geringen Antheil. Der Hymnus und der Choral, wie alle aus ihnen hervortreibenden künſtlichen Vocalformen, ſind Ausdrucksweiſen des inneren Lebens; des, dem äußeren, möglichſt abgewandten Geiſtes, der nur ſich ſelbſt empfindet, erfüllt von den heiligſten und reinſten Ideen, die zwar auch die höchſten des Lebens ſind, aber nur ſo weit dies losgelöſt erſcheint von ſeiner zeitlichen vergänglichen Exiſtenz. Das Volkslied, das zunächſt mehr vom äußeren Leben bedingt erſcheint, wird zum Kunſtlied, indem es auf dieſe höhere Stufe der Lebensanſchauung verſetzt wird. Im Tanz gewann die Inſtrumentalmuſik erſt die Formen, die direct an das Leben anknüpfen, und indem Joſeph Haydn ſich dieſem zuwandte und von ihm und dem Volkslied ausgehend das neue inſtrumentale Kunſtwerk conſtruirte, brachte er dies in directe Beziehungen zum äußeren Leben, fand er die Richtung, in welcher der

poetiſche Gehalt des Lebens Darſtellung gewann, im inſtrumentalen Kunſtwerk. Bisher waren immer auch auf dieſem Gebiete zwei Richtungen
nebeneinander hergegangen; die eine, welche auch der Inſtrumentalmuſik kunſtvolle Form zu geben verſuchte und die deshalb die am
Vocalen entwickelte Technik anf das Inſtrumentale anwandte, um aus
den Vocalformen neue Inſtrumentalformen zu gewinnen, und die andere, welche die am Leben erzeugten Tanzformen pflegte, um aus
ihnen den neuen Stil zu entwickeln. Die Meiſter jener Richtung waren
in der ſtrengen Schule des Contrapunkts erzogen und gaben der neuen
Phaſe der Entwickelung der Muſik das mehr künſtleriſche Gepräge;
die Vertreter jener anderen waren durch das Leben geſchult worden,
ſie führten das Kunſtwerk direct zu dem Born, aus dem es den neuen
Inhalt zu ſeiner Verjüngung ſchöpfen ſollte. Dieſe beiden Richtungen
vereinigte Joſeph Haydn in ſich. Schon im Vaterhauſe war er mit
jenem unverſieglichen Quell der Volksmuſik bekannt gemacht worden,
aus dem er dann ſo wunderbare Gedanken ſchöpfte, und aus der
Praxis im Kapellhauſe lernte er die kunſtvollere Technik wenigſtens ſo
weit kennen, daß, als er nach ſeinem Auſtritt in ganz directe Beziehung
und Wirkſamkeit zur Volksmuſik gebracht wurde, er bereits im
Stande war, auch dieſer jene mehr künſtleriſchen Mittel zuzuführen, ſie
allmälig kunſtvoller zu geſtalten. Auf dieſem Wege mußte er ſomit
dazu gelangen, auch den neuen Inſtrumentalſtil zu gewinnen, der aus
der Technik und dem Klangvermögen der einzelnen Inſtrumente direct
hervorgeht und zugleich den poetiſchen Inhalt der Welt der Wirklichkeit darlegt. Wie die Vocalmuſik hauptſächlich aus der Idealwelt des
Geiſtes ſtammt und von dort her ihre beſte Nahrung und ihren bedeutendſten Inhalt erhält, ſo knüpft die Inſtrumentalmuſik zunächſt an die reale, an die Welt der Wirklichkeit an, um hier den
poetiſchen Inhalt derſelben zum Stoff des Kunſtwerkes zu machen; der
Tanz ward ihr erſter und mächtigſter Förderer und nur in dem
feſteſten Anſchluß an das Leben gewinnt ſie die Mittel und Formen,
um ſich dann auch des höheren Stoffes, welchen jene Welt der Geiſter
darbietet, zu bemächtigen, um auch dieſe dann (in Mozart und
Beethoven und den Romantikern) gleich ausführlich und in voll-

endeten formen zu gestalten. Wir vermochten dem entsprechend nachzuweisen, wie Haydn von vornherein damit beginnt, nicht nur sein
Orchester, sondern auch die entsprechenden formen zu organisiren.
Schon das Streichquartett behandelt er nicht eigentlich vierstimmig
nach der vocalen Technik, wie die Meister vor ihm, sondern zweimal
zweistimmig, was, wie wir zeigten, erst diesem Instrumentalkörper entspricht. Demgemäß organisirt er auch das Orchester, es allmälig nur
erweiternd. Er setzt zum Streicherchor zwei Oboen und zwei Hörner
hinzu, aber nicht so, daß sie nach der Praxis seiner Zeit sich dem
Streicherchor anschließen, so weit das angeht, sondern er faßt sie schon
als mehr selbständigen Chor, den er nach seinem unterschiedenen
Klang- und Convermögen auch abweichend zu behandeln hat. Wir
konnten an einer Reihe von Beispielen nachweisen, wie dieser neue, der
Bläserchor, vielfach nicht nur klangverstärkend, sondern selbständig
wirkend und formbildend eingeführt wird, wie er die Hauptgedanken
interpretirend und neu beleuchtend auftritt und im Organismus seine
Selbständigkeit gewinnt. Weiterhin zieht Haydn in demselben Sinn
die flöte mit hinzu, löst dann das fagott, das bisher nur Cello
und Contrabaß unterstützte, von diesen los und fügt es schließlich auch
in doppelter Besetzung dem Bläserchor zu, um dessen natürliche Organisation zu vollenden, und giebt endlich auch die glänzenden und gewaltig
wirkenden Trompeten und Pauken und endlich auch unter Umständen die Posaunen dem Bläserorchester zu. Wir wiesen ferner
nach, wie er in derselben Weise auch dem Clavierstil eine neue
Basis giebt, indem er den Claviersatz gleichfalls der Technik und
dem Klangcharakter gemäß gestaltet, an Stelle der vocalen Polyphonie,
welche nach selbständigen Stimmen trachtet, die instrumentale an-
strebt, die nicht auf eine bestimmte Stimmzahl beschränkt ist, sondern das
Material nach anderen Gesichtspunkten anwendet; die nicht selbständige
Stimmen fordert, sondern eine dem Klangwesen des Instrumentes
entsprechende Darstellung des harmonischen Materials.

 Weiterhin konnten wir dann nachweisen, wie Haydn auf diesem
Wege auch zu der natürlichen Organisation der Instrumentalformen
gelangen mußte. Er hat nicht eine einzige neue form geschaffen, und

dennoch muß er als der eigentliche Schöpfer der modernen Instrumentalmusik gelten, weil er die ganze Entwickelung in sichere Geleise leitete und ihr damit eine bestimmte, von allen Zufälligkeiten freie Richtung gab. Haydn fand die Formen der Sonate und Sinfonie, der Ouverture, des Rondo, der Menuett, des Adagio und selbst des Scherzo, der Suite, Serenade, Cassatio u. s. w. sämmtlich vor, allein in so verwirrender Mannichfaltigkeit, daß es schwer war, sie von einander zu scheiden und daß über die Art und Weise jeder einzelnen die verschiedensten Meinungen herrschten. In der Theorie wie in der Praxis verfuhr man mit außerordentlicher Willkür und allgemein war die Unsicherheit in der Bezeichnung wie in der besonderen Construction der einzelnen Formen und ihrer Zusammensetzung. Hier brachte Haydn durch seine geniale Thätigkeit allmälig Plan in die ganze weitere Entwickelung. Er zeigte, daß der Contrast, auf den hauptsächlich die Instrumentalmusik wirken muß, in jener Dominantwirkung, die ja auch die Vocalformen erzeugt, seine entsprechende Darstellung findet und organisirte damit den sogenannten Allegrosatz — den ersten Satz der Sinfonie, Sonate u. s. w. Er construirte den ersten Theil einfach aus Tonika und Dominant und charakterisirte jeden dieser Angelpunkte noch besonders dadurch, daß das in jener erfundene Motiv anders geartet ist, wie das Dominantthema, so daß auch melodisch der Gegensatz hergestellt wurde. Durch die Einführung des kunstvolleren Durchführungssatzes gab er der Form dann höhere künstlerische Bedeutung, ebenso wie durch die Wiederholung des ersten Theils in veränderter harmonischer Ordnung. Der Satz hatte damit vollendet künstlerische Gestalt gewonnen. Dem entsprechend formte er auch die Menuett, indem er das Trio bedeutsamer und sorgfältiger behandelte. In ganz derselben Weise bestimmte er das Rondo in seiner Gliederung und machte es zum bedeutsamen Schlußsatz der Sinfonie und Sonate, führte es wol auch als Adagio ein, das er indeß weit öfter aus dem Lied entwickelte. In demselben Sinne setzte er endlich auch der Willkür, welche bisher in der Zusammenstellung dieser Formen zur Sonate, Sinfonie und dergleichen herrschte, ein Ziel, indem er hierbei immer mehr nach bestimmten Prinzipien verfuhr, nicht nur in Bezug auf die Zahl der Sätze, sondern auch auf die Art der Zusammensetzung. Wir fanden auch bei ihm noch fünf Sätze zur Sonate vereinigt, diese aber auch auf zwei beschränkt; nur in seinen Quartetten ist die Vierzahl vorherrschend. Nicht die Zahl, sondern der Charakter der einzelnen Sätze ist hierin maaßgebend, und in Bezug hierauf hat Haydn stets das Richtige getroffen, indem er nur Sätze zusammenstellt, die sich gegenseitig ergänzen, eine zusammengehörige Gruppe bilden, gleichviel ob zwei, drei, vier oder mehr vereinigt sind. So gelangte er endlich dazu, die weiter ausgeführten Instrumentalwerke, die Sinfonien in der Regel aus vier Sätzen zusammenzustellen. Dieser ganze Prozeß hatte sich vollständig vollzogen und eine Reihe der bedeutendsten Instrumentalwerke bezeichnete bereits seine Vollendung, als Haydn aus dem alten Kreise seiner Thätigkeit schied und sich ihm ein neuer eröffnete. Die Formen der Instrumentalmusik waren vollständig festgestellt und mit jenem allgemeinen Inhalt erfüllt, den sie in dieser ursprünglichen Organisation haben konnten. Haydns Chematik wird hier ausschließlich noch vom Volkslied beherrscht und wir konnten schon eine ganze Reihe jener Werke namhaft machen, die unzweifelhaft diesen Ursprung tragen. Namentlich werden seine Finales in dieser Weise beeinflußt. Chemen wie die folgenden: Trois Symphonies, Oeuvre 22 (Paris, Oeuvre 37, (785) Nr. (1:

Finale.

oder aus Nr. 1 der Wiener Ausgabe Op. 38:

und selbst das folgende:

Nr. 3 in D-dur (Wiener Ausgabe Op. 40)

sind direct dem Volksliede und der Volksmusik entsprossen, wenn nicht geradezu entlehnt. Hier, in der Wahl der Motive, zeigt der Meister noch den niederen Standpunkt jener volksthümlichen Componisten, die das dem Leben entlehnen, was dort schon Form und Klang gewonnen hat; aber in der Weise, wie er das Entlehnte verarbeitet, erhebt er sich weit, weit über denselben. Der volksthümliche Inhalt jener Motive wird von ihm zu einem bedeutenden, vollendeten Kunstwerk verarbeitet, das dann den höchsten künstlerischen Anforderungen entspricht. Namentlich die veränderte Lebenslage, in welche jetzt Haydn gebracht wurde, trug dazu bei, daß er schon die Themen loslöste von ihrem ursprünglichen Boden, daß er nicht mehr dem Leben nur ablauschte, was dort bereits im Volksliede und der Volksmusik schon Form und Klang gewonnen hatte, sondern daß er diesen poetischen Inhalt des Lebens selber in seinen Themen zu gestalten suchte; daß er neue erfand, die diesem Inhalt noch ganz entschiedener Ausdruck gaben, der jetzt in noch entscheidenderer Weise als vorher kunstvolle Form in der Sinfonie erhielt. Diese Wendung wurde namentlich durch seine Londoner Reise mit herbeigeführt und die sogenannten Londoner Sinfonien wie die Clavier-Sonaten dieser Zeit wurden somit die bedeutendsten Kunstwerke des Meisters.

Auf Haydns Clavierstil war die Bekanntschaft mit den betreffenden Werken Clementis unstreitig von entscheidendem Einfluß. Dessen außerordentliche Claviertechnik war ganz besonders darauf berechnet, den Klang des Instrumentes zu reichster und freiester Entfaltung zu bringen und zugleich aus dieser heraus die neuen Clavierformen zu construiren. In diesem Bestreben aber traf er mit Haydn zusammen, und da er, wenn auch nicht in ideeller oder technischer Construction der Form, wol aber in Behandlung der Claviertechnik unserem Meister überlegen war, so konnte Haydn in Bezug hieran entschieden von ihm lernen, und daß er es that, das bezeugen die in London entstandenen Sonaten, die drei für Broderip, die drei für Preston, die zwei für Miß Janson, die in F-minor und die in G, die alle in London entstanden. Wir konnten als charakteristisches Merkmal dieses Clavierstils bereits angeben, daß er nicht an einer bestimmten Anzahl der Stimmen festhält, sondern bald mehr-, bald minderstimmig geführt ist, die begleitenden Accorde in Arpeggien auflöst oder auch in größerer oder geringerer Vollstimmigkeit einführt, wenn es gerade erforderlich ist, um das Instrument mehr oder weniger voll ausklingen zu lassen, und nach dieser Seite wurde die in London vermittelte nähere Bekanntschaft mit Clementis Sonaten und anderen Clavierwerken des ausgezeichneten Clavierspielers entschieden einflußreich für Haydn. Entscheidender aber noch wurde diese Londoner Zeit für die Entwickelung des Haydnschen Orchesterstils.

Karajan bezeichnet in dem angeführten Werk nach einem Londoner Catalog folgende Sinfonien als die, welche in London entstanden: **Haydn's 12 Grand Symphonies, composed for Salomons Concerts 1791 and 1792.**

Nr. 1.

Nr. 2.

Adagio.

Nr. 3. The Surprise.

Adagio.

Oboen.

Streichinstr.

Fagotte.

Nr. 4.

Adagio

Nr. 5.

Allegro moderato.

14°

Die Themen einzelner namentlich laſſen den urſprünglichen Boden, aus dem ſie empor wachſen, noch deutlich erkennen, wie z. B. das erſte Allegrothema der dritten oder das der neunten oder der elften Sinfonie; der Allegroſatz der zweiten (in D-dur) iſt aus

zwei ganz im Charakter der Menuett gehaltenen Themen entwickelt, aber
doch um wie viel freier und glänzender gestaltet sich der ganze Satz
als jede der Menuetten Haydns. Schon die breite und äußerst klangvolle
Einleitung deutet darauf hin, daß es sich doch immer um eine ernstere
Sache handelt, als um eine bloße Menuett, und nachdem der Streicherchor das erste Thema vorgeführt hat, tritt auch der Bläserchor hinzu,
um es zu einem glänzenden und brillanten Vordersatz zu gestalten.
Das zweite Thema, entsprechend im Charakter des Trio einer Menuett (in der Dominante) gehalten, ist in ähnlicher Weise verarbeitet
und in seinem weiteren Verlauf wird dieser Satz zu einem der bedeutendsten und brillantesten der ganzen Richtung. Auch die Themen der
dritten (in G-dur), selbst der neunten (in B-dur), oder der elften
(in D-moll) haben dies durchaus volksthümliche Gepräge und verrathen, — daß sie im Grunde vom Tanz abstammen, aber sie erscheinen
doch auch geläutert und veredelt durch den Ernst echt künstlerischer Gesinnung und das namentlich ist es, was ihnen diesen unaussprechlichen
Reiz verleiht; bei aller Lebendigkeit der Wirkung fehlt doch nirgends
die Grazie und ruhige Sicherheit; die meisterhafte Bearbeitung macht
die betreffenden Sätze zu Kunstwerken in der wahren Bedeutung des
Wortes.

Auch die Thematik der neunten ist von dieser Art, ganz besonders
die des Finale; das erste Thema erscheint als der verkörperte Volks-
humor,

Presto.

und was in diesem noch neben und entgegen gesetzt wird, ist alles nur
darauf berechnet, die überaus humoristische Seite des Hauptthemas
herauszukehren. Das zweite Thema macht deshalb eine etwas ernstere

Miene und geräth im weiteren Verlauf sogar in ganz ernsten Conflict
mit dem ersten, allein nur um dies in seiner siegenden Gewalt erscheinen
zu lassen, und wie dies dann durch eine reizende Ueberleitung vorbereitet und in seiner herzgewinnenden Weise weitergeführt wird, ist
hier nicht weiter zu verfolgen. Das ists namentlich, was der Meister
jetzt gewonnen und erreicht hat, daß er dem Ausdruck seines
Humors eine ganz andere Gewalt zu geben vermag durch
den Ernst, den er ihm entgegensetzt und mit dem er ihn
weiter verfolgt in echt künstlerischer Verarbeitung. Die
Themen konnten ihm seine Nachahmer Pleyel, Wanhal, Gyrowetz und
wie sie heißen mögen, wohl ablauschen und ablernen, aber nicht die
geniale, ernsthumoristische Weise ihrer Verarbeitung. Diese erscheint bei
jenen vielmehr leichtfertig, nicht selten frivol.

Jetzt fügt der Meister seinem Orchester auch die Clarinetten
hinzu, nicht etwa nur als Verstärkung der Oboen, sondern neben
diesen als wirklich selbständige Instrumente, und es scheint, als ob das
ganze Orchester dadurch einen ganz anderen Klang erhalten hätte, als
ob die Themen durch das neue Mittel noch klangvoller und saftiger,
die Bilder seiner Phantasie mit noch sattern Farben getränkt erscheinen.
Dies gilt namentlich auch von der Es-dur-Sinfonie, Nr. 8 des Verzeichnisses. Das erste Allegrothema ist wieder eins von denen,
deren übersprudelnde Lustigkeit nur im Tanzrhythmus zur Geltung
kommen konnte,

Allegro con mirito.

und das kaum einen ernsteren Gegensatz duldet:

Aber wieder ist es der hohe künstlerische Ernst, der die ganze Verarbeitung beherrscht, der dem Werk bei aller sinnverwirrenden Lebendigkeit und Lustigkeit dennoch eine gewisse künstlerische Weihe giebt, die
uns, wie heiter und vergnügt wir auch dadurch gestimmt werden, doch
auch scheue Ehrfurcht vor einem Genius abnöthigt, der solche Wunder
zu verrichten im Stande ist. Und daß es dem herrlichen Meister hier zugleich Ernst, heiliger Ernst ist, das sagt er uns gleich in der Einleitung,
auf die er sogar, ehe er die Coda bringt, noch einmal zurückkommt,
damit wir nur ja nicht vergessen, daß er diesen Ernst der Arbeit, bei allen Schalksstreichen, die er uns spielt, niemals aus den
Augen verliert. Dem Andante, das wieder den Gegensatz von
Dur und Moll in anziehendster Weise darstellt, fehlen wie der
Menuett die Clarinetten; erst im letzten Satz betheiligen sich diese
wieder.

Dieser Satz ist einer jener Meisterstücke, deren die ganze Instrumentalmusik eben nur wenige aufzuweisen hat. Er ist bekanntlich aus
dem Contrapunkt eines ganz gewöhnlichen Hornmotivs entwickelt,

aber mit einer Feinheit und doch auch machtvollen Gewalt, die
mit so einfachen Mitteln nur selten wieder erreicht worden ist. Immer
findet der Meister eine neue Seite an dem einfachen Thema, die ihm
den Stoff zu einer neuen Bearbeitung liefert und diese erzeugt dann
auch zugleich wieder eine neue Art der Einführung; so häuft er Durchführung auf Durchführung und eine ist immer interessanter als die
andere; dabei sind sie aber auch so gruppirt, daß sie gegenseitig in ganz
bestimmte nähere oder entferntere Beziehungen treten, und so stellt der
Meister zugleich jenen inneren Zusammenhang und die bestimmte An-

und Unterordnung der einzelnen her, welche die Rondoform bedingt, so daß bei aller Mannichfaltigkeit der Partien und der spielenden Leichtigkeit, mit der sie sich darlegen, doch das Ganze übersichtlich geordnet und von großer plastischer Wirkung ist.

Größer noch ist in dieser Beziehung freilich der Schlußsatz der anderen D-dur-Sinfonie — Nr. 7 unseres Verzeichnisses.

Hier ist ein an sich schon bedeutenderes, aber doch so volksthümliches Thema, daß man es als entlehnt betrachten könnte, verarbeitet:

Haydn setzt diesem einen zweiten Satz von einer romantischen Innigkeit, die ihn nur äußerst selten erfaßt, entgegen:

Das ift das ganze Material, aus dem Haydn diefen wunder-
herrlichen Satz webt; das erfte Thema liefert ihm nicht nur den Stoff
für die verfchiedenften Durchführungen, fondern auch das Material für
die Ueberleitungs-, Einleitungs- und Zwifchenfätze. Der Satz gewinnt
fo hinreißende Beredfamkeit und dabei ift er mit allem Glanz, den das
Orchefter nur entwickelt, inftrumentirt.

Bei nur wenigen feiner Sinfonien ift aber auch das Verhältniß
und die Bedeutung der einzelnen Sinfoniefätze fo fein erwogen wie
gerade in diefer Sinfonie. Der erfte Satz, der Allegrofatz, erfcheint
gewiffermaßen wie der Einleitungsfatz zum letzten, zum Finale; er ift

ganz aus demfelben Geift geboren, beide bedingen fich gegenfeitig, fo
daß das finale keinen anderen erften Sonatenfatz, diefer aber auch
kein anderes finale ertragen würde. Diefe innige Verwandtfchaft
ift aber nicht nur durch die Themen und deren Inhalt bedingt, fondern
auch durch die ganze Verarbeitung. Auf derfelben Höhe ftehen auch
das Andante und die Menuett. Jenes ift ein einfaches Lied, das
aber bereits bis zu hymnifcher Breite ausgeweitet ift. Der Wechfel
von Moll und Dur erlangt hier noch ganz andere Bedeutung als
bisher, und daß der Meifter fich immer energifcher in feinen Stoff ver-
tieft, das beweift vor Allem die virtuofe Behandlung der Inftrumente
gegen den Schluß hin, von den Fermaten an. In den anderen Sinfonien entfaltet er namentlich wieder das um die Clarinette vermehrte
Orchefter in neuem Glanz, und dabei kommen auch wieder die Trompeten zu größerer Geltung; aber fie zeigen nicht fo hervorftechend bedeutende Züge, wie die vorher befprochenen.

So bezeichnen diefe Londoner Sinfonien die höchfte Höhe der
Entwickelung nach rein formaler Beziehung, aber fie zeigen auch fchon,
wie die Form mit individuellem Inhalt zu erfüllen ift. Diefe Sinfonien
find nicht mehr durch jenen allgemeinen Inhalt erzeugt, welcher die
Form in ihren Grundzügen beftimmt, fondern diefer ift bereits individuell
verfeinert; was dem Einfluß Mozarts eines Theils und dem neuen
Verhältniffe andererfeits zu danken ift. Somit wären alle Bedingungen
erfüllt, unter denen dann der größte Sinfoniker in diefer Form die
wunderbarften Geheimniffe verrathen follte: Ludwig van Beethoven.

Achtes Kapitel.

Haydns letzte Lebensjahre.

———

Nach seiner Rückkehr von London lebte Haydn in sorgenfreier behaglicher Lage, aber diese verleitete ihn durchaus nicht dazu, seine letzten Lebensjahre in Unthätigkeit zuzubringen. Er schuf vielmehr neben einer Reihe seiner trefflichsten Streichquartetten und Vocalsachen aller Art jene beiden Werke, die ihn populär im wahrsten Sinne des Wortes machen sollten: „die Schöpfung" und „die Jahreszeiten".

Die erste Veranlassung zur Composition der Schöpfung gab wieder Salomon. Die großen Erfolge, welche Haydn in England erreichte, hatten den unternehmenden Concertmeister auf den Gedanken gebracht, Haydn zu veranlassen, auch ein Oratorium zu componiren. Er übergab diesem den von Lidley verfaßten, die Schöpfungsgeschichte behandelnden Text in englischer Sprache, und da Haydn mit dieser zu wenig vertraut war, um sich der Composition ohne Weiteres unterziehen zu können, so nahm er den Text mit nach seiner Heimath. Hier übernahm der ihm befreundete kaiserliche Bibliothekar, Baron van Swieten, die Uebersetzung und Einrichtung des Textes und Haydn schrieb dazu dann die Musik, die an Erfolg alle übrigen Werke des Meisters übertreffen sollte.

Baron van Swieten war außerordentlich mufikbegabt, er hatte selbst acht Sinfonien componirt, war in seiner Zeit einer der thätigsten Förderer der Musik Wiens und namentlich Verehrer von Haydn und Mozart. In seinem Hause wurde viel Musik getrieben, unter Mitwirkung des Violinisten Starzer und des Lautenisten Kohaut wurden meistens Haydns Werke für Kammermusik zuerst aufgeführt. Seinen Bemühungen war es namentlich zu danken, daß der hohe Adel Wiens, die Fürsten Nicolaus Esterhazy, Tranttmannsdorff, Lobkowitz, Schwarzenberg, Kinsky, Auersperg, L. Lichtenstein, Lichnowsky und die Grafen Czernin, Erdödy, Aponi, Harrach, Fries und Freiherr von Spielmann, mit ihm eine musikalische Gesellschaft gründeten, zur Veranstaltung jener jährlich stattfindenden Akademien, in denen auch Haydns Schöpfung zuerst aufgeführt wurde. Diese erste Aufführung fand am 19. März 1799 im Wiener National-Hoftheater statt und hatte einen beispiellosen Erfolg.

Griesinger schreibt darüber:* „Ich hatte das Glück, ein Zeuge der tiefen Rührung und des lebhaften Enthusiasmus zu sein, welche mehrere Aufführungen dieses Oratoriums unter Haydns eigener Direction bei allen Zuhörern bewirkten".

Wieland besang das Lob der Haydnschen Schöpfung in folgenden Versen:

Wie strömt dein wogender Gesang
In unsre Herzen ein! Wir sehen
Der Schöpfung mächt'gen Gang
Den Hauch des Herrn auf den Gewässern wehen.
Jetzt durch ein blitzend Wort das erste Licht entstehen.
Und die Gestirne sich durch ihre Bahnen drehen;
Wie Baum und Pflanze wird, wie sich der Berg erhebt,
Und froh des Lebens, sich die jungen Thiere regen.
Der Donner rollet uns entgegen;
Der Regen säuselt, jedes Wesen strebt
Ins Dasein; und bestimmt, des Schöpfers Werk zu krönen,
Sehn wir das erste Paar geführt von deinen Tönen,
O jedes Hochgefühl, das in dem Herzen schlief,
Ist wach! wer rufet nicht: Wie schön ist diese Erde!
Und schöner, nun ihr Herr auch dich ins Daseyn rief,
Auf daß sein Werk vollendet werde!

*) Seite 67.

Auch der materielle Ertrag, den Haydn dabei erzielte, war dem
entsprechend. Die eben erwähnte musikalische Gesellschaft zahlte ihm
500 Ducaten und das Benefizconcert wie der Selbstverlag der Partitur
trugen ihm, nach Griesinger, 12,000 Gulden ein.

Dieser außergewöhnliche Erfolg veranlaßte van Swieten „die
Jahreszeiten" nach Thomson in derselben Weise zu bearbeiten und
Haydn schrieb gleichfalls die Musik dazu.

Bereits am 24. April 1801 fand die erste Aufführung dieses
Werkes im fürstlich Schwarzenbergischen Saale statt, und mit dem
gleichen außerordentlichen Erfolge, so daß sie am 27. April und am
1. Mai wiederholt werden konnte.

Jetzt wurde der Meister mit Ehrenbezeugungen aus allen Ländern
überhäuft.

Am Weihnachtsabend 1800 fand die erste Aufführung der Schöpfung
in Paris statt. Ein Korrespondent schreibt darüber in der Leipziger
Allgemeinen Musikalischen Zeitung, Jahrgang 5, 1801, pag. 270:

„Am 24. December 1800 wurde im hiesigen großen Opernhause
zum ersten Male „die Schöpfung" von Haydn gegeben. 250 Künstler,
fast alle enthusiastisch für Haydn, exekutirten alle Chöre in diesem
Oratorium mit einer seltenen Vollkommenheit. Nur in den Arien und
Recitativen blieb dem Zuhörer hin und wieder etwas zu wünschen
übrig. Vielleicht auch daß die große Schönheit dieser Chöre und deren
herrliche Musik dieses verursachte. Der würdige Musikdirector Rey
dirigirte die Musik und Steibelt saß am Klavier — er saß da. Dafür, daß er den französischen Text untergelegt* und im letzten Theile
das Duett von Adam und Eva weggelassen hat, läßt er sich 3600 Liv.
bezahlen.**

Schon die Ankündigung von dem Oratorium, die lange vor der
Aufführung geschah, erregte viel Sensation. Zwei Wochen vorher war

---

*) Auf dem Zettel stand: La musique est arrangée par Citoyen
Steibelt.

**) Garat läßt sich für 3mal die Tenorsoli in der Schöpfung zu singen 3600 Liv.
bezahlen. Wenn man aber alle Läufer und Triller, die er in den Arien und sogar in
den Recitativen anbringt, in Erwägung zieht, so kann man es nicht zu theuer finden.

feine Loge mehr zu haben. Um 9 Uhr des Morgens, am Tage der
Aufführung, war das Opernhaus mit einer Menge Menschen umgeben
und Abends war das Gewühl fürchterlich. Das Auditorium war ganz
außerordentlich zahlreich und glänzend. Bonaparte und alle Ersten
vom Gouvernement waren zugegen. Auf den ersten Januar ist die
Aufführung wieder angesetzt. Es soll eine goldene Medaille, 180 Liv.
an Werth, gefertigt und ihm zugeschickt werden.

Das Aufsehen, das Haydns Schöpfung hier machte, ist so groß,
daß die Entreprise eines der hiesigen Theatre de Vaudeville eine Pa-
rodie darauf in aller Eile verfertigen und selbe gestern hier aufführen
ließ. Sie ist betitelt: „ La récreation du monde, suite de l'oratoire:
La creation du monde, musique d'Haydn en vaudeville".*

Die erwähnte Medaille wurde im August an Haydn gesandt. Sie
war von dem geschicktesten Graveur N. Gateaux gestochen und zeigte
auf der einen Seite Haydns Bild, auf der anderen eine Lyra, über der
eine Sternenkrone schwebt. Die Umschrift lautet: Hommage à
Haydn, par les Musiciens, qui ont exécuté l'Oratoire de la
Création du Monde au théâtre des Arts l'an IX de la
République Française ou MDCCC.

Die begleitende Adresse lautet:

De Paris ce 1 Thermidore a. 9 de la
République Françoise.

„Les artistes François réunis au théâtre des arts, pour
éxécuter l'immortel ouvrage de la Création du monde
composé par le célèbre Haydn, pénétrés d'une juste
admiration pour son génie, le supplient de recevoir ici
l'hommage du respect, de l'enthousiasme, qu'il leur a inspiré
et la médaille qu'ils ont fait frapper en son honneur. Il
ne se passe pas une année q'une nouvelle production de
ce compositeur ˚sublime ne vienne enchanter les artistes,
éclairer leurs travaux, ajouter aux progrès de l'art, étendre
encore les routes immenses de l'harmonie, et prouver,
qu'elles n'ont pas de bornes en suivant les traces lumineuses
dont Haydn embellit le présent et sait enrichir l'avenir.

Mais l'imposante conception de l'Oratorio surpasse encore,
s'il est possible, tout ce que ce savant compositeur avoit
offert jusqu'ici à l'Europe étonnée. En imitant dans cet
ouvrage les feux de la lumière, Haydn a paru se peindre
lui-même, et nous prouver à tous, que son nom brillerait
aussi longtemps que l'astre dont il semble avoir emprunté
les rayons.

Si nous admirons ici l'art et le talent, avec lequel le
citoyen Gateaux a si bien rempli nos intentions, en gravant
la médaille, que nous offrons à Haydn, nous devons rendre
hommage aussi à la noblesse des sentiments, avec lesquels
il s'est contenté pour son ouvrage de la simple gloire, qu'il
récueille aujourd'hui.

> Rey, chef de l'orchestre du théâtre des arts.
> Segur le jeune. Auvray. Fr. Rousseau.
> Xavier. Rey 3me. Saillar etc.
> (im Ganzen hundertundvierzig Unterschriften).

Haydn antwortete darauf:

> Wien, den 10. August 1801.

„Meine Herren!

Es kommt besonders großen Künstlern zu, Ruhm zu ertheilen,
und wer darf auf dieses schöne Vorrecht mehr Anspruch machen als
Sie; — Sie, welche die gründlichste und einsichtsvollste Theorie mit
der geschicktesten und vollkommensten Execution verbinden, einen Schleier
über die Mängel der Werke der Componisten werfen und oft Schön-
heiten in denselben entdecken, welche sie selbst nicht vermuthet hatten.
Auf solche Art haben sie sich durch Verschönerung der Schöpfung das
Recht erworben, an dem Beifall Theil zu nehmen, welchen diese Composition erhalten hat. Diese Gerechtigkeit, die ich Ihnen widerfahren
lassen muß, läßt Ihnen auch das Publikum widerfahren. Die Hochachtung desselben für Ihre Talente ist so groß, daß Ihr Beifall den
seinigen bestimmt, und daß Ihr Beifall für diejenigen, die ihn erhalten,
gewissermaßen ein anticipirter Ruhm der Nachwelt ist. Ich habe oft
gezweifelt, daß mich mein Name überleben werde; allein Ihre Güte

flößt mir Vertrauen ein, und das Denkmal, womit Sie mich beehrt
haben, berechtigt mich vielleicht, zu glauben, daß ich nicht ganz sterben
werde. Ja, meine Herren, Sie haben an einem Tage die Arbeiten
von 60 Jahren belohnt. Sie haben meine grauen Haare gekrönt und
den Rand meines Grabes mit Blumen bestreut. Mein Herz kann nicht
alles ausdrücken, was es empfindet und ich kann Ihnen meine tiefe
Dankbarkeit und Ergebenheit nicht beschreiben. Sie werden selbige
würdigen! Sie, meine Herren, welche die Künste aus Enthusiasmus
und nicht aus Eigennuz cultiviren und Glücksgüter für nichts, aber
Ruhm über Alles halten. Ich bin ꝛc.

Joseph Haydn."

Den ganz gleichen Erfolg hatte die Schöpfung in den anderen
Städten, in London, Berlin, Prag, Stockholm, Kopenhagen,
Dresden, Petersburg, Amsterdam, Leipzig, die sich beeilten,
das Werk aufzuführen und fleißig zu wiederholen. In Petersburg
wurde durch eine dreimalige Aufführung der Fond von 20,000 Rubeln
zur Begründung einer Tonkünstler-Wittwen- und Waisen-Versorgung
gewonnen, und auch in Prag wurde in ähnlicher Weise durch die Aufführung der Schöpfung am 10. April 1802 durch Maschek ein wohl-
thätiges Institut fundirt; lange Jahre erwies sich kein anderes der-
artiges Werk so zugkräftig als gerade die Schöpfung.

Am 4. Mai 1801 ernannte die Akademie der Künste zu Amsterdam Haydn zu ihrem Mitgliede; besonders schmeichelhaft aber mußte
es für ihn sein, daß er am 25. December (5. Nivose an X) auch
als auswärtiges Mitglied vom National-Institute zu Paris (Institut
national des sciences et arts) für die Classe der Literatur und
schönen Künste („Classe de littérature et beaux arts") gewählt
wurde. Jetzt dachte man auch in Wien daran, ihn gebührend aus-
zuzeichnen, was bisher noch nicht geschehen war. Der Magistrat übersandte ihm die zwölffache goldene Bürgermedaille, in Anerkennung der
bedeutenden Unterstützung, welche er dem Armenhause zu St. Marx
durch seine Concertunternehmungen hatte zuwenden können — diese
hatten 33,196 fl. eingebracht — mit nachstehendem schmeichelhaften
Schreiben:

„Nach den vielen Beweisen der Menschenfreundlichkeit, mit welchen Ew. Wohlgeboren die bemitleidenswerthe Lage der verarmten alten Bürger und Bürgerinnen zu St. Marx zu erleichtern mitgewirkt haben, fand sich die von höchsten Orten aufgestellte Bürgerhospitals-Wirthschaftscommission veranlaßt, hierorts dieses edelmüthige Benehmen vorstellig zu machen und den Wunsch zu äußern, daß diese wohlthätigen Bemühungen nicht unbemerkt bleiben möchten. In Erwägung nun, daß Sie, verehrungswürdigster Herr Doktor der Tonkunst, zu der Bewunderung für die Meisterwerke ihres Genius, mit welchen Sie zu wiederhollten Malen unentgeldlich und in eigner Person die Direction jener Cantaten übernahmen, durch welche so viele zum Wohlthun gestimmt und den armen Bürgern zu St. Marx so ansehnliche Beiträge bewirkt wurden, ergreift der Magistrat dieser K. K. Haupt- und Residenzstadt Wien, der schon lange einer Gelegenheit entgegensah, einem durch seine Talente unsterblichen und bereits von allen gebildeten Nationen mit besonderer Ehre ausgezeichneten Manne, welcher die Vorzüge des Künstlers und die Tugenden des Bürgers in thätige Verbindung setzt, diese Veranlassung, auf irgend eine Weise seine Achtung zu bezeugen. Um aber auch in Ansehung dieses bleibenden Verdienstes nur den entferntesten Beweis zu geben, hat der Magistrat einstimmig beschlossen, Euer Wohlgeboren gegenwärtige goldene Bürger-Medaille als ein geringes Merkmal des Dankgefühles der erquickten armen Bürger und Bürgerinnen zu St. Marx, deren Organ wir hiermit vorstellen, anzuschließen. Möge sie so lange an Ihrer Brust glänzen, als die Segenswünsche für Ihre Edelthat dankbaren Herzen entströmen werden; mögen Sie uns Gelegenheit an die Hand geben, die Beweise der ausgezeichneten Hochachtung zu vermehren, mit welcher wir verharren

Ew. Wohlgeboren bereitwilligste

Joseph Georg Hörl, k. k. Oesterr. Reg.-Rath und Bürgermeister.

Stephan Edler von Wohlleben, k. k. Rath und Stadtoberkämmerer in Wien.

Joh. Bapt. Franz, der Bürgerhospitals-Wirthschafts-Commission Präses.

Wien, am 10. May 1803.“

15 *

Am 1. April 1804 wurde Haydn dann auch vom Magistrat zum Ehrenbürger der Stadt Wien ernannt.

1805 machte ihn auch das Conservatoire de Musique in Paris zu ihrem Ehrenmitgliede und 1807 am 30. December die Société académique des enfans d'Apollon. Besondere Auszeichnung wurde ihm auch noch bei der großen Aufführung der „Schöpfung" zu Theil, welche am 27. März 1808 im Universitätssaale stattfand. Unter Trompeten- und Paukenschall wurde Haydn auf einem Lehnstuhl in die Mitte des Orchesters gebracht. An der Seite der verehrten Fürstin Esterhazy sitzend, umgeben von Schülern und Künstlern und Personen vom höchsten Range, sollte Haydn sein unsterbliches Werk noch einmal hören. Ein deutsches Huldigungsgedicht von Collin und ein italienisches Sonett von Carpani zu Haydns Lob wurden unter die Zuhörer vertheilt. Salieri dirigirte und die Aufführung ging trefflich von Statten. Bei der berühmten Stelle: „Es werde Licht, und es ward Licht", brachen die Zuhörer, wie gewöhnlich, in lauten Beifall aus; Haydn machte eine Bewegung mit den Händen gegen den Himmel und sagte tief ergriffen: „Es kommt von dort". Aus Besorgniß, die anhaltende Aufregung könnte ihm gefährlich werden, ließ er sich nach dem ersten Theil wegtragen. Er fühlte, daß es mit ihm zu Ende ging. Noch erhielt er die kurze Zeit bis zu seinem Tode zahlreiche Beweise von Liebe und Verehrung, aber daneben machte ihm der unglückliche Krieg, den Oesterreich führte, schwere Sorgen. Er liebte sein Vaterland und seinen Kaiser zu sehr, um gleichgültig dabei sein zu können. „Der unglückliche Krieg drückt mich noch ganz zu Boden", wiederholte er oft mit thränendem Auge in solchen Momenten und es war nicht leicht, ihn zu beruhigen.

Griesinger berichtet über die letzten Tage des Meisters:

„Am 10. März rückte ein französisches Armeecorps des Morgens vor die Mariahilfer Linie in Wien, welche von Haydns Wohnung nicht weit entlegen ist. Man war eben beschäftigt, ihn aus dem Bette zu bringen und anzukleiden, als vier Kartätschen-Schüsse fielen, welche die Fenster und Thüren seines Hauses heftig erschütterten. Mit voller Stimme rief er seinen bestürzten und geängstigten Leuten zu: „Kinder,

fürchtet euch nicht, wo Haydn ist, kann euch kein Unglück treffen".
Der Geist war aber stärker als der Körper, denn kaum hatte er das
kraftvolle Wort ausgesprochen, als ihn ein Zittern am ganzen Leibe
befiel. Von dieser Stunde an nahm die physische Schwäche zu, doch
spielte Haydn täglich sein Kaiserlied und noch am 26. Mai dreimal
hintereinander, mit einem Ausdruck, über den er sich selbst wunderte.
Am Abend desselben Tages überfielen ihn Kopfschmerzen und Frost;
man brachte ihn früh zu Bett und rief die Aerzte; ihre Hülfe war
fruchtlos, der Kranke verfiel in einen Zustand gänzlicher Entkräftung
und schmerzloser Betäubung, wobei er aber doch noch wenig Minuten
vor seinem Ende, welches den 31. Mai früh Morgens gegen ein Uhr
erfolgte, Zeichen von Bewußtsein und Empfindung gab."

Er hatte sein Leben auf 77 Jahr und 2 Monate gebracht. Der
unglückliche Krieg, unter dessen Folgen Wien in jenen Tagen schwer
zu leiden hatte, verhinderte eine allgemeinere großartigere Theilnahme
an der Leichenfeier für den großen Dahingeschiedenen. In ehrenvollster
Weise kündigten die französischen Behörden den Tod Haydns in
den Wiener Zeitungen an und bei der Feier, die zu seinem Gedächtniß
in der Schottenkirche am 15. Juni abgehalten wurde, betheiligte sich
auch die französische Generalität neben den angesehensten Künstlern
und Bewohnern Wiens. Die dicht gefüllte Kirche war mit schwarzem
Tuch ausgeschlagen, dem der Namenszug Haydns eingewirkt war.
Den Sarkophag umstand die Bürgermiliz als Ehrenwache und auf
einem schwarzsammtenen Kissen lagen die Medaillen und anderen Ehren-
zeichen, die dem Meister zu Theil geworden waren, darunter auch die
elfenbeinerne Platte, die man ihm in London verehrt hatte. Während
der Messe wurde Mozarts Requiem aufgeführt. Haydns irdische
Ueberreste fanden zunächst, bis sie nach Eisenstadt übergeführt wurden,
auf dem Gottesacker vor der Hundsthurmer Linie eine Ruhestätte.
Der Stein, der sie bezeichnet, trägt als Inschrift außer dem Namen,
Geburts- und Todestag des Meisters noch einen Canon von Sigmund
Ritter von Neukomm:

HAYDN
NATUS MDCCXXXII
OBIIT MDCCCIX
CAN. AENIGM. QUINQUE. VOC.

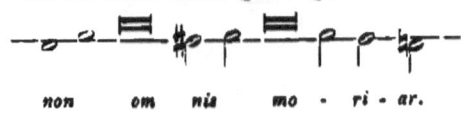

non   om   nia   mo - ri - ar.

D. D. D.
Discip. Eius Neukomm Vindob. Redux
MDCCCXIV.

Da diefer Stein zerfallen war, fo ließ Graf von Stockhammer
1842 einen neuen, ganz gleichen, mit derfelben Infchrift anfertigen.

1820 am 6. November wurde Haydns Leiche dann nach Eifenftadt
übergeführt und am 7. November früh 9 Uhr fand die feierliche Bei-
fetzung in der Kirchengruft am Calvarienberge ftatt.

Der ihm in der Pfarrkirche zu Eifenftadt errichtete Denkftein trägt
die Infchrift:

Josephus Haydn.
Musicorum. Aevi. Sui. Princeps.
Natus. Roraviae ad Lytham.
Pridie Calend. Maj. MDCCXXXII.
Celss. Princ. Nicolai. Esterházi de Galantha.
Chori. Music. Praefectus. Celeberrimus.
Qui Salvatoris. Nostri. Verba. Septem.
Creationem. Mundi. Et Quatuor. Anni
Tempora.
Sublimia. Modulatus. Mele.
Immortalem. Sibi. Comparavit Gloriam.
Fugandi. Curas. Artifex. Et. Mulcendi
Pectora. Primus.

Ab. Amplissima. Scientiarum. Universitate.

Oxoniensi.

Creatus. Musicae. Artis. Doctor.

Vir. Pius. Probus. Mansuetus. Insigniter.

Beneficus.

Mortuus. Vindobonae.

Pridie. Calendas. Juni MDCCCIX

Annorum LXXVII

Maecenatis. Sui. Studio.

Anno MDCCCXX Solenni. Rita. Huc. Trans-

latus.

Hoc. Conditur. Tumulo.

Ueber die äußere Erscheinung Haydns berichtet Griefinger:*) „Haydn war von Natur klein, aber stämmig und von derbem Knochenbau; seine Stirn war breit und schön gewölbt, die Haut braun, die Augen waren lebhaft und feurig, die übrigen Gesichtszüge voll und stark gezeichnet, und aus der ganzen Physiognomie und Haltung sprach Bedächtlichkeit und ein sanfter Ernst. Die besten Büsten von Haydn sind unstreitig die, welche sein Freund, der geschickte Modellier bei der Wiener Porzellanfabrik, Herr Graffy (sein Tod am 30. December 1807 fiel Haydn äußerst empfindlich), nach dem Leben verfertigt hat. Die eine ist in natürlicher Größe und antiker Form mit der Aufschrift:

> Tu potis tigres comitesque sylvas
> Ducere et currentes rivos morari.

Die andere, in kleinerem Maßstabe, stellt Haydn mit der Perücke und in seiner gewöhnlichen Kleidung vollkommen ähnlich dar und Graffy setzte darunter:

> Blandus auritas fidibus canoris ducere quercus.

Zum sprechen getroffen sind auch die Bilder von Haydn, welche ein Graveur, Namens Jrwachs, in Wien in Wachs als Cameen verfertigte.

---

*) Seite 94.

Unter den mir bekannten Kupferſtichen iſt der bei Breitkopf und Härtel in Leipzig erſchienene, obſchon nicht ganz getreu, doch der beſte. Johann Elßler, achtzehn Jahre hindurch Haydns Copiſt und treuer Diener, ließ den Kopf ſeines Herrn nach ſeinem Tode in Gips formen."

Von der allgemeinen Anerkennung, die Haydns geniale ſchöpferiſche Thätigkeit bei ſeinen Zeitgenoſſen fand, geben auch die Medaillen, die ihm zu Ehren geprägt wurden, und von denen elf verſchiedene bekannt geworden ſind, Kunde. Jene bereits erwähnte goldene, 42 Ducaten werthe Medaille, welche ihm die Pariſer Künſtler überſandten, trägt auf der Vorderſeite den Namen und das Bruſtbild des Meiſters, auf der Rückſeite eine Lyra mit Flammen und Sternenkranz und die Inſchrift:

Hommage à Haydn, par les musiciens, qui ont exécuté l'oratorio de la Création du Monde au théâtre des Arts l'an IX de la République française en MDCCC.

Die andere, welche dem Meiſter von der Philharmoniſchen Geſellſchaft in St. Petersburg unterm 22. Mai 1808 überſandt wurde, zeigt auf der Vorderſeite eine Leyer und darüber den Namen Haydn, von einem Eichenkranz umgeben; auf der Rückſeite die Inſchrift: Societas Philharmonica Petropolitana Orpheo redivivo 1808. Sie war in Gold ausgeführt und 42½ Ducaten ſchwer.

Eine dritte wurde dem Meiſter bei ſeiner Ernennung zum auswärtigen Mitgliede des National-Inſtituts der Wiſſenſchaften und Künſte in Paris überſendet; ſie zeigt auf der Vorderſeite einen weiblichen Kopf (die franzöſiſche Republik) mit der Umſchrift: Inst. nat. des Sciences et d. Arts. Unten: Dumarest, An. XI u. Constit. Art. 88, auf der Rückſeite einen Lorbeerkranz, in deſſen Mitte die Worte: Haydn Associé Étranger, darüber ein Stern.

Weiter ſind zu erwähnen die Medaillen in der „Reihenfolge großer Tonkünſtler" von Loos und die in der Münchener Serie von Durand.

Eine andere Medaille wurde von Gatteaux in Paris 1803 im Auftrage der Geſellſchaft „Concert des Amateurs" zu Ehren Haydns geprägt und diesem zugesandt. Die Vorderseite derselben zeigt einen Stern und den Namen Haydns, die Rückseite einen säulenförmigen Dreifuß mit lodernder Flamme, auf jeder Seite eine Lyra durch Lorbeerkranz verbunden, daneben die Worte: Le même feu les anime. Ganz unten: Professeurs et Amateurs. Eine vierte französische Medaille auf Haydn zeigt auf der Vorderseite einen Lorbeerkranz, in dessen Mitte Ovids Vers: Emollt mores, nec sinlt esse feros, darüber die strahlende Sonne (1807), die Rückseite zeigt die siebensaitige Lyra, von Lorbeerzweigen umflochten, auf der Lyra eine Taube, die Umschrift bezeichnet die Veranstalter: Société Académique des Enfans d'Apollon. Eine fünfte französische endlich hat auf der Vorderseite einen Apollo, der in der Rechten die Lyra, in der Linken einen Lorbeerkranz hält; daneben stehen die Buchstaben: R(épublique) F(rançaise) A(n) X, die Umschrift bezeichnet die Medaille als ausgehend vom Conservatoire de Musique. Unten steht: Époque de la Palx générale. Auf der Rückseite stehen in einem Lorbeerkranz die Worte: Fondé en 1789, organisé par la Loi du 18 Term. an 5 J. Haydn.

Ueber Haydns Charaktereigenthümlichkeit konnten wir schon mancherlei berichten. Die hervorstechendsten Züge derselben waren seine überzeugungsvolle Religiösität und seine anspruchslose Bescheidenheit. Inwiefern sich seine Religiösität von der eines Bach oder Händel unterschied, konnten wir schon andeuten; Haydn war ein frommer Katholik, der sich als solcher aus natürlichem Drange widerspruchslos den Satzungen der Kirche unterwarf. „Ohne über Gegenstände des Glaubens zu speculiren," sagt Griesinger von ihm, „nahm er an, was und wie es seine katholische Kirche lehrte, und sein Gemüth war dabei beruhigt. So fuhr er in den Jahren 1807 und 1808 am Feste des heiligen Peregrinus, des Patrons kranker Beine, nach dem Servitenkloster und ließ dort eine Messe für sich lesen. Ein eigenhändig geschriebenes Concept zu einem Testament, welches Haydn im Jahr 1809 abfaßte, fängt so an: Im Namen der Allerheiligsten Dreieinigkeit. Die Ungewißheit, wenn es meinem Schöpfer gefällig ist, mich nach Seiner grundlosen Barmherzigkeit aus dem Zeitlichen zu sich abzuforbern, hat mich bewogen, bey noch vollkommener Gesundheit über mein wenig zurückbleibendes Vermögen meinen letzten Willen zu erklären. Meine Seele übergebe ich ihrem allgütigsten Erschaffer; mein Leib hingegen soll nach Römischkatholischem Gebrauch in die geweihte Erde und zwar nach der ersten Claffe bestattet werden." Daß Haydn jedes seiner bedeutenderen Werke mit: „In Nomine Domini" begann und mit „Laus Deo" oder „Soli Deo gloria" schloß, konnte schon erwähnt werden. „Wenn es," hörte ihn Griesinger sagen, „mit dem Componiren nicht so recht fort will, so gehe ich im Zimmer auf und ab, den Rosenkranz in der Hand, bete einige Ave und dann kommen mir die Ideen wieder." In England schrieb er in sein Tagebuch: „Den 26. August 1794 ging ich nach Waverley Abbey, vierzig Meilen von London, zum Baron Sir Charles Rich, einem ziemlich guten Violoncellspieler. Hier sind Ueberreste einer Abtey, die schon 600 Jahr steht. Ich muß gestehen, daß, so oft ich diese schöne Wildniß betrachtete, mein Herz beklemmt wurde, daß alles dieses einst unter meiner Religion stand."

Eine natürliche Folge solch frommer Gesinnung war seine Bescheidenheit; er betrachtete die reichen Gaben seines Geistes nur als ein „gütiges Geschenk des Himmels, deffen er sich dankbar bezeigen zu müffen glaubte". Jenem Clavierspieler, der ihn bei einem Besuch mit den überschwenglichsten Worten feiern zu müffen glaubte: „Sie sind der große Haydn! auf die Kniee sollte man vor Jhnen niederfallen! nur wie einem Wesen höherer Art sollte man sich Jhnen nähern!" entgegnete er: „Ach mein lieber Herr, reden Sie nicht so mit mir; sehen Sie mich als einen Mann an, dem Gott ein Talent und ein gutes Herz verliehen hat; höher treibe ich meine Ansprüche nicht." Von seinen eignen Werken pflegte Haydn zu sagen: „Sunt mala mixta bonis; es sind wohl und übel gerathene Kinder, und hier und da hat sich ein Wechselbalg eingeschlichen." Daher war der Meister auch immer bereit, fremde Verdienste unumwunden anzuerkennen; wie er das namentlich in Bezug auf Philipp Emanuel Bach und Mozart that, ist schon früher von uns erwähnt. Auf dem Grunde dieser beiden Charaktereigenthümlichkeiten erwuchs die sonnige kindliche Heiterkeit, die ihn auch in den mißlichsten Lagen seines Lebens niemals verließ und welche zugleich den Grundzug seiner gesammten künstlerischen Wirksamkeit bildet. Mit Haydn erst kam der Humor zu vollstem künstlerischen Ausdruck in der Instrumentalmusik; erst durch ihn gewann die, Natur und Menschen durchdringende, mehr oder weniger lebhaft pulsirende Lebenslust künstlerisch faßbare Darstellung in Tönen. Jener Zug, der ihn leicht die komische Seite eines Gegenstandes erkennen ließ, und der sich schon in seiner frühesten Jugend zeigte, ließ ihn auch den ganzen poetischen Zauber, der selbst über das Leben der gemeinen Wirklichkeit ausgebreitet liegt, erfassen, so daß er für ihn zum Inhalt einiger seiner bedeutendsten unvergänglichsten Schöpfungen wurde. Mit dem feinsten Instinct entlehnte er der Welt der gemeinen Wirklichkeit einzelne Themen zu einigen der bedeutendsten Sinfonien, und indem er sie dann in entsprechender, aber echt künstlerischer Weise verarbeitete, erhob er damit jene niedere Welt in die höhere Sphäre der Ideale.

Um das Bild des Meisters auch nach dieser Seite zu vollenden, sei noch erwähnt, daß er bei allem was er that und was ihn umgab streng auf O r d n u n g und R e g e l m ä ß i g k e i t hielt. Die geniale Unordnung liebte er weder in seiner Umgebung noch in seinen Gewohnheiten. Er kleidete sich des Morgens so früh an, daß er immer Besuche machen oder empfangen konnte. Die strenge Ordnung, mit der er seinen Haushalt regelte und nach der er allabendlich seine Wirthschaftsrechnung selbst durchsah, „damit seine Leute nicht aus den Schranken traten", veranlaßte sogar R e i c h a r d t, dem Meister den Vorwurf des Geizes zu machen; wie ungerechtfertigt dieser indeß ist, bezeugen schon die früher erwähnten Bestimmungen seines Testaments. Außerdem ist erwiesen, daß er selbst in der Zeit seiner Dürftigkeit Wohlthaten erzeugte, wo er nur konnte.

Ueber seine Weise zu componiren sagte er selbst: „Ich setzte mich hin, fing an zu phantasiren, je nachdem mein Gemüth traurig oder fröhlich, ernst oder tändelnd gestimmt war. Hatte ich eine Idee erhascht, so ging mein ganzes Bestreben dahin, sie den Regeln der Kunst gemäß auszuführen und zu souteniren. So suchte ich mir zu helfen, und das ist es, was so vielen unserer neuen Componisten fehlt, sie reihen ein Stückchen an das andere, sie brechen ab, wenn sie kaum angefangen

haben: aber es bleibt auch nichts im Herzen ſitzen, wenn man es an-
gehöret hat." Daß er hierbei auch in einzelnen Fällen von beſtimmten
Ideen geleitet wurde, hat er ſelbſt gegen Grieſinger beſtätigt. In
einer ſeiner älteſten Sinfonien, die er aber nicht bezeichnete, iſt „die
Idee herrſchend, wie Gott mit einem verſtockten Sünder ſpricht, ihn
bittet ſich zu beſſern, der Sünder aber in ſeinem Leichtſinn den Ermahnungen nicht Gehör giebt." Als die Franzoſen 1790 in Steyer-
mark ſtanden, ſetzte er eine Meſſe, welche er mit „In tempore belli"
bezeichnete. In dieſer ſind die Worte Agnus Del, qui tollis
peccata mundi auf eigene Art mit Begleitung der Pauken vor-
getragen, „als hörte man den Feind ſchon in der Ferne kommen".

Bei den darauf folgenden Worten: „dona nobis pacem", läßt
er auf einmal alle Stimmen und Inſtrumente rührend einfallen.
„In der Meſſe," erzählt Grieſinger weiter, „welche Haydn im Jahr
1801 ſchrieb, fiel ihm bei dem „Agnus Del, qui tollis peccata
mundi" ein, daß die ſchwachen Sterblichen doch meiſtens nur gegen
die Mäßigkeit und Keuſchheit ſündigten. Er ſetzte alſo die Worte:
„qui tollis peccata mundi" ganz nach der tändelnden Melodie der
Schöpfung: „Der thauende Morgen, o wie ermuntert er", damit aber
dieſer profane Gedanke nicht zu ſehr hervorſtäche, ließ er unmittelbar
darauf in vollen Chören das „Miserere!" anſtimmen. In der Ab-
ſchrift, welche er der Kaiſerin von der Meſſe machte, mußte er auf ihr
Begehren die Stelle ändern."

Ueber die Darſtellungsobjecte anderer Inſtrumentalwerke des
Meiſters konnten wir bei Beſprechung der einzelnen Näheres berichten
und zugleich aber auch, daß die meiſten ſpeciellen Bezeichnungen der
einzelnen Sinfonien, Quartette u. ſ. w. weniger durch ihren Inhalt,
als vielmehr durch äußere, ganz zufällige Umſtände bedingt ſind.

Neuntes Kapitel.
Die Vocalwerke des Meisters.

————

Schon bei seinen Zeitgenossen fanden die Vocalcompositionen des Meisters durchaus nicht die begeisterte Anerkennung und Theilnahme, wie seine Instrumentalwerke. Ueber die: „XII Lieder für das Clavier. Gewidmet aus besonderer Hochachtung und Freundschaft der freülen Francisca Liebe Edle v. Kreutznern von Joseph Haydn, Fürst Esterhazischen Capellmeister, Erster Theil, Wien bei Artaria [1782" urtheilt Cramers Magazin*): „Eines Haydn sind diese Lieder nicht ganz würdig. Vermuthlich hat er aber auch nicht die Absicht gehabt, seinen Ruhm dadurch zu vergrößern, sondern nur Liebhabern oder Liebhaberinnen von einer gewissen Classe ein Vergnügen damit zu machen. Niemand wird daher daran zweifeln, daß Herr Haydn diese Lieder hätte vollkommener machen können, wenn er gewollt hätte. Ob er nicht gesollt hätte, ist eine andere Frage." Aehnlichen und auch noch stärker absprechenden Urtheilen begegnen wir häufig in jener Zeit, und zwar bei vorurtheilsfreien, dem Meister sonst wohlgesinnten Männern. Es hat dies seinen natürlichen Grund. Während seine Instrumentalwerke sich allmälig auf eine immer höhere Stufe erhoben, blieben seine Vocalwerke hinter den Anforderungen,

———

*) Erster Jahrgang 1783, p. 456.

welche feine Zeit stellte, zurück. Auch die Entwickelung des Vocalstils war zu Haydns Zeit bereits in eine neue Phase getreten und der neue Liederfrühling, der durch die deutschen Dichter seit der letzten Hälfte des 18. Jahrhunderts heraufbeschworen wurde, zeigte seine ersten Triebe auch auf musikalischem Gebiete. Nachdem unter dem Einflusse des Volksliedes im 16. Jahrhundert bereits eine neue Musikpraxis allgemein geworden, ein neues, unser modernes Tonsystem zur Herrschaft gelangt war, das auf instrumentalem Gebiet neue Formen erzeugte und die vocalen neu- und umgestaltete, war im 17. Jahrhundert das Lied von den anderen Formen in den Hintergrund gedrängt worden. Die erste Hälfte des 18. Jahrhunderts erst brachte wieder eine „Sammlung auserlesener Oden von Johann Friedrich Gräfe**) und seitdem fand dann das Lied eingehendere Pflege**). Die Vorreden zu einzelnen, später erschienenen Sammlungen, wie die kritischen Betrachtungen, welche sie veranlaßten, bezeugen, wie ernst die Componisten jener Zeit bereits auch in Bezug auf die Liedform ihre Aufgabe erfaßten und die Lieder von Görner, der beiden Graun, Quantz, Agricola, Franz Benda, Nichelmann, C. Ph. E. Bach, Telemann bezeichnen, an das Kunstlied des 17. Jahrhunderts von Hammerschmidt, Schein, Albert, Krieger anknüpfend, bereits einen bedeutsamen Fortschritt in der Entwickelung des Kunstliedes. Die Dichtungen von Hagedorn, Ebert, Schlegel, Rammler, Uz, von Kleist, Gleim u. s. w. erzeugten zunächst in den erwähnten Meistern jenen volksthümlichen Liedstil, der bemüht ist, in einer fest gefügten Melodie das strophische Versgefüge nachzuahmen und zugleich den Textinhalt zu möglichst überzeugendem Ausdruck zu bringen. Die größten Erfolge erreichten nach dieser Richtung J. A. P. Schulz mit seinen Liedern im Volkston (1785) und J. A. Hiller mit den Liedern in seinen Singspielen. Die Dichter des sogenannten Göttinger Dichterbundes: Boie, Bürger, Claudius, Hölty, Miller, Overbeck, die beiden Stolberge,

---

*) Erster Theil 1737. Zweiter Theil 1739. Dritter Theil 1741. Vierter Theil 1743.
**) Vergl. des Verfassers: Geschichte des deutschen Liedes. Berlin 1874, S. 126 ff.

Voß u. A. hatten mittlerweile einen Ton warmer, lebendiger und
wahrer Empfindung in ihren Dichtungen angeschlagen und dieser regte
auch die Componisten an, den Inhalt des Liedes tiefer zu erfassen und
reicher ausgeführt darzustellen, wie Sack, Herbing, der vorerwähnte
J. A. P. Schulz, Johann André u. A., und als dann Goethe
mit seinen unvergleichlichen Liedern hervortrat, waren es namentlich
Joh. Friedrich Reichardt und Carl Friedrich Zelter, welche
mit Erfolg im vorigen Jahrhundert noch unternahmen, die Goethesche
Lyrik musikalisch umzudichten. Von allen diesen Bestrebungen, die
zum Theil mit den beachtenswerthesten Erfolgen gekrönt waren, scheint
Joseph Haydn nicht die mindeste Kenntniß gehabt zu haben; seine
Lieder stehen mit wenig Ausnahmen tief unter den früher und gleichzeitig veröffentlichten jener erwähnten Berliner und der anderen nord-
deutschen Liedercomponisten. Daher erfuhren auch die Haydnschen
Lieder namentlich hier mit Recht meist die härteste Beurtheilung, die
in der Regel eine Verurtheilung ist.

Haydn's Lieder der oben erwähnten Sammlung sind durchweg im Tone
der Bänkelsänger gehalten, wie er in einem früher erschienenen, weit
verbreiteten, aber auch von den hervorragenden Musikern der ersten
Hälfte des Jahrhunderts scharf verurtheilten Sammlung durchweg
herrscht: „Sperontes' Singende Muse an der Pleisse" (1736, 1742,
1743 u. s. w.). Dabei haben diese noch den Vorzug größerer formeller
Geschlossenheit. Haydn läßt bei der knappsten Liedform auch das Clavier selbständiger eingreifen, ohne aber mehr zu erreichen, als daß er
die Form dadurch zerstückelt. Nur das achte: „An Thirsis: Eilt
ihr Schäfer aus den Gründen", ist einigermaßen liedmäßig festgesetzt;
das zwölfte aber: „Die zu späte Ankunft der Mutter: Be-
schattet von blühenden Aesten", ist ganz in dem Coupletstil der Sing-
spiele gehalten. Auch die Lieder des zweiten Theils, ebenfalls
zwölf an der Zahl, erreichen keinen höheren Standpunkt, das achte ist
das einst vielgesungene: „Ich bin vergnügt, will ich was mehr". In
den übrigen seiner Lieder verläßt Haydn meist auch diesen Coupletstil, er behandelt sie mehr arienmäßig, in dem Bestreben, den Text
tiefer zu erfassen, ohne daß er damit jene neue Form gewinnt, in

welcher allein diese Aufgabe zu lösen war. Mit Ausnahme des „Gott erhalte Franz den Kaiser" konnte daher keines weitere Verbreitung finden. Hierbei darf nicht unerwähnt bleiben, daß der Anfang dieses Liedes bereits in einem Werke von Telemann: „Der getreue Music-Meister" (Bamberg, Anno 1728) vorkommt. Ein Rondo für Clavier beginnt:

Am 28. Januar 1797 erhielt die Volkshymne das Imprimatur durch den Grafen Saurau und am 12. Februar, als dem Geburtstage des Kaiser Franz, wurde sie nach Haydns Melodie in allen Theatern Wiens und in Triest feierlich abgesungen. Haydn erhielt dafür ein ansehnliches Geschenk und das Bildniß des Kaisers. Bekannt ist ferner, daß das Lied dem Meister überhaupt streitig gemacht wurde und daß es eines Beweises bedurfte, um ihm die Autorschaft zu sichern; diesen führte Anton Schmid in der Schrift: „Joseph Haydn und Niccolo Zingarelli: Beweisführung daß Joseph Haydn der Consetzer des allgemein beliebten österreichischen Volks- und Festgesanges sei. Wien, Rohrmann 1847". Die sechs Lieder des dritten Theils, wie die des vierten: „Sechs Lieder beym Clavier zu singen mit deutschem und englischem Text. Die Musik ist von Herrn Joseph Haydn. In Wien bei Artaria und Comp." sind zum Theil mit höchst wirksamer, im Stile der Italiener gehaltener Melodik arienmäßig ausgeführte Gesänge, die aber keinen eigentlichen Platz in der Entwickelung des deutschen Liedes einnehmen, wie doch die oben erwähnten von Reichardt und Zelter oder auch die von Mozart und Beethoven, die beide durch ihre scenisch ausgeführten Lieder, den, der neuen, durch Goethe namentlich geschaffenen Lyrik entsprechenden Stil für die musikalische Umdichtung derselben, den zunächst Schubert fand, vorbereiteten. Auch an sich stehen die Lieder Mozarts ungleich höher, als die von Haydn und einzelne derselben zeigen den eigentlichen Stil der modernen Lyrik bereits in ihren Grundzügen vorgezeichnet.

Haydn war viel zu sehr vom Zauber des Instrumentalen um-
fangen, als daß es ihm möglich wurde, unmittelbar aus der Empfindung herausgesungene, breit ausgetragene Vocalmelodien zu erfinden.
Diese sind bei ihm meist motivisch zusammengesetzt. Nach der Weise
der Italiener seiner Zeit begnügt er sich damit, sie aus einzelnen
kurzathmigen Phrasen zusammen zu setzen und diese selbst sind mehr
instrumental als vocal reizvoll. Daher erheben sich auch die 42 Canons,
mit denen er sein Schlafzimmer decorirt hatte, weit über die Lieder
und eine Reihe seiner andern Gesänge. Die besondere Technik des
Canons erfordert die mehr motivische Entwickelung, und da auch die
gewählten Texte — Sentenzen und Sprüche — keinen tiefen innerlichen
Gehalt haben, so ist diese Weise ganz ausreichend. Das gilt noch viel
mehr von den „Zehn Geboten der Kunst", die Haydn gleichfalls
in zehn Canons bearbeitete. Die Texte sind trocken doctrinair und
waren nur in dieser Form musikalisch zu behandeln.

Die gleiche Weise der Arbeit giebt dann auch den mehrstimmigen
Gesängen Haydns größeren Werth als den erwähnten Liedern, wie
dem „Daphnens einziger Fehler" (für zwei Tenöre und Baß),
oder „An die Freude", und vor allem „Der Greis: Hin ist
alle meine Kraft". Dieser reizende Gesang für Sopran, Alt,
Tenor und Baß, dessen Anfang bekanntlich Haydn auch auf seinen
Visitenkarten führte und mit dem er sein letztes Quartett (83) abschloß,
da er zu seinem Schlußsatz mehr die Kraft verspürte, gehört unstreitig
zu seinen besten Vocalwerken.

Aus alledem ist leicht zu erklären, daß, wie schon früher ausgesprochen werden konnte, Haydn mit seinen Werken, die er für den
katholischen Cultus schrieb, nur den alleräußersten Bedürfnissen desselben
genügte, ohne Gewinn für die Kunst. In seinen Messen declamirt er
größtentheils nur die Texteworte chorisch oder in mehrstimmigen Solo-
sätzen, mit in der Regel nur oberflächlicher Beachtung des Inhaltes,
nicht selten sogar ohne diese, nach, wie wir bereits anführten, außerhalb des Textes liegenden Rücksichten. Das Gloria ist in der Regel
mehr trubulös als festlich; das Credo wird meist nur trocken recitirt,
der Wortreichthum genirt ihn dabei gewöhnlich außerordentlich, so daß

er selbst nicht verschmäht, die Stimmen gleichzeitig verschiedene Glaubens-
artikel singen zu lassen, wie in der G–dur–Messe, die im Uebrigen zu
seinen Besten zählt.

Das „Et incarnatus est" wie das „Benedictus" oder „Agnus Dei" nehmen in der Regel einen gefühlsinnigern Ton an, aber auch dieser ist vorwiegend mehr nur äußerlich und oberflächlich anregend. Das „Sanctus" gehört in den meisten Fällen zu den bedeutenderen Sätzen; hier weiß der Meister wenigstens instrumental den dürftigen Gesangsapparat zu erhöhterer Wirksamkeit auszustatten. Eins der hervorragenderen kirchlichen Tonwerke Haydns ist sein „Stabat mater"; es erhebt sich zwar nicht aus dem rührseligen Tone weicher Klage, welcher der Frömmigkeit jener Zeit entsprach, aber seine Aeußerungsweise ist doch immer zugleich künstlerisch anregend gehalten.

16*

Nach alledem konnte auch auf dem Gebiet der dramatischen Musik Haydns ausgebreitete Thätigkeit von nennenswerthen Erfolgen nicht begleitet sein. Er schließt sich hier so eng an die, für jene Zeit namentlich durch Hasse und Graun festgestellte Weise und Form des Ausdrucks der italienischen Oper an, daß er häufig selbst deren Phrasen einfach entlehnt. Der Stil dieser italienischen Oper hatte sich bereits bis zur reinsinnlichsten Klangwirkung raffinirter Gesangskunst verflacht. Bei den älteren Meistern dieser Richtung hatte die Coloratur immer noch nur untergeordnete Bedeutung, als ein Mittel auszuschmücken, zeitweise erhöhten Effect zu erreichen; die Cantilene, die sich über einer bedeutenden harmonischen Grundlage erhebt, ist ihnen immer noch die Hauptsache. Bei Hasse tritt die Coloratur, das Figurenwerk, größtentheils als einziger Factor der dramatischen Wirkung auf; auch die eigentliche Cantilene ist so kurzathmig als möglich und dem entsprechend wird die harmonische Unterlage immer dürftiger; sie besteht meist nur aus Tonika, Dominant und Unterdominant. Der in dieser Weise ausgeführten Arie gegenüber ist das Recitativ meist sehr leichtfertig behandelt; das gilt auch noch von der Graunschen Oper. Nur selten werden bei ihr einzelne Worte durch Instrumentalbegleitung illustrirt. Im Allgemeinen eilt auch Graun so rasch als möglich, den Text schnell in den bequemeren Intervallen declamirend, den Arien zu. Das, was die Graunsche Arie — und sie ist bei seinen Opern gleichfalls die Hauptsache — vor der Hasse's auszeichnet, ist eine etwas reichere und bestimmtere, auf mehr gefesteter harmonischer Grundlage ruhende Melodik. Seine Arien sind daher auch schärfer gegliedert und in sich abgeschlossen, als die von Hasse. Wie Gluck und Mozart eignete sich auch Haydn diesen Stil für seine dramatischen Werke an, aber er vermochte nicht, ihn wie jene beiden Meister aus sich heraus neuzugestalten. Gluck rückte den weitschweifigen Mechanismus der italienischen Oper zusammen und erhob ihn zu einem lebendigen Organismus, in welchem sich der dramatische Stoff anschaulich verkörpert, und Mozart erfüllte ihn zugleich mit dem ganzen Zauber seiner gottbegnadigten Individualität, so daß wir in unmittelbarste Selbstthätigkeit durch die Darstellung ge-

setzt werden. Haydn schloß sich zwar der mehr künstlerischen Weise
Grauns an, er vermittelte der italienischen Oper neben einer tieferen
Harmonik auch noch eine reichere Instrumentation, aber in Bezug auf
Declamation und Melodik erhebt er sich nicht über die einförmige Weise
von Hasse und Graun, die bei ihm, durch den erweiterten harmonisch-
melodischen Apparat beschwert, nur noch nüchterner erscheint. Die kurzen
melodischen Phrasen bei Graun und Hasse wirken um so eindringlicher,
je weniger sie durch Harmonie und Instrumentation beeinträchtigt werden,
und da Haydn sich auch der besonderen melodischen Reizmittel: Colo-
raturen, Passagen und Verzierungen, die Graun und Hasse in reichem
Maße anwenden, sparsamer bedient, so ist es erklärlich, daß seine
Opern selbst nicht einmal die Concurrenz mit jenen bestehen und daß
sie auch nicht den mindesten Einfluß auf die Weiterentwickelung der
dramatischen Musik gewinnen konnten.

Des Meisters Naturell entsprechend sind seine komischen Opern
und Operetten von ungleich höherem Reiz als seine heroischen.

La Canterina - Opera buffa. Intermezzo in Musica a
quatro voci (1766), oder: Lo Speciale (1768), oder: La Pes-
catrice (1769/70), oder: L'Infedeltá delusa. Burletta per
musica in due atti (1773) zum ersten Male aufgeführt in Esterhaz
bei der Anwesenheit der Kaiserin Maria Theresia — wie Il mondo
della luna (1777), oder: L'Incontro improviso (1777), oder:
L'Isola disabitata, oder: La fedeltá premiata — aufgeführt zur
Eröffnung des neuen Theaters zu Esterhaz — 1780 (in Wien 1784)
zeigen uns den Meister in seiner ganzen Liebenswürdigkeit. In einzelnen, wie in L'Incontro improviso erzielte er selbst eine außerordentlich komische Wirkung durch den Parlando-Gesang; auch behandelt
er die Recitative hier sorgfältiger und begleitet sie mit Instrumenten. Die
Recitative der Oper Lo speciale haben Instrumentalbegleitung und die
Arien — deren wir eine in Beilage 3 mittheilen — zeigen breitere melodische Entfaltung, wie die in La fedeltá premiata. Bei dieser werden
die Recitative nur nach dem bezifferten Baß mit dem Cembalo begleitet und die Arien sind liedmäßig knapp gehalten, aber phrasenhaft
zerstückelt. Weit über die landläufige Routine der damaligen komischen

Oper erheben sich auch die Arien in L'Isola disabitata. Die Recitative sind sämmtlich mit Instrumentalbegleitung und zum Theil sehr fein ausgeführt und das Schluß-Quartett „Sono contenta appieno", mit Violino- und Cello-Solo, übt ganz eigenthümlich reizvolle Wirkung. Auch die seriösen Opern Haydns zeigen derartige effectvolle Einzelsätze, wie z. B. das erste Terzett in „Alessandro" mit seinem langen Instrumentalvorspiel für Englisch Horn-, Fagott- und Waldhorn-Solo unter Begleitung der übrigen Instrumente, oder mehrere Recitative, Arien, Duette und Terzette der „Armida". Namentlich in dieser Oper greifen die Instrumente bei den Recitativen oft höchst wirksam den Text interpretirend, ein, wie gleich im ersten Act beim ersten Auftreten Rinaldo's. Mit ganz besonderer Sorgfalt ist dann auch im zweiten Act die Scene zwischen Armida und Rinaldo behandelt und das anschließende Terzett (Armida, Rinaldo und Ubaldo) wirkt außergewöhnlich anregend, obgleich es ganz schablonenhaft angelegt ist, wie die ganze Oper. Die komischen Opern und Operetten Haydns sind viel mannichfaltiger und freier gestaltet als diese ernsten, jene machen daher entschieden größeren Eindruck als diese. Wie wenig der Meister den tiefen Ernst des Dramas zu erfassen gewillt und vermögend war, das beweist auch seine Musik zum Trauerspiel „König Lear". Die Ouvertüre ist ein knapp gehaltener Satz. Ein kurzes, gewichtiges Adagio geht in einen wenig ausgeführten leidenschaftlich gehaltenen Allegrosatz über und dann folgt wieder das Adagio etwas erweitert. Der erste Zwischenact (Intermezzo I. in D-moll) trägt die Ueberschrift: „Dr. Hnß gegen die Undankbarkeit". Intermezzo II. schildert „Das Gewitter". Intermezzo III. (nur Streichinstrumente, Fagotte und Hörner) „Das Mitleid" und Intermezzo IV. „Die Schlacht".

Die Oper Orfeo e Euridice, welche Haydn, wie bereits erwähnt, für England schreiben sollte, ist unvollendet geblieben. Es sind nur 11 Nummern vorhanden: zwei Arien mit den Recitativen der Eurydice, drei des Orfeo, eine Arie des Creon, ein Duett (Orfeo e Euridice) und vier Chöre, und sie bekunden, daß dies gewiß die beste Oper des älteren italienischen Stils geworden wäre, daß

fie aber eben fo wenig wie feine frühern dauernd Erfolg haben konnte,
aus den bereits erörterten Gründen. Nachdem Gluck und Mozart
den italienifchen Stil zu wirklich dramatifcher Macht um- und neuge-
ftaltet hatten, verlor er in feiner urfprünglichern Weife alle Bedeutung.

Ganz im Stil diefer älteren italienifchen Oper find auch Haydns
Oratorien gefchrieben. Die Gelegenheitscantate zur Feier
der Secundiz des Prälaten Reinerius in Zwettl im
Jahre 1768 zeigt ihn noch weniger ausgeprägt; dem lateinifchen
Text und der fpeciellen Veranlaffung, welche das Werk entftehen ließ,
entfprechend, ift diefe Cantate mehr dem declamirenden Meßftil zu-
geneigt. Eine befondere Eigenthümlichkeit zeigt die Cantate darin,
daß fie auch das Clavicembalo als Solo-Inftrument anwendet neben
den andern Inftrumenten, wie in der Arie der Juftitia: „O pii
Patres Patriae", in welcher neben Oboen und den Streichinftrumenten
(von Sordini) das Clavicembalo vollftändig concertirend eingeführt
ift. Auch in den Cantaten, die Haydn zur Feier des Geburtstages des
Fürften und zu ähnlichen Feftlichkeiten fchrieb, verwendet er häufig bei
einer Arie wenigftens neben den andern Inftrumenten auch das Clavi-
cembal felbftändig und meift concertirend. Vollftändig im Stil der
italienifchen Oper ift Haydns Oratorium Abramo ed Isaco gefchrieben. Es gehört unzweifelhaft zu feinen frühern Werken. Die
Recitative find bis auf drei kurze, mit Streichinftrumenten begleitete,
nur mit beziffertem Baß verfehen und auch fehr einförmig declamirt.

Ungleich bedeutender ift das zweite Oratorium: „Il Ritorno di
Tobia". Schon die Ouverture ift gewichtiger; einem breiten Adagio
folgt ein allerdings ftark im Charakter der Menuett gehaltenes
Allegro, das aber doch einen großen Zug zeigt und bei dem die Inftrumente: Oboen, Fagotte, Hörner, Trompeten und Pauken neben
den Streichinftrumenten äußerft wirkungsvoll verwandt find. Ferner
gelangt auch der Chor in diefem Oratorinm zu etwas größerer Anwendung, wie im vorigen, in welchem er nur vereinzelt auftritt. Die
erfte Nummer gleich ift ein breit ausgeführter Chor „Pietá d'un
Infelice", an dem fich auch Anna und Tobit betheiligen. Zur Begleitung find neben den Streichinftrumenten Oboen, englifche Hörner

Fagotte und Waldhörner verwendet. Die Recitative sind sämmtlich mit Streichinstrumenten begleitet und diese Begleitung ist oft mit
großer Feinheit ausgeführt, eben so sind die Recitative trefflich declamirt. Die Arie aber hat Haydn mit dem ganzen äußerlich wirkenden
Apparat der italienischen Oper ausgestattet, fast mehr noch als die seiner seriösen Opern; nur mit der gedrängten, breit gegliederten Cantilene
trägt er den Anforderungen des Oratoriums einigermaßen Rechnung.
Der Engel Rafael schmückt seine lange Arie in folgender Weise mit
Passagen aus:

La vista rende-rá

In derselben Weise ist die Arie der Anna: „Ah gran Dio"
ausgestattet. Zu wirklich oratorischer Breite und Bedeutung erhebt
sich Haydn nur am Schluß des zweiten Theils. Dem Solo-Quartett
(Sara, Anna, Tobia, Tobit) folgt der Chor, und mit einer reich figurir-
ten Fuge schließt das Ganze. Man begreift vollständig, daß alle diese
Werke schon seiner Zeit nicht sonderlich imponirten, daß die künstlerisch
tiefer 'stehenden eines Hasse und Graun bedeutendere Erfolge erzielten,
und daß sie schließlich vergessen wurden wie diese, von denen nur eins:
Grauns „Tod Jesu", der an künstlerischem Werth nur in einigen Chören
den Haydnschen oben erwähnten gleich kommt, sich erhielt, weil der
Formalismus des italienischen Stils hier durch jene rührselige Senti-
mentalität, die einen Grundzug deutschen Wesens bildet, belebt und
für die Massen anziehend gemacht ist. Erst mit der „Schöpfung"
gewann Haydn einen Stoff, der seinem gesammten Vermögen so
vollständig entsprach, daß er ihn zu einem der größten Meisterwerke
auf diesem Gebiet zu gestalten vermochte. Wie wenig auch der Text
ästhetischen Grundsätzen genügen mag, so war er doch wie kaum
ein anderer geeignet, zur künstlerischen Darlegung der glänzendsten
Eigenthümlichkeiten des Genius unseres Meisters den entsprechenden
Raum zu geben. Für die überreiche Fülle von Naturmalereien, die
er nothwendig machte, hatte Haydn selbst die blendendsten Darstellungsmittel herbeigeschafft; dabei stellte er in Bezug auf Darlegung tief
innerer Zustände durchaus keine höheren Anforderungen, als in der
Individualität unseres Meisters begründet waren. Der künstlerische
Werth der Tonmalerei mag noch streitig sein, aber ihre Nothwendigkeit, namentlich für das Oratorium, ist außer allem Zweifel. Dies
stellt bekanntlich auch dramatische Vorgänge dar, aber ohne die
äußere Schaustellung, die von der Phantasie des Hörers ersetzt werden muß, und dieser Prozeß wird durch die Musik wesentlich unterstützt. Für die Oper, welche die gesammte Handlung in ihrer
äußeren Erscheinung vor unsern Augen darstellt, in Decoration,
Costüm und Action, ist im Grunde eine solche malende Betheiligung der Musik nicht absolut nothwendig und dennoch wird auch
hier kein Meister auf sie verzichten, weil sie die Wirkung der äußeren

Schaustellung wesentlich erhöht und eindringlicher macht. Beim Oratorium aber ist sie absolute Nothwendigkeit, weil sie hier die Wirkung dieser äußeren Darstellung in Kostüm, Decoration und
Action, so weit dies möglich ist, ersetzen muß. Es erscheint demnach
auch vollständig berechtigt, daß Haydn in der Einleitung zur Schöpfung
„Die Vorstellung des Chaos" in unserer Phantasie zu erwecken
unternimmt. Diese ist die so natürliche Voraussetzung der ganzen weiteren
Darstellung, daß sie eben nicht fehlen darf. Freilich kann und darf sie
nicht mit derb realistischen, sondern nur mit künstlerischen Mitteln
angestrebt werden, und daher ist der Vorwurf, den man dem Meister
machte, daß sein Chaos zu wenig chaotisch sei, gewiß ganz ungerechtfertigt. Nicht dies, sondern nur die Vorstellung, wie ans dem un-
geordneten bild- und formlosen Nichts allmälig faßbare Gestalten sich
entwickeln, soll in der Phantasie der Zuhörer lebendig werden, und
das erreicht die Einleitung in zweifelloser Deutlichkeit.

Die vielen frei eintretenden Dissonanzen charakterisiren die „Unordnung" in durchaus künstlerischer Weise; schon im 6. Tact bringt
die Triolenfigur in den Fagotten, die dann von den Streichinstrumenten
aufgenommen und weiter geführt wird, allmälig mehr Leben in die
langsam und ungefügig fortschleichenden Harmoniemassen. Mit dem
21. Tacte (Des-dur) macht sich bereits erhöhtes Leben geltend:
die Triolenfigur ist zu einer Sechzehntheilfigur erweitert, zugleich kommt
auch mehr Ordnung in den harmonischen Verlauf und Oboen, Flöten
und Clarinetten bringen festere melodische Gebilde hinzu, die vom
27. Tacte an noch größere Eindringlichkeit gewinnen, nachdem bereits
vom 26. Tacte an jene ursprüngliche Achteltriolenfigur durch die
zweite Clarinette eingeführt, zur Sechzehntheil-Sextolenfigur erweitert
worden ist. Damit ist zugleich die Es-dur-Tonart erreicht, so daß
Alles bereits gewissermaßen im helleren Licht erscheint; wie ein leuch-
tendes Meteor steigt dann im 31. Tact die Clarinette mit einem
rapiden Lauf auf, während die andern Instrumente mit der Verarbeitung jener ersten mehr melodischen Figur die fortschreitende Entwickelung der Formgestaltung charakterisiren. Mit dem 35. Tacte nehmen
auch die Trompeten, mit dem 36. selbst die Pauken an der Darstellung in

selbständigerer Weise Antheil, welche die flimmernde zitternde Bewegung des allmälig immer mehr wirkenden Lichts versinnlicht, und nachdem noch die Flöten im 39. Tacte jene, wie ein Meteor aufleuchtende Figur gebracht haben, vereinigen sich alle Instrumente — die Hörner und Posaunen ausgenommen — zur Darstellung jener Paukenfigur. Da es sich hier immer nur um Vorstellung des Chaos handelt, mußte der Meister hier abbrechen; er geht wieder auf den Anfang zurück, um in seiner veränderten Darstellung zu zeigen, daß jetzt erst die Bedingungen erfüllt sind, unter denen das Chaos der Ordnung und Gestaltung weicht. Es kann hier nicht unsere Absicht sein, den weiteren Verlauf in seinen Einzelheiten zu verfolgen. Es ist hinlänglich bekannt, mit welcher zündenden Gewalt der Meister nach Anleitung des Textes die prachtvollsten, entzückendsten Bilder in unserer Phantasie heraufzaubert. Die berühmte Stelle: „Und es ward Licht" macht auch heute noch wie bei den ersten Aufführungen des Werkes überwältigende Wirkung, obgleich man uns seitdem haarscharf bewiesen hat, daß diese eine mehr äußere ist. Wol führt die Anordnung, nach der die bisher gedämpften Streichinstrumente bei dem Worte „Licht" ohne Sordinen spielen, unter dem Hinzutritt des vollen, beim Recitativ nicht betheiligten Blasorchesters, und nachdem sämmtliche Instrumente vorher einen Tact lang schweigen, zu einem mehr äußerlichen Effect, aber nur gottbegnadeten Meistern gelingt es ihn zu finden und in so genialer Weise zu verwenden. Vielfach hat man weiterhin getadelt, daß Haydn so realistische Vorgänge wie „das Wogen der Wasser", „das Toben der Stürme", „die fliegenden Wolken", die „die Luft durchschneidenden feurigen Blitze", „den rollenden Donner", „den allerquickenden Regen", „den allverheerenden Schauer" oder „den leichten, flockigen Schnee" zu malen unternimmt. Es wird nach dem, was wir über Tonmalerei bereits ausführen konnten, nicht nöthig sein, weitläufig nachzuweisen, wie der Meister auch hier so ganz das Rechte trifft. Er durfte sich keinen derartigen Zug entgehen lassen, um damit der Phantasie des Hörers zu Hülfe zu kommen; die wahrhaft künstlerische und doch so überzeugende Weise, in welcher er hier malt, ist allein geeignet alle ästhetischen Bedenken zu beseitigen. Das gilt selbst noch von jenen thierischen Lauten und Bewegungen, die er gleichfalls, nicht ohne sie auch

mufikalifch anzudeuten, erwähnen läßt, und welche die meiste Anfech-
tung erfahren haben. Der Meister durfte felbft vor den äußerften Con-
fequenzen diefes Verfahrens der Jlluftration der Recitative im Oratorium durch die Jnftrumente nicht zurückfchrecken; er mußte auch
inftrumental andeuten, wie „der Erde Schooß fich öffnet", wie „der
vor Freude brüllende Löwe dafteht", „der gelenkige Tiger empor-
fchießt", wie „das zackige Haupt der fchnelle Hirfch erhebt", wie „mit
fliegender Mähne fpringt und wiehert voll Muth und Kraft das edle
Roß", wie „auf grünen Matten weidet fchon das Rind", wie „das
Heer der Jnfecten in Schwarm und Wirbel fich verbreitet wie Staub"
oder wie „in langen Zügen am Boden kriecht das Gewürm". Er
mußte es unternehmen mit inftrumentalen Mitteln in der Phantafie des
Hörers die Wirkung der „im vollen Glanze aufgehenden Sonne", wie
des „mit leifem Gang und fanftem Schimmer fchleichenden Mondes"
und der „den ausgedehnten Himmelsraum ohne Zahl zierenden hellen
Sterne" zu erzeugen, und mit welcher genialen, unwiderftehlichen Gewalt er das thut, das ift nicht erft weiter nachzuweifen, das wird
jedem dafür nur einigermaßen empfänglichen Hörer fofort klar. Das
e r k a n n t e n w i r a l s d e n H a u p t t h e i l f e i n e r M i f f i o n , d a ß
e r d e r P o e f i e v o n F l u r u n d W a l d , d e m Z a u b e r d e s w u n -
d e r b a r e n W a l t e n s d e r N a t u r A u s d r u c k d u r c h d i e M u f i k
g e b e n f o l l t e , und das ift es, was auch den Arien und zum Theil
felbft den Chören diefes Werkes die ungleich erhöhtere Bedeutung
giebt den Meffen und Opern gegenüber. Jn feinen Liedern
und den Arien der Opern macht fich überall der Einfluß des italienifchen Stils geltend. Haydn kommt weder in jenen noch in diefen über
die nur klangvolle, meift nichtsfagende Phrafe hinaus, und die Colo-
raturen und Verzierungen in den Arien haben nur den Werth des
leichten Tands, wie bei den Jtalienern feiner Zeit. Spontane Seelen-
ftimmungen auszutönen, lag nicht in feinem Wefen; dabei hilft er fich,
wie die Jtaliener, mit conventionellen Formen und Phrafen; wo es
dagegen gilt, irgend einen poetifchen Zug der Außenwelt, oder eine
durch diefe angeregte Stimmung zu geftalten, erreicht er dies mit den
treffendften, einfachften Mitteln. Einen Beweis dafür liefert gleich die

erste Arie mit Chor: „Nun schwanden vor dem heiligen Strahle", die nur eine Fortsetzung des, die Schöpfungsgeschichte erzählenden Recitativs bringt. Wie „des schwarzen Dunkels gräuliche Schatten schwanden", „wie Verwirrung weicht und Ordnung empor keimt", wie „erstarrt der Höllengeister Schaar entflieht in des Abgrunds Tiefen zur ewigen Nacht" und „ihren Sturz Verzweiflung, Wuth und Schrecken begleiten" und „wie eine neue Welt entspringt auf Gottes Wort", alle diese einzelnen Bilder werden in berückender Treue vorgeführt und mit der Meisterhand des genialen Instrumentalcomponisten zu einem einheitlichen Ganzen vereinigt, wie wir es bei Haydn vorher in keiner Messe oder Cantate, keiner Oper und keinem Oratorium finden. Das gilt im vollen Umfange auch von dem folgenden Chor mit Sopransolo: „Mit Staunen sieht das Wunderwerk", der mit den einfachsten Mitteln zu einem prachtvoll wirkenden Hymnus erweitert ist. Aus ganz denselben Anschauungen heraus entsprangen die Arien des Uriel: „Rollend in schäumenden Wellen", wie die des Gabriel: „Nun beut die Flur, das frische Grün". Unterstützt durch die prachtvollste Tonmalerei schildern beide den Fortgang der Schöpfung in breit gegliederten, äußerst charakteristischen und dennoch überaus anmuthenden Melodien und der anschließende Chor: „Stimmt an die Saiten", ist wieder ein Hymnus so gewaltig und so formvollendet, daß wir in Haydns früheren Vocalwerken vergebens ein Gegenstück suchen; nur von dem Schlußchor (mit Soli) des ersten Theils: „Die Himmel erzählen die Ehre Gottes" wird er überboten. Hier declamirt der Meister wie in seinen Messen, aber um wie viel freier und melodisch nachdrücklicher; die Worte geniren ihn nicht, sie fügen sich seinen Intentionen mit Leichtigkeit und aus der Wechselrede zwischen den Solis: Gabriel, Uriel und Raphael und dem Chor ist ein Satz gewoben von machtvollster Wirkung und unvergänglicher Bedeutung. Auch im zweiten Theil, den der Meister bezeichnend ohne Einleitung anhebt, sind es vorwiegend ähnliche Stimmungen, aus denen die einzelnen Nummern heraustreiben, wie gleich in der ersten Arie: „Auf starkem Fittig schwinget sich der Adler stolz" mit den süßen Vogelstimmen und in dem Terzett: „In holder Anmuth stehn", das eine

reizende Jdylle schildert. Allein in diesem Terzett klingt schon der
Ton höherer Innigkeit, namentlich gegen den Schluß, aus dem dann
wieder der prachtvolle Hymnus: „Der Herr ist groß in seiner Macht"
herauswächst. Das gilt auch von der darauf folgenden Arie: „Nun
scheint in vollem Glanz der Himmel", welche der Erzählung von der
Schöpfung des Menschen vorangeht. Dem entsprechend gewinnt in der
anschließenden Arie: „Mit Würd' und Hoheit angethan" dieser Ton der
Innigkeit erhöhtere Gewalt wie bisher. Die folgenden vier Nummern: das Recitativ: „Und Gott sah jedes Ding, was er gemacht
hatte"; der Chor: „Vollendet ist das große Werk"; das Terzett: „Zu
dir, o Herr, blickt Alles auf" und die erweiterte Wiederholung des
Chors: „Vollendet ist das große Werk" bilden gewissermaßen das
Finale dieses Theiles.

Das Terzett: „Zu dir, o Herr, blickt Alles auf" (Gabriel,
Uriel und Raphael) ist ein Satz von so frommer Innigkeit, wie deren
Haydn nur wenig geschrieben hat, und der prachtvolle Mittelsatz „Du
wendest ab dein Angesicht" so genial charakteristisch, wie gleichfalls nur
wenige. Mit diesen letzten Nummern dieses Theils ist der Ton innig-
ster Gemüthswärme angeschlagen, der dann im folgenden Theil zu
immer schärferem und entschiedenerem Ausdruck kommt. Die Einleitung zu diesem Theil giebt noch eine der reizendsten Tonmalereien:
ein Flötentrio, unterstützt durch Streichinstrumente, zu denen später
auch noch Hörner treten, schildert den durch Rosenwolken brechenden
jungen Morgen, und darauf stimmen Eva und Adam einen Dank-
Hymnus an, in welchen auch der Chor einstimmt und der an macht-
voller Eindringlichkeit die früheren noch bedeutend überragt. Das
wundervolle Duett zwischen Adam und Eva: „Holde Gattin, dir zur
Seite" ist ebenso wie der grandiose Schlußchor: „Singt dem Herren alle
Stimmen" aus derselben Fülle innigsten Gefühlslebens gesungen und
beide sind ebenfalls mit höchster Meisterschaft ausgeführt.

So erscheint das Werk als der entsprechendste Schlußstein des gesammten Entwickelungsganges unseres Meisters. Das Gebiet der
Vocalcomposition, auf dem er sich bisher bewegt hatte, war ihm immer
ein fremdes geblieben; er hatte sich einem fremden Stil untergeordnet,

deshalb konnte seine Wirksamkeit hier nur von geringem Erfolge begleitet sein. Mit der „Schöpfung" erst gewann er das seiner ganzen
Besonderheit entsprechende Darstellungsobject, und so schuf er auch damit ein Werk von monumentaler Bedeutung, und er ließ ihm jenes andere folgen, das ziemlich unter denselben Gesichtspunkten entstand und
den entsprechend gleichen Werth gewann: „Die Jahreszeiten".

Auf die Fülle der einzelnen wunderbar feinen Züge in der Instrumentation der „Schöpfung" näher einzugehen, ist hier natürlich
nicht der Ort, wir müssen uns begnügen, auf die Andeutungen hin-
zuweisen, welche gelegentlich in Bezug hierauf gegeben werden konnten. Wir müssen uns überhaupt im Allgemeinen darauf beschränken,
die Stellung zu bezeichnen, welche die Hauptwerke in der Entwickelung des Meisters einnehmen und deshalb können wir uns auch
in Betreff des zweiten derartigen Werkes „Die Jahreszeiten"
kürzer fassen.

Der Besonderheit des Stoffes wie der Art seiner Behandlung im
Text entsprechend, konnte das Werk nicht die Bedeutung gewinnen wie
„Die Schöpfung". Der Stoff an sich erwies sich der Individualität des
Meisters, wie oben gezeigt wurde, eben so günstig wie der der „Schöpfung";
allein in seiner knapperen Fassung vermochte er doch dem Genius
Haydns nicht diejenige Weihe und Spannkraft zu verleihen, wie jener.
Zudem ist der Text nichts weniger als „echt dichterisch" entworfen und
ausgeführt, und so konnte sich Haydn nicht mit der Begeisterung ihm
hingeben wie das anscheinlich bei der „Schöpfung" der Fall war.
Das neue Werk zeigt daher Haydns Genius nicht in einer neuen
Phase seiner Entwickelung, wie doch „Die Schöpfung", sondern es erscheinen in ihm nur einzelne Züge desselben schärfer ausgeprägt. Ganz
besonders ist es der „Humor," für den Haydn jetzt auch vocal den künstlerischen Ausdruck gefunden hat, wie er ihn bereits instrumental in
solcher Vollendung gewonnen hatte. Der Chor am Ende des Herb-
stes, die Romanze mit Chor: „Ein Mädchen, das auf Ehre hält",
wie der Jägerchor, sind vollendete Muster ihrer Gattung; ebenso
der Chor des Landvolks: „Komm, holder Lenz" und das „Freu-
denlied", die beide den eigentlichen Boden des Haydnschen Kunst-

werks vortrefflich charakterisiren. Einzelne Tonmalereien sind in diesem Werke weiter ausgeführt, als in der Schöpfung, wie z. B. in der Einleitung zum ganzen Werk, die den Uebergang vom Winter zum Frühling darstellt — oder der Aufgang der Sonne, im zweiten Theil, mit dem Lobgesang an die Sonne, das Gewitter im zweiten Theil, daher wirken sie weniger unmittelbar als jene in der Schöpfung. Unter den Sätzen von tiefer Gefühlsinnigkeit ragen namentlich der Chor mit Solo: „Sei uns gnädig, milder Himmel“ — der große Chor am Ende des „Frühlings“ und der Schluß des „Sommers“ hervor. — Mit diesen beiden Werken erst hatte Haydn auch auf vocalem Gebiet eine seiner Bedeutung als Instrumentalcomponist entsprechende Stellung gewonnen. Er war hier nicht in demselben Sinne neu schaffend thätig, wie auf instrumentalem Gebiet, aber er hatte damit nunmehr auch den vocalen Ausdruck für seine eigenartige Individualität gefunden.

Zehntes Kapitel.

Haydns kunst- und kulturgeſchichtliche Bedeutung.

nſeres Meiſters künſtleriſche Thätigkeit mußte — was kaum
bei einem andern noch der Fall ſein dürfte — in demſelben
Grade kulturhiſtoriſch bedeutſam werden, wie ſie es kunſt-
hiſtoriſch geworden iſt. Seine großen Vorgänger, von jenen
Hauptträgern der altkatholiſchen bis zu denen der proteſtantiſchen
Kirchenmuſik, ſchufen unter dem Eindruck der großen und heiligen
Ideen, die zunächſt immer nur gottbegnadeten Geiſtern zugänglich ſind
und erſt allmälig den größern Maſſen vermittelt werden. An dem
gregorianiſchen Hymnus, wie an ſeiner künſtleriſchen Ausgeſtaltung
durch die niederländiſchen, italieniſchen und deutſchen Meiſter, hat das Leben mit ſeinen eigenſten Intereſſen nur wenig Antheil;
wol gewinnen auch im altkatholiſchen Kirchengeſange volksthümliche
Melodien Eingang und dieſe erzeugen, auf den Boden proteſtantiſcher
Lebensanſchauung verpflanzt, die volksthümliche Form des Gemeinde-
geſanges im Choral, allein dabei müſſen ſie ihre intimern urſprünglichen
Beziehungen zum Leben aufgeben; das religiöſe Bewußtſein benutzt ſie
nur als die populäre Form, der es den neuen eigenthümlichen Inhalt
aufnöthigt. Daneben begegnen wir früh auch Verſuchen, das äußere
Leben als ſolches zum Gegenſtande der Darſtellung zu machen, doch
kamen ſie nur in beſchränkter Weiſe zu bedeutenderen Erfolgen. Man

ahmte zunächst vocal die Klänge in der Natur: das Säuseln des Win-
des, das Rauschen des Wassers, das Rollen des Donners u. f. w. nach
und erkannte allmälig, daß dies mit Instrumenten leichter und natur-
wahrer herzustellen ist als mit der Menschenstimme, und so traten die
Instrumente immer mehr in den Vordergrund. Ganz besonders
bedeutsam werden diese für den Tanz, der zunächst reinste Ausdrucks-
form des äußern Lebens ist. Anfangs dienen die Instrumente nur
der äußeren Bewegung, indem sie das kurze rhythmische, durch den
Tanz erzeugte Motiv ununterbrochen wiederholen. Erst allmälig wird
die Tanzform zu einer Kunstform durch die künstlerische Verarbeitung des rhythmischen Motivs; die damit gewonnene neue Tanzform gewinnt dadurch auch erhöhte künstlerische Bedeutung, daß ihr
ein Inhalt aufgeprägt wird; die, die Tanzbewegung erzeugende und
regelnde Stimmung erhält jetzt auch Ausdruck in der durch Instrumente
ausgeführten Tanzform, wodurch diese vollständig erst in die Reihe
der Kunstformen tritt.

Diesem Ursprunge verdanken selbstverständlich die Tanzformen ihre
größere Popularität den künstlicheren Formen gegenüber, welche durch die
Phantasie und das reine Gemüthsleben erzengt werden. Wie hier an
den einzelnen Formen nachgewiesen wurde, war es Haydns eigenste
Mission, namentlich den poetischen Gehalt des äußeren Lebens,
der auch die Tanzformen entstehen läßt, in seinem Kunstwerk
allseitig zu gestalten, und durch die geniale Art, mit welcher er diese
Aufgabe löste, wirkte er durchgreifender und unmittelbarer ein auf die
Entwickelung dieses poetischen Inhalts der gemeineren Wirklichkeit, wie
jene Meister, die mit ihrem Kunstwerk nur den höchsten Ideen dienen.
Wie diese meist früh für die Formen, in denen sich diese höheren
Ideen offenbaren, erzogen wurden, so wurde unser Meister nicht minder
früh mit den niedern Formen bekannt, die er auf die höchste Stufe
künstlerischer Gestaltung bringen sollte. Zwar erhielt auch er im Kapellhause zu Wien eine, wenn auch nur flüchtige Kenntniß der Formen
des Contrapunkts und der auf diesem namentlich beruhenden Vocalformen, allein die Erziehung für seine eigentliche künstlerische Aufgabe
beginnt doch im Grunde erst mit seinem Austritt aus dem Kapellhause.

Seine Thätigkeit für jene einfachen Volksorchester, die nur dem niedersten Bedürfniß dienten, in denen er selbst mitwirkte und für die er seine ersten Instrumentalwerke schrieb, bezeichnet den Anfang seiner eigentlichen Vorbereitung für seine kunst- und kulturgeschichtliche Mission. Hier wurde ihm das Bedürfniß des Volkes erschlossen, dem er von nun an zu dienen nicht müde wurde; aber früh auch leitete ihn sein Genius dahin, dies in echt künstlerischer Weise und in den höchsten Formen der Gattung zu thun, und hierin namentlich schied er sich früh von jenen zahlreichen Mitarbeitern auf diesem Gebiet, die kein anderes Ziel kennen, als nur dem niedern Geschmack des Publikums zu dienen. Nicht klein ist die Zahl der Vorgänger und Nachfolger Haydns nach dieser Richtung, aber nicht einer vermochte auch nur annähernd gleiche Erfolge zu erringen, weil sie weder das Bedürfniß empfanden, noch die Fähigkeit besaßen, den neuen Inhalt nicht nur in volksthümlicher, sondern auch zugleich in künstlerischer, ewig mustergiltiger Form zu gestalten. Jene kleineren Meister begnügten sich damit, nur das, was bereits im Volke klingt und singt, zu fixiren, in der einfachsten, leichtfaßlichsten Form, welche dem beschränkteren Auffassungsvermögen der Menge entspricht. Sie dienten damit selbstverständlich nur den niederen Trieben des Volkes, das höchstens angenehm unterhalten und angeregt sein will. Haydn nahm früh einen andern Standpunkt ein; indem er von vornherein bemüht ist, diesen volksthümlichen Inhalt in edlerer Gestalt zu geben, wird dieser selbst dadurch geläutert und das Volk erhält ihn in höherer befruchtender Form zurück. Wol erscheint diesem zunächst die neue Form befremdlich, aber da es den Inhalt als seinen eigenen erkennt, so läßt es sich durch diesen anregen, sich auch eingehender mit der neuen Form, in der er ihm geboten wird, zu befassen und zu befreunden, so daß er mit dem Inhalt auch die edlere Erscheinung desselben überkommt, und damit allmälig einen höheren Grad der Cultur erreicht. An den einzelnen Werken konnten wir nachweisen, wie die Cassatio in der Serenade bei Haydn eine edlere Gestalt annimmt, wie das Divertimento dann den ursprünglichen Zusammenhang mit den äußern, erzeugenden Vorgängen ganz verliert, aber bei den kleinern Meistern ausschließlich Unterhaltungsmuſik bleibt, die nur darauf berechnet iſt, angenehm die Zeit vertreiben zu helfen, während Haydn in den verſchiedenen Formen der Sonate — als Solo, Duo, Trio, Quartett und Sinfonie — zugleich mehr oder weniger tief und reichausgeführte Lebensbilder entwickelt. Dort wurde auch bereits nachgewieſen, daß ſelbſt die Unterhaltungsmuſik nicht ganz ohne Gewinn für die geiſtige Entwickelung bleiben kann, wenn ſie ſich nicht vollſtändig in tändelnde und nervenreizende Effecte verliert, allein wirklich durchgreifend, culturfördernd kann ſie doch erſt dann ſein, wenn ſie zugleich einem beſonderen Inhalt Form giebt. Wir ſahen, wie Haydn ſelbſt den Tanz, in der älteren durch den äußern Vorgang erzeugten Form als Menuett herüber nimmt; wie er ihn aber immer wieder neu geſtaltet, um ſeinen Inhalt in mannichfachſter Beleuchtung zu zeigen. An einer Reihe von Beiſpielen wurde dann nachgewieſen, wie er allmälig dieſe neuen Inſtrumentalformen in ihren Grundzügen feſtſetzte und den Inhalt, der zugleich der des äußern Lebens iſt, in ſeinen wechſelnden Geſtalten wiedergiebt. Erſt ſpäter gelangte er dazu, ihn individueller auszuſtatten in ſeinen bedeutendſten Quartetten und Sinfonien. Wir erkannten weiterhin, daß dieſer ganze Prozeß nur auf inſtrumentalem Gebiet ſich vollziehen konnte; daß dabei die Vocalformen nothwendiger Weiſe ſogar geſchädigt werden mußten. Dieſe haben daher auch bei Haydn wenig Bedeutung bis auf jene beiden Werke, die mehr inſtrumentale Stoffe behandeln: „Die Schöpfung“ und „Die Jahreszeiten“. Der populäre Inhalt, den Haydn in allen dieſen Werken künſtleriſch geſtaltete, iſt es, der ihm eine ausgebreitetere culturgeſchichtliche Einwirkung ſicherte, als jedem der andern Meiſter. Deshalb gewannen ſeine Kunſtwerke in jenen Kreiſen Eingang und begeiſterte Aufnahme, in denen andere kaum Staunen und ehrfurchtsvolle Bewunderung erregten. Dadurch aber wurden auch jene Kreiſe zu einer künſtleriſch höher ſtehenden Muſik herangebildet, und ſelbſt die Volksmuſik ſtieg allmälig auf eine höhere Stufe ihrer Ausbildung. Jahrzehnte lang bildeten Haydns Sonaten für Clavier, ſeine Duos, Trios und Quartette ebenſo die Grundlage der geſammten Hausmuſik nicht nur in Deutſchland, ſondern auch in England und Frankreich, wie ſeine Orcheſterwerke den festen Bestand der Programme aller Concertinstitute. So gewann des Meisters Denk- und Empfindungsweise, wie sie sich in diesen Werken darstellte, bedeutende Einwirkung auf die geistige Entwickelung der verschiedenen Nationen, die sich gern und willig diesen Eindrücken hingaben.

Indem er in dieser Weise der Instrumentalmusik einen neuen Inhalt zuführte, gab er ihr zugleich jene Grundlage, auf der sie sich in einem bisher nicht gekannten Reichthum von Formen in großer Mannichfaltigkeit entfalten sollte, und das bedingt die außergewöhnliche kunsthistorische Bedeutung seiner Instrumentalwerke. Noch bis in die Mitte des vorigen Jahrhunderts erfolgte die Organisation des Orchesters wie der Formen desselben vielmehr nach vocalen, als nach instrumentalen Gesetzen. Für die Zusammenstellung der verschiedenen Instrumente zu gemeinsamer Wirkung im Trio, Quartett oder Orchester blieb immer noch die vocale Mehrstimmigkeit hauptsächlich maßgebend. Wol wußten einzelne Meister, vor Allem Johann Seb. Bach sich die verschiedenen Klänge einzelner Instrumente dienstbar zu machen: mit dem eigenthümlichen Klangvermögen der Trompeten wie der Oboen, der Sologeige, Viola da Gamba, der des Violoncell, weiß er bereits einzelne Arien und Chöre prächtig zu coloriren, und Gluck geht darin selbst noch einen Schritt weiter zur Erreichung gewisser orchestraler Gesammteffecte, aber jedes Instrument nach seinem eigensten Vermögen im Gesammtorchester zu verwenden, das vermochte noch keiner der Meister dieser Periode. Sie wußten wol das Ton-, nicht aber in demselben Sinne auch das Klangvermögen der einzelnen Instrumente dem ganzen Organismus einzufügen, der deshalb immer mehr vocal als instrumental entwickelt ist. Haydn erst wurde hier durchgreifend bahnbrechend, indem er die Instrumente treu ihrer besonderen Technik und ihrem eigensten Ton- und Klangvermögen nach angeordnet und angewendet zum größern oder kleinern Orchester zusammenstellte. Schritt vor Schritt konnten wir ihm bei diesem Prozeß folgen, indem wir zeigten, wie er erst das Streichquartett als Mittelpunkt des gesammten Orchesters organisirte, wie er zu diesem dann die Hörner mit ihrem abweichenden

Klangvermögen hinzuzog, nicht als neue Stimmen, sondern als Hilfsmittel für die lebhaftere Darstellung. In derselben Weise treten dann nach einander Oboen und Flöten, Fagotte, Clarinetten, Trompeten und Pauken hinzu und wenn weiterhin jedes einzelne dieser Instrumente auch als selbständige Stimme heraustritt, so geschieht das dann nicht mehr wie früher nach vocalen, sondern nach rein instrumentalen Gesichtspunkten. Das Solo-Instrument wird nicht wie eine Singstimme behandelt, sondern es bleibt Instrumentalstimme, die genau die besondere Technik, Klangfarbe und noch etwaige andere Eigenthümlichkeit des betreffenden Instruments berücksichtigt.

So erst erwuchs der Instrumentalstil, der dem entsprechend sich auch in besondern und eigenthümlichen Instrumentalformen darstellt. Auch dieser Prozeß ist an der Entwickelung unsers Meisters eingehend nachgewiesen worden. Es sind im Grunde nicht neue Formen, die er schuf: den Tanz, das Adagio, Rondo und den Sonatensatz im engeren Sinne, fand er bereits fertig vor, ebenso war auch die Zusammenstellung dieser Formen zur Sinfonie (Ouverture) und Sonate bereits vorher versucht worden, aber erst indem er sie in derselben Weise aus der eigensten Technik der betreffenden Instrumente heraus neu construirt, wie er das Orchester organisirt hatte, wurden diese Formen zu echten Instrumentalformen, und so darf der Meister mit vollem Recht als der eigentliche Begründer der Instrumentalmusik betrachtet werden.

Welch außerordentlich große Reihe von monumentalen Meisterwerken er dabei schuf, die ihren Werth behalten werden, so lange die Kunst überhaupt noch Bedeutung hat, ist ebenfalls von uns dargethan worden. Des Meisters kunst- und kulturhistorische Bedeutung ist auch nach dieser Seite nicht geringer, wie die der andern großen Meister, wenn diese auch nach seinem Vorgange einzelne Werke von relativ höherer Bedeutung schufen. Mozart und Beethoven brachten diesen Neugestaltungsprozeß erst zu Ende; jener, indem er dem Instrumentalkörper die ganze Fülle seiner reichen Innerlichkeit aufnöthigte und ihn so beseelte, und dieser, indem er ihn zum Träger der wunderbarsten Offenbarungen der entfesselten Weltseele machte. Ganz dem

Gange dieſer Entwickelung entſprechend, ſtand Haydn noch zu ſehr unter der Herrſchaft der Inſtrumente; er mußte ihnen erſt ihre eigenſten Naturlaute ablauſchen, um ſie in ihren eignen Zungen reden zu machen. Mozart konnte ſie ſich dann ſchon dienſtbar machen, indem er ſie mit ſeiner reichen Innerlichkeit erfüllte, daß ſie, jede nach ihrem beſonderen Vermögen, ſeine Sprache reden; und ſo wurden ſie endlich zu Organen, in denen uns Beethoven die großen und gewaltigen Tonbilder offenbarte, welche Natur und Welt in ſeiner gottbegnadeten Phantaſie erweckten. Wol erzeugen die an ſich bedeutenderen, menſchlich ergreifenderen Darſtellungsobjekte Mozarts auch bedeutendere, und die gewaltigeren Phantaſiebilder Beethovens auch gewaltigere Inſtrumentalformen, aber ihr poſitiver Werth iſt nicht höher, wie der jener monumentalen Sinfonien Haydns, mit denen er zwar ein unbedeutenderes Stück Leben, aber in ebenſo vollendeter Form wie jene, darſtellt. Das allein bedingt hauptſächlich die Bedeutung unſeres Meiſters für die Kunſt- und Kulturgeſchichte. Nicht nur, daß er den beiden nachfolgenden Meiſtern Mozart und Beethoven die Wege ebnete, giebt ihm ſeine Stelle in der Kunſt- und Kulturgeſchichte, ſondern die große Reihe ſeiner inſtrumentalen Werke, namentlich der Quartette und Sinfonien, mit denen er die eine Seite des Lebens in ewig geltende künſtleriſche Form brachte und die deshalb neben den Quartetten und Sinfonien Mozarts und ſelbſt Beethovens ihren niemals ſchwindenden Werth und nie veraltenden Zauber der Wirkung behalten.

Pierer'sche Hofbuchdruckerei. Stephan Geibel & Co. in Altenburg.

N° 1. SCHERZANDO in F.

4

Menuetto.

Trio.

Flauto trav. Solo.

Violino I.

Violino II.

Basso.

pizz.

pizz.

Menuetto D.C.

Adagio.

Violino I.

Violino II.

Basso.

Presto.

Oboi.

Corni.

Violino I.

Violino II.

Basso.

Nº 2. DIVERTIMENTO.

Zu nomine Domini.
1760.

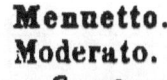

Menuetto.
Moderato.

Trio.

Menuetto D. C.

Adagio.

Menuetto.
Poco vivace.

Trio.

Menuetto D. C.

Finale.
Presto.

Nº3. ARIE des SEMPRONIUS
aus
LO SPECIALE.

Ragazz-

ac-cie che sen-za cer-vel-lo che sen-za cer-vel-lo fa-vel-

la-te con questo con quel-lo, fa-vel-la-te con questo con

quello! Se vi trovo vi faccio pen - tir vi fac cio pentir.

Oh che si - nor fie! che grazie che brio! oh che

guir un ba - sto - ne farra - vi lan - guir un ba -

sto - ne farra - vi lan - guir un ba - sto - ne farra - vi lan -

guir farra - vi lan - guir far-ra - vi lan - guir!

Ragazz-

ac - cie che sen-za cer - val-lo che sen-za cer - val-lo fa - vel-

la - te con questo con quello fa - vel - la - te con questo con

quello.

Se vi

42

Ragazz - acce   un ba - stone farra - vi lan - guir   un ba -

sto - ne farra - vi lan - guir   oh che

si-nor-fie che grazie che brio mio di - let-to mio ca - ro ben

mio   un ba - stone farra-vi lan-guir   un ba - sto-ne farravi lan-